Scarlet

스칼렛

그의 어린 신부

그의 어린 신부

성하 장편 소설

SCARLET ROMANCE NOVEL

결혼도 하기 전에 애부터 키우게 된 남자, 채진헌
성인이 되기 전에 유부녀 꼬리표부터 달게 된 여자, 민주화

Scarlet
스칼렛

목차

01.
잘못된 만남

진성 그룹의 창업주인 채문석 옹(翁)이 위독하다는 연락은 그 가족들에게 수시로 날아들었다. 그리고 그때마다 채 옹의 손자 채진헌은 또? 라는 반응을 보이기 일쑤다. 진헌의 그런 반응에 처음엔 당혹스러워하던 박 비서도 이젠 이력이 난 듯 가만히 진헌을 바라볼 뿐이다.

나이가 벌써 여든에 접어든 채 옹이었기 때문에 위독하다는 소식은 가족들을 패닉 상태로 몰아넣기에 충분했다. 긴급 호출로 모여든 가족들 중엔 벌써부터 눈물을 글썽이는 이들도 있었다. 진헌 역시 헐레벌떡 달려올 정도로 채 옹은 그에게 중요한 존재였다.

걱정이 가득한 가족들을 둘러본 채 옹은 진헌의 손을 꼭 잡으며 나약한 모습으로 이렇게 말했다.

『죽기 전에 너 결혼하는 모습은 봤으면 싶구나.』

그 말은 진헌에게 있어 갑작스레 받은 입영통지서보다 더 충격적이었다. 20대에 결혼을 하게 되리라곤 꿈도 꾸지 않았기 때문이다.

진헌이 바로 대답을 하지 않자, 채 옹은 엄살을 부리기 시작했다.

진헌은 백부인 석훈과 사촌들 중 가장 친한 진우의 강압에 못 이겨 결국 채 옹이 원하는 대답을 할 수밖에 없었다.

그 후 천만다행(?)으로 채 옹은 바로 회복이 되었고, 가족들도 그제야 안도의 한숨을 내쉴 수 있었다.

그 약속을 한 지 벌써 2년.

아직까지도 진헌은 독신이고, 채 옹은 수시로 아프다.

오늘도 본가에 가 봐야 '난 네가 결혼만 하면 여한이 없다.' 라는 말로 약한 척을 할 것이 뻔했다. 더불어 가족이라는 이유만으로 채 옹의 호출에 시달리고 있는 친척들의 항의도 날아올 것이다.

그러나 진헌은 언제나 꿋꿋하다. 오히려 할아버지인 채 옹을 약 올리는 데 선수였다.

여기서야 '영감이 노망이 들었나.' 라는 말로 씩씩거리지만, 일단 채 옹 앞에 앉으면 순한 양이 되어 '네, 그렇게 하겠습니다.' 라는 대답을 하고 돌아온다. 그리고 끝이다. 그는 아무것도 하지 않는다. 선을 보라고 할 때마다 조만간 데려가겠다는 애매한 말로 채 옹을 조바심 나게 했다.

서로 속고 속이는 가운데 지쳐 가는 건 친척들이었다.

박 비서는 심술이 난 얼굴로 보고서를 보고 있는 진헌을 측은한 표정으로 바라보았다. 채 옹의 호출이 있었으니, 이제 줄줄이 사촌들의 전화가 걸려 올 것이기 때문이다.

결재 라인에 사인을 하고 있던 진헌이 인상을 찌푸리자, 박 비서는 역시, 하는 표정으로 그가 건네는 서류를 받아 들었다.

등받이에 몸을 기댄 진헌이 긴 한숨을 흘리며 재킷 안주머니에서 전화기를 꺼내 들었다. 진우의 전화였다. 그는 백부의 장남으로, 진헌에게 잔소리를 할 수 있는 유일한 사촌이다.

"네, 형님."

박 비서가 집무실을 나가고 혼자 남게 된 진헌은 의자에 더욱 몸을 묻었다. 속으론 '귀찮아, 귀찮아'를 부르짖으며.

「너도 이젠 적당히 져 드리는 게 어떻겠어?」

얼핏 듣기엔 타이르는 투였지만, 목소리는 진헌과 마찬가지로 귀찮다는 생각이 진하게 묻어났다.

"할아버지가 저에게 져 주셨으면 좋겠습니다."

「그분이 져 줄 양반이었으면 이렇게까지 하지도 않지.」

"제 결혼 때문인데 왜 친척들까지 호출하는지 모르겠습니다."

「왜일 것 같은데?」

"그거야 뭐……."

진헌이 뜸을 들이자 진우가 말했다.

「당신 혼자 안 되시니까 온 집안 식구 다 끌어들이는 거잖아. 너만 두 눈 질끈 감으면 온 가족이 평안할 수 있는 문제야. 너 평생 결혼 안 할 거야?」

"물론…… 그건 아니죠."

뚱한 표정의 진헌이 대답했다.

「독신주의자도 아니면서 무슨 고집을 그렇게 부려? 아니면 할아버지를 제대로 이겨 보던가. 이게 뭐야? 여러 사람 피곤하게.」

입으론 구시렁구시렁거리면서도 진우에게는 변명도 늘어놓지 못하는 진헌이었다.

그의 나이 아직 스물여덟이었다.

결혼을 안 하겠다고 하는 것도 아니고, 그저 조금 천천히 하고 싶을 뿐이었다.

가장 최근에 결혼한 진우의 경우만 해도 서른이 훌쩍 넘어서 결혼을 했다. 그것도 연애결혼을 말이다.

그런데 유독 자신에게만 선을 보라는 것도 모자라 당장 결혼하라고 재촉이니, 진헌은 속이 터질 지경이었다.

군대 제대 후 대학교를 졸업하고 바로 진성 그룹에 입사해 지금까지 눈코 뜰 새 없이 바빴다. 어린 나이에 부장으로 시작한 그가 최근 이사로 승진할 때까지 험난한 길을 걸어왔다.

이제야 숨통이 트이는 것 같아 개인적으로 여유를 부리려고 했던 그의 발목에 채 옹이 결혼이라는 족쇄를 채우려고 하는 것이었다.

진헌은 불만이 가득한 목소리로 말했다.

"결혼을 안 하겠다는 것도 아닌데 몇 년 더 참으시면 되는 일을 왜 그러실까요?"

「낸들 알겠어?」

"어휴……."

「그런데 이상한 소문 들리더라?」

진우가 엄청난 비밀 이야기라도 하려는 사람처럼 목소리를 낮추자 귀가 쫑긋해진 진헌이 몸을 일으켜 앉았다.

"무슨 소문 말입니까?"

「할아버지가 오래전부터 네 결혼 상대로 점찍어 둔 여자가 있다던데?」

"그러니까 선을 보라고 하시는 거겠죠. 그나저나 그 여자가 누구랍니까?"

「여자가 아니고 학생이다.」

그게 무슨 이상한 소문이냐 싶어 진헌이 퉁명스럽게 되물었다.

"학생이어도 여자니까 저랑 결혼시키려는 거겠죠. 설마 남자겠습니까?"

「내 말은 아직 솜털이 보송보송한 고등학생이다 이거야.」

"뭐라구요?"

버럭 소리를 지르며 자리에서 벌떡 일어난 진헌의 얼굴이 새빨갛게 달아올랐다.

❈❈❈

토요일 오후.

학교에서 돌아온 주화는 부모님과 함께 앉아 있는 낯선 아저씨를 보았다.

"인사드리렴. 김세준 실장님이시다."

아버지의 소개에 주화는 두 손을 가지런히 모으고 소파에 앉아 있는 아저씨에게 공손히 인사를 했다. 그런데 주화의 눈엔 인사를 받는 아저씨가 몸 둘 바를 몰라 절절매는 것처럼 보였다.

"아, 예. 안녕하십니까? 하하하. 따님이 어여쁘게 성장하셨습니다."

  손수건으로 이마에 맺힌 땀을 닦아 내며 김 실장이 작은 목소리로 주화에 대한 칭찬을 하자, 부모님이 흐뭇한 미소를 지었다.

  "과찬이십니다. 주화야, 어서 올라가서 쉬렴."

  어머니의 말에 알았다며 고개를 끄덕인 주화는 김 실장에게 다소곳하게 다시 인사를 건네곤 조용한 걸음으로 2층 계단으로 향했다. 그러나 무언가 이상한 낌새를 느낀 주화는 계단을 올라가다 발자국 소리를 낮추고 거실에서 보이지 않을 곳에 서서 숨을 죽였다.

  예전 같으면 어른들의 이야기에 관심도 가지질 않을 텐데, 자신을 보며 절절매던 김 실장의 태도가 궁금했던 탓에 주화는 몰래 엿듣기로 한 것이었다. 어쩌면 자기와 관련된 이야기일지도 모른다는 생각을 하며 말이다.

  잠시 후, 아버지의 목소리가 나직하게 들려왔다.

  "우리 애는 아직 고등학교도 졸업 전입니다."

  "네. 그건 어르신도 알고 계십니다. 그러나 선생님도 아시다시피 이미 선대에서 마무리되어진 일입니다. 어르신께서도 굳이 시간 끌 필요 있겠냐며 되도록 올해 안에 마무리를 했으면 좋겠다 말씀하셨습니다."

  난감해하는 김 실장의 말에 이어 어머니의 목소리가 들렸다.

  "물론 그렇긴 하지만, 주화는 지금 아무것도 모르고 있어요. 결혼을 시키더라도 대학교 졸업은 하고 시킬 생각이었기 때문에……."

  '결혼?'

  계단 난간을 붙잡고 한껏 귀를 기울이고 있던 주화의 눈동자가 커다래졌다.

'누가? 내가?'

제 귀를 의심하며 어리둥절해하고 있는데, 김 실장의 목소리가 들려오자 주화는 다시 귀를 쫑긋 세웠다.

"걱정되는 건 당연하시겠지요. 그래서 어르신도 식만 올해 치르고, 합가는 따님이 고등학교 졸업을 한 후에 하면 되지 않겠냐고 하셨습니다."

'뭐야, 나 지금 어린 신부 영화 찍어?'

주화는 뻔히 두 쪽 귀로 어른들의 대화를 듣고 있으면서도 당최 이해를 할 수 없었다. 오죽하면 '아빠가 숨겨 둔 딸이 있나?' 하는 엉뚱한 생각까지 하고 있었다.

그런데 뒤이어 들려오는 아버지의 말에 분명 자신을 지칭하는 것임을 또렷하게 깨달았다.

"주화는 아직 고등학교 2학년입니다. 조금 더 기다려 주실 수 있지 않나요? 애한테 자초지종 설명도 해야 하고, 설득이라는 것도 해야 하지 않겠습니까?"

"하지만 죄송하게도 어르신께서 기다리실 여력이 없습니다. 선생님도 정혼에 대해선 알고 계시는 일이잖습니까?"

"물론 저도 그런 약속이 있었다는 점을 모르는 바는 아닙니다만, 지금은 세월이 많이 변했습니다. 한마디로 요즘 애들인 주화가 그런 구식 정혼 이야기를 믿기나 하겠습니까?"

우당탕탕!

"으아악!"

요란한 소리와 함께 찢어질 듯한 비명 소리에 놀란 김 실장과 주화의 부모님이 계단을 쳐다보았다.

요상한 포즈로 계단에서 굴러 내려오던 주화는 1층 바닥에 대자로 뻗어 버렸다. 어깨며 엉덩이, 무릎 할 것 없이 온몸이 아팠지만, 너무 민망한 나머지 고개를 바닥에 박은 채 교복 스커트만 겨우 정리했다.

"어머, 주화야. 괜찮아?"

놀란 어머니가 허겁지겁 달려와 주화의 팔을 부축했지만, 주화는 여전히 얼굴을 바닥에 붙인 채 꼼짝도 하지 않았다.

잠시 후, 주화는 잔뜩 일그러진 목소리로 물었다.

"엄마, 나 시집가요?"

그러면서 속으론 이렇게 외치고 있었다.

난 아직 고딩이라고!

✹✹✹

"어휴."

책상에 턱을 괴고 앉은 주화는 멍하니 창밖을 내다보며 한숨을 내쉬었다.

점심도 안 먹고 매점도 안 간다며 자리만 지키고 있는 주화가 걱정스러웠던 짝꿍 아람이 주화의 어깨를 툭 쳤다.

"너 밤새 무슨 일 있었어? 오늘따라 왜 그래?"

친구의 말에 잠시 눈을 돌리는가 싶던 주화는 아예 책상에 엎드려 버렸다.

의아한 표정을 지어 보이던 아람이 점심 식사 때 급식으로 나온 초코 우유의 입구를 따고 빨대를 꽂아 주화의 책상에 올려놓았다.

"이거 마셔. 너 좋아하는 초코 우유야."

"됐어."

주화가 몸을 조금 돌려 앉으며 투정을 부리자, 찡긋 한쪽 눈썹을 꿈틀대던 아람인 작은 주먹을 불끈 쥐고는 책상을 강하게 내리쳤다.

"먹어! 내가 오늘 식당에서 이거 챙겨 오느라 얼마나 고생을 했는지 알아?"

안 그래도 어제 부모님한테 들은 얘기 때문에 짜증이 나 죽겠는데 별것 아닌 일로 닦달하는 아람이 주화는 못마땅했다.

'챙겨 오긴 왜 챙겨 와. 없으면 사 먹으면 되지.'

그런 몹쓸 생각도 잠시, 주화는 엎드렸던 몸을 일으켜 시무룩한 표정으로 아람일 쳐다보았다. 그 후 주화는 아람이가 건네는 우유를 집어 들고 빨대를 입에 물었다.

"이제 그만 툴툴거리고 얘기 좀 해 봐. 뭐 때문에 그래?"

친구의 채근에도 생각에 잠긴 듯 멍한 시선으로 책상을 내려다보던 주화가 빨대를 입에 문 채 슬픈 눈으로 아람일 바라보았다.

"넌 말해도 이해 못할 거야."

"어쭈. 너하고 내가 알고 지낸 시간이 몇 년이냐. 벌써 13년이다, 13년. 그런데도 날 그 정도로밖에 안 쳐주는 거야?"

아람의 항의에 주화가 시무룩한 얼굴로 친구를 바라보았다.

비쩍 마른 주화와 달리 동그랗고 통통한 얼굴에 안경을 낀 아람인 유치원 때부터 오랜 소꿉친구다. 잠시 떨어지게 된 중학생 때도 학교만 벗어나면 줄기차게 붙어 다닐 정도로 사이가 돈독했다.

눈빛만 봐도 그 친구가 뭘 원하는지 훤히 꿰뚫을 사이가 되었지만, 어제의 일을 차마 꺼낼 수가 없었다. 저도 아직 그 사실이 믿겨지지 않는데, 아람이라고 믿어 줄 것 같지 않았다.

그 생각에 울컥 눈물이 고여 오는데, 아람이가 눈을 휘둥그레 떴다.

"어머? 얘가 울려고 그러네? 뚝!"

"뚝."

울상인 주화가 아랫입술을 쭉 내밀자 아람이 가방에서 티슈를 꺼내 주화의 눈가에 맺힌 눈물을 닦아 주었다.

"난 다 이해할 수 있어. 그러니까 말해."

"……그게……."

모든 걸 수용할 수 있다는 엄마 표정의 아람일 본 주화는 끝내 친구의 목을 끌어안고 눈물을 터뜨렸다.

"어엉. 어떻게 해, 친구야."

주화의 울음에 주변에 있던 친구들이 무슨 일이냐며 모여들었고, 주화는 더더욱 말도 못한 채 눈물만 뿌려 댔다. 친구들이 말을 걸면 걸수록 주화의 울음소리는 더욱 커질 뿐이었다.

주화에게서 심상치 않은 분위기를 감지한 아람인 바람이나 쐬자며 목 놓아 울고 있는 주화를 데리고 밖으로 나왔다.

아람인 사람들이 없는 곳으로 가서 주화와 함께 벤치에 앉았다.

눈코입 안 빨간 곳이 없는 주화를 보며 아람인 입술을 삐죽거렸다. 손수건을 적셔 엉망인 얼굴을 대충 닦아 주곤 아까 듣지 못했던 말을 듣기 위해 운을 뗐다.

"이제 무슨 일인지 좀 들어 보자."

"……."

"태영이한테 고백이라도 했어?"

태영인 1학년 때부터 지금까지 주화가 한결같이 좋아하는 친구다. 혹시나 싶어서 물어본 것인데 주화가 훌쩍이며 고개를 젓자 아람이가 푹 한숨을 내쉬었다.

"그럼, 뭔데? 그것 말곤 네가 이렇게 울 이유가 없잖아. 돈 잘 버시는 아빠 덕분에 아쉬운 것 없이 잘 살고 있는 엄친딸께서……."

"……하래."

"응?"

주화가 작은 소리로 웅얼거리자 아람이 되물었다.

"뭐라고?"

"결혼하래."

"결혼이야 때 되면 하는 거고."

"나보고 올해 결혼하라잖아! 어엉!"

또다시 울음을 터뜨리며 무릎에 얼굴을 묻은 주화가 엉엉 우는 동안 아람인 무슨 영문인지 몰라 눈만 깜빡거리고 있었다. 주화의 절규가 다시 이어졌다.

"그게 말이 돼? 나한테 정혼자가 있대, 정혼자가!"

"야, 요즘 시대가 어떤 시댄데."

"몰라, 몰라! 나 연애 한 번 못해 보고 유부녀 되게 생겼다고!"

김 실장이 돌아간 후 아버지는 주화에게 오래된 낡은 사연을 들려주었다. 그 이야기를 먼저 들었더라면 감동을 받았을지 모르지만, 이미 충격에 허덕이고 있는 주화의 머릿속은 엉망진창이었다. 그 이야기들이 제대로 전달될 리 없었다. 예사롭지 않은 어른들의 이야기보다 상상도 못한 일에 처한 자신의 입장이 더 중요했기 때문이다.

친구 아람의 말대로 요즘 시대가 어떤 시댄데 할아버지 때 한 약속을 지키라고 하는지 주화는 도무지 납득을 할 수 없었다.

그 약속이 어디 그냥 보통 약속인가, 무려 수십 년 후에 태어날 손녀의 장래를 마음대로 정해 버린 것이다.

"내가 남자였어야 해, 남자. 흑……. 할아버지는 분명 손녀가 필요 없었던 거야. 그러니까, 그러니까. 우엥."

주화의 말을 듣고 있는 아람이도 이해가 안 되긴 마찬가지였다. 만화책은 물론이고 N소설이라는 것도 많이 읽었지만, 그 속에서 벌어질 법한 일이 떡하니 친구에게서 일어났다는 것이 신기했다.

'소설? 이라는 생각을 하고 있던 아람이 피식 웃더니 울고 있는 주화의 등을 팡팡 두드렸다.

"야! 누가 아냐? 돈 많고 키 크고 잘생긴 오라버니가 네 신랑일지."

"어엉…… 아니야."

"뭐가 아니야? 너네 집 잘사니까 남자 쪽도 당연히 돈 많을 거고. 내가 돈 많은 남자들치고 잘나지 않은 남자를 못 봤거든? 현빈 봐라, 현빈."

이런 말도 안 되는 헛소리가 어디 있단 말인가.

고개를 번쩍 든 주화가 아람에게 얼굴을 들이밀며 빽 소리를 질렀다.

"그건 드라마잖아!"

"어머, 깜짝이야."

어깨를 움츠리며 가슴을 쓸어내리던 아람이 실눈을 뜨고 씩씩거리고 있는 주화를 쏘아보았다.

"나보다 열 살이나 많단 말이야. 그게 말이 돼? 응? 내일모레면 서른이란 말이야. 회사도 다닌대. 그럼 양복 입은 배 나온 아저씨잖아. 그런데 어떻게 잘났니?"

"설마. 현빈도 양복 입고 있었지만 멋있기만 하던데?"

"그 사람은 연예인이잖아. 어헝."

나무 뒤에서 자신의 험담을 듣고 있던 진헌은 이를 바드득 갈았다.

마침 학교 근처에 일이 있어서 나왔다가 민주화라는 꼬맹이가 어떤 앤가 싶어서 잠깐 들른 것이었다.

다행히 점심시간이어서 주화의 반 친구들을 쉽게 만날 수 있었고, 그 덕에 주화도 금방 찾을 수 있었다.

그런데 오지 말았어야 했다. 이런 말도 안 되는 억지소리를 들을 줄 알았다면······.

키 183에 운동으로 다진 몸매, 언제나 최신 유행을 따라가는 패션 감각을 자랑하며, 반듯한 이목구비가 재산이라면 재산인데, 양복 입고 배 나온 아저씨라고 투덜거리는 꼬마의 말을 더 이상 듣고 있을 수 없었다.

아직 만나 보지도 않았으니 그런 생각을 하는 것이 당연하다는 생각이 들면서도 어딘지 모르게 속이 불편하고 욱하는 것이 올라왔다.

진헌은 후, 하는 숨을 짧게 내뱉은 후, 등지고 있던 나무에서 벗어나 씩씩거리고 있는 주화 앞에 섰다.

열을 뿜으며 아저씨에 대한 열띤 토론을 벌이고 있던 두 사람 위로 커다란 그림자가 드리워지자 말을 멈춘 주화와 아람이 천천히 고개를 들었다.

진헌이 누구인지 모르는 주화와 아람인 앞에 서 있는 잘생긴 남자의 정체가 궁금한 듯 눈을 동그랗게 뜨고 멀뚱멀뚱 바라만 보았다.

진헌은 눈을 가늘게 뜨고 둥지 속 아기 참새마냥 자기를 올려다보고 있는 두 사람을 번갈아 보았다. 어세 보았던 사진의 주인공이 누구인지 찾기 위함이었지만 통 알 수가 없었다.

본가에 내려온 진헌이 이런 식으로 결혼을 강요하는 경우가 어디 있냐며 시끄럽게 떠들 때, 들은 척도 안 하고 있던 채 옹이 던져 준 건 낡은 사진 하나였다.

그 사진을 본 진헌의 얼굴이 분노로 일그러졌다. 그 사진 속엔 눈물로 범벅이 된 다섯 살짜리 꼬마가 카메라를 잡아먹을 듯 노려보고 있었다.

지금 생각해도 어처구니가 없다. 최첨단 기법을 활용한 조작된 쭉쭉빵빵한 여자의 사진을 내밀어도 속이 찰까 말까인데, 다섯 살짜리 꼬마 사진을 '옜다, 가져라.' 라는 식으로 던져 줄 수 있냔 말이다.

어제의 일에 심기가 불편한 진헌은 오만방자한 표정으로 팔짱을 끼고 한껏 무게를 잡으며 근엄하게 말했다.

"누가 민주화 투사냐?"

"……!"

눈을 부릅뜨고 쏘아보는 주화와 눈이 마주친 진헌의 눈이 재빨리 명찰로 향했다.

곱게 적혀 있는 이름 석 자, 민주화.

진헌이 고갯짓으로 주화를 가리키며 물었다.

"네가 민주화 투사냐?"

그 말에 발끈한 주화가 자리에서 벌떡 일어났다. 안 그래도 이름 때문에 콤플렉스가 심한 주화였다. 사회 시간만 되면 어찌나 애들이 키득거리던지 개명시켜 달라고 한 달 내내 조른 적도 있었다.

시티홀이라는 드라마가 나왔을 땐 더했다. 드라마의 등장인물 중 한 사람의 이름이 민주화였다. 이름도 똑같고 생긴 것도 똑같다며 친구들이 많이 놀렸었다.

'아니야. 자그마한 것이 앙증맞고 귀여워서 그런 말하는 거야.'라는 말로 아람이가 위로했지만 곱게 들리지 않았었다.

가뜩이나 결혼이라는 것 때문에 약이 바짝 올랐는데 어디서 낯선 남자가 나타나 이름으로 약을 올리자 주화는 분개했다. 잘생기면 다 용서가 된다지만 주화는 도저히 화를 누를 수 없었다.

"내가 민주화 투사다! 왜? 같이 민주화 운동이라도 하시게?"

얼굴을 빨갛게 물들인 주화가 씩씩거리며 까치발을 하고 얼굴을 들이미는 통에 진헌은 픽, 하고 웃어 버렸다.

'진짜 꼬마네.'

요즘 고등학생들은 다들 조숙하다는데 주화는 그렇지도 않아 보였다.

작은 키에 긴 머리카락을 하나로 질끈 묶은 주화는 아기처럼 뽀얀 피부를 가지고 있었다. 체격도 그리 크지 않았다. 너무 마른 사람은 취향이 아닌데, 주화는 옆에 있는 아람이보다 많이 말랐다.

물끄러미 주화를 응시하던 진헌이 히죽거리며 말했다.

"중량 미달이다."

"허!"

진헌이 의미를 알 수 없는 말을 하자 잔뜩 인상을 구기고 있던 주화는 아람일 쳐다보았다. 그런다고 아람이 뭘 알려 줄 수 있는 것도 아닌데 말이다.

"속성으로 관리한다고 해결이 될지는 모르겠다만…… 흠."

진헌이 하얗고 기다란 손가락으로 제 턱을 문지르며 주화의 위아래를 쭉 훑어보는 동안, 주화는 마치 넋이라도 놓은 사람처럼 멍하니 그를 올려다보았다.

그때, 점심시간이 끝났다는 예비종이 울렸다.

"주화야, 가자."

종소리에 먼저 정신을 차린 아람이 자리에서 일어나 진헌의 눈치를 살피며 주화의 손을 잡았다.

"꼬마, 나중에 보자고."

진헌이 낮은 목소리로 속삭이며 자기 머리를 부드럽게 쓰다듬자, 얼굴이 순식간에 사색이 된 주화가 버럭 소리를 질렀다.

"이 변태!"

비명에 가까운 소리에 아람인 물론이고 건물 안으로 들어가던 아이들의 시선이 그에게로 몰려들었다.

순간적으로 당황한 진헌은 저도 모르게 어깨를 움츠리며 주변을 살폈다.

아이들이 호기심 어린 눈으로 바라보고 있을 때, 주화의 고함 소리가 다시 이어졌다.

"신고해! 아람아, 빨랑 신고해!"

"어? 어."

일이 이상하게 흘러가자 당황한 진헌은 두 사람을 말리려고 손을 뻗으며 다가섰지만 주화의 비명 소리만 더 높아졌다.

"선생님, 선생님 불러!"

무슨 일인가 싶어 몰려들던 아이들의 웅성거림이 커지고, 여기저기서 선생님을 찾는 소리가 들렸다. 어디선 급한 대로 같은 반 남자아이를 데리고 온 여자아이들도 있었다.

"이봐, 민주화. 진정해."

좀 타일러 보려고 했지만 주화는 바락바락 소리를 지르고, 아람인 정말 어딘가로 전화를 걸고 있었다.

"이봐, 당신!"

멀지 않은 곳에서 굵은 남자 목소리가 들렸다.

소리 나는 쪽을 확인한 진헌은 결국 이 상황에 대해 해명하길 포기하고 몸을 돌려 잽싸게 뛰었다.

"어? 이봐! 거기서!"

"꺄아! 선생님!"

"빨리 잡아 주세요!"

진헌의 뒤를 학생 주임 선생님이 따르고, 여자아이들은 꽥꽥 소리를 질렀다.

"거기 서!"

"서란다고 서는 멍청이가 어디 있냐고, 젠장."

선생님이 몽둥이를 휘두르며 따라오자 진헌은 격한 말을 중얼거리며 차로 내달렸다. 운동장에 세워 뒀던 스포츠카에 몸을 실은 진헌은 바로 차를 출발시켰고, 운동장엔 뿌연 먼지바람만 남았다.

✸✸✸

"큭큭큭."

소파에 반쯤 누운 진우가 아픈 배를 움켜잡고 대굴대굴 구르며 웃어 댔다. 그런 사촌 형을 보며 진헌은 연신 입술을 씰룩였다.

경찰서를 통해 진성 그룹 홍보실로 연락이 왔다. 수상한 차량이라고 신고가 들어왔는데, 혹시 차량을 도난당하진 않았냐는 내용이었다. 진헌이 타고 갔던 스포츠카가 진성 그룹의 의전차량이었기 때문에 홍보실로 확인 전화가 온 것이다. 덕분에 의전차량을 몰래 타고 나갔다는 사실이 들키고 말았다.

그동안 의전차량을 개인적으로 이용한다며 온갖 눈총을 다 받고 있었는데, 떡하니 경찰서에서까지 연락이 오자 진헌은 한없이 작아져 버렸다.

집무실까지 찾아온 홍보실장이 눈을 가늘게 뜨며 소리 없는 핀잔을 내뿜다 진헌이 작성해 준 사유서를 받아 들고 쌩하니 나가 버렸다.

엄청난 속도로 달아났는데, 차 넘버를 확인한 걸 보면 선생님의 눈이 매의 눈임에 틀림없다.

이 무슨 자존심 무너지고, 스타일 구겨지는 짓인가 말이다.

안 그래도 민망해 죽겠는데, 웃음을 참느라 얼굴이 우락부락해진 진우까지 사무실을 찾아오자 진헌은 죽을 맛이었다.

"그만 웃으십시오."

"호호호. 하하하하."

"형님."

진헌의 목소리가 잔뜩 굳어지자 입을 꾹 다물고 쿡쿡거리던 진우가 눈꼬리에 맺힌 눈물을 슥 닦아 내며 몸을 바로 하고 앉았다. 진헌의 정색이 진우는 더 재밌기만 했다.

"흐흐. 그래도 제수씨가 궁금하긴 했나 보다?"

"뭐가 또 벌써 제수씹니까?"

너무 어이가 없어 툴툴거리며 진헌이 되물으니, 진우가 인터폰으로 냉수를 부탁하곤 말을 이었다.

"지난 토요일에 제수씨 집에 김 실장 보내서 결혼 애기 다 마무리했다고 하던데?"

"아, 진짜!"

버럭 화를 내려고 하는데, 노크 소리와 함께 쟁반을 든 비서가 들어왔다. 비서가 물 잔을 놔두고 나가는 동안, 진헌은 손으로 이마를 감싸고 뜨거운 김을 뿜어냈다.

시원하게 물 한 잔을 들이켠 진우가 말했다.

"너도 학교까지 갈 정도면 이미 결혼을 기정사실로 받아들인 거 아니야? 괜히 싫다고 버티지 마. 그런다고 할아버지 마음이 바뀌진 않을 테니까."

손에 얼굴을 묻은 진헌의 입에서 억눌린 신음이 새어 나왔다.

"홍보실에선 이미 네 결혼 발표 준비를 하고 있어."

"잘들 하시는군요."

당사자는 쏙 빼놓고 무언가가 마구마구 벌어지고 있으니, 홍보실이고 나발이고 다 짜증이 날 지경이었다.

소파 팔걸이에 턱을 괴고 엉뚱한 곳을 쳐다보며 구시렁거리고 있는 진헌에게 진우가 말했다.

"18세의 신부라니. 크크…… 너 결혼하게 되면 내가 호텔에…… 크크……."

"지금 뭐라고 하시는 겁니까?"

"내가…… 크크크. 침실에…… 촛불이랑 장미꽃으로 장식을 해 주마."

"형님!"

"쿠쿠. 푸하하하하하!"

진헌의 기겁에 진우는 소파에 반쯤 쓰러져 배를 잡고 다시 웃기 시작했고, 진헌은 얼굴을 붉힌 채 씩씩거렸다.

못생기고 부실한 몸매의 꼬마에게 변태 취급을 받은 것도 억울해 미치겠는데, 형이라는 사람까지 자신을 호색한으로 몰자 머리에서 스팀이 팍팍 일어나는 것 같았다.

"이제 그만 가십시오!"

자리에서 벌떡 일어난 진헌이 소파에 반쯤 드러누워 있는 진우의 팔을 잡아끌었다.

"크크크. 왜? 너 여자 좋아하잖아."

"누가 말입니까?"

"있는 소문 없는 소문 다 뿌리고 다닌 놈이 이제 와서 모른 척하기는."

못 이기는 척 자리에서 일어난 진우가 아픈 배를 쓸어내리며 톡 쏘아붙이자 진헌의 얼굴이 다시 붉어졌다.

그건 순전히 할아버지 때문이었다. 그런 소문이 난다면 상대편에

선 결혼을 꺼려할 테고, 그러면 자연스럽게 당장 결혼하지 않아도 될 것 같았기 때문이다.

그런데 그룹과는 전혀 상관없는 평범한 가정의 미성년자라니. 할 아버지가 이런 꼼수를 부릴 줄 누가 알았겠는가.

"회사 돈을 날로 먹고 있다는 소문 듣기 싫으면 빨리 가십시오!"

진헌의 성화에 진우가 소파에서 몸을 일으켰다.

"순진한 제수씨 속상하게 하지 말고 소문이나 정리해."

진우가 흐트러진 재킷을 매만지며 잔소리를 하자, 울컥 화가 치민 진헌은 빨리 나가라며 그의 등을 밀어 댔다.

"다음 주에 상견례 있다더라."

"……!"

그 말을 끝으로 진우를 완전히 밖으로 몰아내고 문을 거칠게 닫았다.

진우 때문에 진이 다 빠진 진헌은 어깨를 축 늘어뜨린 채 한숨을 푹 내쉬었다.

진헌은 손을 동그랗게 말아 문을 한 대 쳤다.

"이 영감탱이는 다 자기 마음대로구먼."

02.

천생연분? NO!

 높게 솟아 있는 진성 그룹 본사 건물을 올려다보던 주화가 비틀거리자 아람이 얼른 주화를 부축했다.

진성 그룹 이사 채진헌. 나이 곧 서른.

주화가 알고 있는 예비 신랑에 대한 정보의 끝이다.

혹시나 하는 마음에 밤새 인터넷을 뒤졌지만, 그의 사촌 형이라는 채진우 사장의 기사나 사진은 많은데 좀처럼 그의 정보는 알 수가 없었다.

그렇다고 아버지에게 더 알려 달라고 할 수도 없었다. 절대로 결혼 안 한다고 방바닥을 구르며 울었는데, 이제 와서 그에 대해 묻는다는 건 결혼을 하겠다는 의사 표현과 같았기 때문이다.

"이제 어떻게 할 거야?"

높은 건물에 기가 죽은 아람이 작은 소리로 물었다. 그건 주화도 알 수가 없었다. 출입 통제가 되어 있어서 쉽게 들어갈 수도 없는데다 얼굴도 모르는 그 남자를 찾을 수나 있을지 의문이었다.

"얼굴도 모르는데……."

고개를 숙인 주화가 중얼거리며 한숨을 푹 내쉬자 아람이 말했다.

"그 채진우 아저씨랑 닮지 않았을까?"

"응?"

눈을 게슴츠레 뜬 주화가 기운 빠진 얼굴로 아람일 바라보았다.

"사촌이라고는 해도 같은 핏줄이니까 닮았겠지. 나도 우리 외사촌 오빠랑 똑같이 생겼다는 말 자주 들었거든. 그러니까 그 아저씨 닮은 사람을 찾으면 될 것 같아."

마치 엄청난 방법을 생각해 낸 사람처럼 결연한 얼굴로 고개까지 끄덕이는 모습이, 딱 '내 말이 정답이야.' 하는 표정이었다.

주화는 얼굴을 빼딱하게 들고 건물을 다시 쭉 올려다보았다.

지각 한 번 안 해 보고 살았는데 학교까지 땡땡이를 치고 와야 했을 만큼 그 남자를 만나야 했는지 살짝 의문이 들었다. 만났다고 치자, 그에게 무슨 말을 할까?

'아저씨가 내 남편 될 사람이에요?' 아니면 '난 아저씨랑 결혼 안 해요!' 이것도 아니면 '우리 이 결혼 없던 걸로 해요, 네?' 이거?

"어휴."

주화는 양손으로 작은 머리통을 움켜잡았다.

기왕 이렇게 된 거 못 먹어도 고!

채진헌이라는 남자의 얼굴이라도 봐야겠다는 생각을 했지만 덜컥 겁도 났다.

‘정말 아저씨면 어쩌지?’

얼굴에 기름이 흐르고 배가 나왔으며 이상한 스킨 냄새가 날 것 같은 남자가 떠오르자 주화의 얼굴이 사색이 되어 버렸다.

뒤이어 태영의 말끔한 얼굴이 스쳐 지나갔다.

키 177에 운동을 좋아하는 만큼 몸매도 좋았다. 교복이 그렇게 잘 어울리는 남학생은 처음 보았다. 뽀얀 얼굴에 서글서글한 눈매. 노래도 어찌나 잘 부르던지 수학여행지에서 들었던 태영의 목소리가 아직도 귀에 생쟁거렸다. 그런 태영일 두고 결혼이라니.

‘결혼은 절대 있을 수 없어!’

드디어 목적을 정한 주화는 얼굴에 잔뜩 힘을 주고 건물 안으로 들어갔다.

멍하니 건물을 보고 있던 아람이도 허둥지둥 주화를 따라 들어갔다.

점심시간인 듯 넓은 로비엔 많은 사람들이 오고 가는 중이었다. 자칫하면 그를 못 볼 수도 있겠다는 생각이 든 주화의 걸음이 빨라졌다.

모르는 곳에 왔을 땐 주변 사람에게 물어보는 것이 가장 현명한 방법이다. 그래서 주화는 안내 데스크로 씩씩하게 걸어갔다.

“무엇을 도와 드릴까요?”

키가 큰 어여쁜 언니가 말을 걸어오자 주화는 흠칫 어깨를 떨었다.

상냥한 얼굴로 웃으며 정말 도와줄 것처럼 묻고는 있었지만 어쩐지 ‘애들은 가라.’ 라는 말을 하고 있는 것도 같았다.

여기서 물러설 수 없다! 하는 마음으로 마른기침을 하며 목을 가

다듬은 주화가 큰소리로 말했다.

"채진헌 이사님을 찾아왔는데요."

"약속은 하셨습니까?"

직원이 부드러운 목소리로 물었지만 주화는 다시 흠칫했다.

"약속은…… 안 했는데요."

처음과 달리 주화의 목소리가 점점 기어 들어갔다.

"실례지만 어떤 용무로 오셨습니까?"

데스크의 직원은 절차상 묻는 것이었지만 그걸 알 리 없는 주화는 당황했다.

주화가 양 볼을 발그레하게 붉힌 채 아무 말도 못하고 가만히 있자 아람이 옆구리를 쿡 찔렀다.

아람이가 왜 그러는지 알고 있었지만 직원에게 뭐라고 얘길 해야 하는지 주화는 난감했다. 약혼자를 만나러 왔다는 말은 결코 하고 싶지 않았고, 설령 하게 된다고 하더라도 믿어 줄 것 같지 않았다.

망설이던 끝에 주화가 어렵사리 입을 열었다.

"그, 그냥 얼굴 좀 보려고 왔어요."

아람이 놀란 낯빛으로 주화와 안내 데스크 직원의 얼굴을 번갈아 보았다.

아주 잠깐 안내 데스크 주변엔 이상한 침묵이 흘렀다.

불쑥 말을 꺼낸 주화의 얼굴은 새빨간 홍당무가 되어 버렸고, 안내 데스크의 직원은 다소 당황한 얼굴로 주화를 바라보았다.

"얼굴을…… 보러 오셨다는 말씀이십니까?"

처음부터 주화와 대화를 하고 있는 직원이 난감한 얼굴로 되묻고, 옆에 있는 직원은 끝내 고개를 돌려 작게 웃음을 터뜨렸다.

'이봐요, 언니. 내가 여기 사모님 될 사람이거든요?'

결혼 안 한다고 할 때는 언제고 괜히 욱한 것이 올라온 주화는 인상을 찌푸리며 그런 말을 속으로 되뇌었다.

"너 뭐야?"

"……!"

고운 저음의 목소리에 네 명의 여자들의 시선이 한곳으로 쏠렸다.

진성 그룹 건물만큼이나 큰 키에 얼굴엔 짜증이 잔뜩 서린 남자가 팔짱을 낀 채 눈을 깔고 주화를 내려다보고 있었다.

여전히 얼굴이 붉게 물든 주화가 눈동자를 깜빡이고 있을 때, 남자가 다시 말했다.

"학교에서 사람 망신은 다 시켜 놓고 여긴 왜 왔어?"

신랄한 목소리에 정신을 차린 주화는 한 걸음 뒤로 물러났다. 그러곤 온 힘을 다해 빽 소리를 질렀다.

"이 변태야!"

드넓은 로비엔 주화의 앙칼진 비명이 메아리가 되어 울려 퍼졌다.

주화는 옆에 있는 아람의 몸을 꽉 껴안고 고래고래 소리를 질렀다.

"저리 가! 변태, 치한!"

덩달아 놀란 아람이도 주화를 껴안고는 슬금슬금 뒤로 물러났다.

갑자기 터진 소동에 당황한 진헌은 얼른 손을 뻗어 주화의 입을 틀어막고는 뒤에서 어깨를 감싸 안았다.

그가 왜 그러는지 알 리 없는 주화는 그의 손에서 벗어나기 위해 격렬하게 반항했고, 옆에 있는 아람인 들고 있던 가방으로 진헌을 때리기 시작했다.

친구를 구해야 한다는 절박함에 사로잡힌 아람인 있는 힘껏 가방을 휘둘렀다.

"놔줘! 놓으라고!"

"아! 그만 안 해?"

눈을 감고 무작정 덤벼 대는 아람일 이리저리 피해 가며 주화의 입을 틀어막고 있던 진헌은 온몸에서 진땀이 흐르는 걸 느꼈다. 망신도 이런 대망신이 없다.

"이사님!"

주화의 비명과 아람의 공격을 본 청원경찰이 뛰어왔지만 놀란 마음에 넋이 반쯤 나간 주화나 아람인 주변에서 일어나는 상황을 전혀 눈치채지 못했다.

"이사님, 무슨 일이십니까?"

"아저씨! 빨리 제 친구 좀 구해 주세요. 빨리요!"

아람이가 다급하게 청원경찰의 팔에 매달려 울며 사정했고, 진헌에게 입이 막힌 주화는 그의 품에 안긴 채 바동거렸다.

"저 꼬마 좀 데리고 있어요."

"이사님?"

진헌의 지시대로 아람의 팔을 붙잡은 청원경찰이 의아한 얼굴로 그를 쳐다보았지만 진헌은 버둥버둥거리는 주화를 질질 끌고 엘리베이터로 향했다.

"넌 나 좀 보자."

'납치!'

겁에 질린 주화는 어떻게든 도망가려고 온몸을 비틀었다. 그러나 덩치가 산만 한 남자에게서 벗어나는 것은 쉽지 않은 일이었다.

누가 도와주길 바랐지만 근처엔 사람의 그림자조차 보이질 않았다.

주화는 절망했다.

"읍, 읍!"

이러다 죽겠다는 생각에 정신이 혼미해진 주화는 남자에게 어깨를 단단히 붙잡힌 채 뒷걸음질 치듯 엘리베이터에 올랐다.

우악스러운 남자에게 끌려가던 주화는 공포에 휩싸여 있었나.

손꼽히는 재벌은 아니어도 돈 많은 집 외동딸인 자신을 납치해서 돈을 뜯어내려는 수작이라고 생각했다. 스토커처럼 학교는 물론이고 여기까지 따라와서 해코지를 하는 것이라고 혼자 결론 내렸다. 더 나아가 어쩌면 이곳은 사람을 납치해 이상한 곳에 파는 깡패 회사일지도 모른다는 생각까지 했다.

그러자 어떻게 해서든 살고 봐야 한다는 강한 생존 본능이 주화의 정신을 번쩍 들게 했다.

남자에게 입이 틀어막히고 어깨마저 결박당한 채였지만 손은 움직일 수 있다는 걸 깨달은 주화는 손톱을 날카롭게 세우고 있는 힘껏 그의 손등에 내리꽂았다. 그러고는 가차 없이 확 그어 버렸다.

"으악!"

남자의 비명과 함께 몸이 조금 자유로워지자 주화는 팔꿈치로 있는 힘껏 그의 배를 가격했다.

"윽!"

앞으로 고꾸라진 남자의 고통에 찬 신음 소리를 들은 주화는 후다닥 엘리베이터 구석에 달라붙었다.

‘젠장. 문 열릴 때 할 걸.’

도대체 어디까지 올라가려는지 엘리베이터 문은 열릴 생각을 하지 않았다. 중간 어디쯤에서 한 번은 문이 열릴 법도 한데 말이다.

허리를 접어 배를 움켜잡고 비틀거리던 남자가 반대편 구석에 몸을 기대자 얼른 엘리베이터 버튼들을 확인했다. 버튼은 지하 주차장과 1층, 그리고 제일 꼭대기 층밖에 없었다. 그 꼭대기가 20층이라는 것이 문제였다. 아직 10층인데 말이다. 주화는 그 엘리베이터가 임원 전용이라는 걸 몰랐던 것이다.

“아이씨.”

주화의 입에서 험한 소리가 흘러나오자 진헌이 인상을 찌푸리며 주화를 노려보았다.

키도 작고 몸매도 형편없는 꼬마가 있는 거라곤 힘밖에 없는 듯했다. 그렇지 않고서야 이 고통을 설명할 방법이 없다.

매일 새벽마다 운동을 게을리하지 않았던 자신이 작은 꼬마에게 당했다는 것이 엄청 창피하기까지 했다.

“이봐, 꼬마.”

없는 버튼을 요리조리 살펴보고 있던 주화의 어깨가 흠칫 움츠러들더니 구석에 더욱 붙어 섰다.

‘어떻게 해, 어떻게 해.’

주화는 되지도 않는 버튼을 마구 누르며 속으로 오지 말라고 주문을 외웠다. 도대체 이놈의 엘리베이터는 왜 이렇게 느림보 거북이란 말인가.

“쪼그마한 게 힘은…….”

땡!

드디어 엘리베이터가 멈췄다.

바로 뒤까지 바짝 다가오는 음산한 목소리에 기겁한 주화는 열림 버튼을 마구 눌러 댔다. ‘아아악!’ 비명까지 지르며 말이다.

스윽.

부드러운 소리와 함께 엘리베이터가 열리기 시작하자 주화는 작은 틈에 손부터 밀어 넣었다.

“어쭈! 거기 안 서?”

“까악!”

반도 열리지 않은 문에 몸을 끼워 넣으며 비명을 질러 대던 주화의 손이 진헌에게 붙잡혔다.

“강도야!”

이젠 강도란다. 어처구니가 없어서 진헌은 말도 나오질 않았다.

주화가 손을 마구 휘둘러 대는 통에 손을 놓쳤다고 생각했을 때, 의외의 일이 벌어졌다. 진헌의 손에서 벗어나면서 생긴 반동으로 밖으로 튕겨져 나간 주화가 엘리베이터를 기다리고 있던 진우의 품에 뛰어들었던 것이다.

“으악!”

“어!”

졸지에 남자의 품에 안겨 버린 주화도, 얼떨결에 넘어지는 여자를 붙잡게 된 진우도 어리둥절하긴 마찬가지였다.

그러나 그런 걸 따질 겨를도 없었던 주화는 그의 옷자락을 움켜잡고 공포에 질린 목소리로 사정했다.

“아저씨! 살려 주세요. 살려 주세요.”

금방까지는 진성 그룹이 깡패 회사라고 생각하고 있던 주화였다.

정말 그 생각이 맞다면 이 남자도 한패가 되는 것인데 주화는 지금 그런 걸 생각할 이성이 남아 있질 않았다. 살려 달라고 무작정 빌고 있었다.

"에?"

"가, 강도…… 흐윽."

주화는 모르는 남자의 등 뒤로 숨으며 울음을 터뜨렸다.

주화는 속으로 부모님을 원망했다. 고이고이 기른 딸을 이런 깡패 집안에 시집보내려고 했다니, 억울하고 속상하고 화가 났다. 잘못한 일이 있다면 혼을 내거나 벌을 주면 되지 어찌 이런 끔찍한 곳에 보내 버리려 했던 것인지 서럽기까지 했다.

"강도?"

앞에 서 있는 남자가 고개를 젖혀 뒤를 돌아보며 물어보자 주화는 크게 고개를 끄덕였다.

"아, 진짜. 저 꼬마……."

아까부터 씩씩거리고 있는 남자의 위협적인 목소리에 기겁을 한 주화는 앞에 있는 남자의 옷자락을 더욱 거세게 움켜잡았다.

"그런데 꼬마 숙녀분, 혹시 민주화 양?"

"에?"

제 이름을 알고 있는 남자에게 호기심을 느낀 주화는 여전히 겁에 질린 얼굴로 자신을 굽어보고 있는 남자의 얼굴을 올려다보았다.

'어? 어디서 본 얼굴?'

남자와 눈이 마주친 주화는 얼떨결에 한마디를 내뱉었다.

"채진우다."

아주 잠깐의 침묵이 흐르고, 진우가 고개를 젖히며 큰소리로 웃었다.

"하하하. 그래 내가 채진우야."

그리고 그 뒤를 따르는 엄청난 목소리.

"야! 채진우는 아는데, 나는 왜 몰라?"

여전히 눈물이 그렁그렁 맺힌 주화가 진우에게서 시선을 거두고 붉으락푸르락한 얼굴로 노려보고 있는 진헌에게 큰소리로 말했다.

"아저씨가 누군데!"

'알게 뭐야!' 라는 생각으로 꽥 소리를 지르니, 당장이라도 잡아 버리겠다는 듯 남자가 바로 코앞까지 다가왔다. 그러자 겁에 질린 주화의 무릎이 반쯤 접혔다.

"네 남편 될 사람이다!"

"머…… 뭐?"

"내가 네 남편 될 채진헌이라고!"

"……미친놈."

주화의 겁 없는 말 한마디에 진헌은 뒷목을 잡고 벽에 기대섰고, 진우는 아픈 배를 부여잡고 정신없이 웃어 댔다.

조용한 집무실 안, 주화는 지금 자신이 저지른 일에 대한 죗값을 치르고 있는 중이다.

한 손엔 과산화수소를, 한 손엔 솜을 든 주화는 진헌이 내민 손을 뾰로통한 얼굴을 쳐다보았다.

동물적 생존 본능에 충실한 나머지 그의 손등에 엄청난 상처를 남긴 것이다. 살갗이 벗겨진 정도가 아니라 살이 패일 정도로 상처가 깊었다. 그것도 여섯 줄씩이나 그렸다.

진헌으로부터 점심을 굶기고 손등을 쥐어뜯었으며 배를 가격했다는 죄목이 붙었지만 주화는 인정하고 싶지 않았다. 어제부터 이상한 행동을 한 건 그였고, 오늘도 강제로 끌고 올라온 건 그였으니까.

입을 쭉 내민 주화가 진헌의 손등의 상처에 소독을 시작했다.

"잘 발라."

주화는 속으로 '쳇' 하는 소리를 내뱉으며 솜으로 손등을 마구 문질러 댔다.

"아프잖아."

"그럼 병원을 가던가."

주화의 작은 투덜거림에 아람이 주화의 옆구리를 쿡 찔렀다. '왜?' 하는 표정으로 아람을 쳐다보던 주화는 아람이 가리키는 곳으로 고개를 돌렸다. 주화는 처음 알았다. 도끼눈이라는 것이 정말 있다는 것을.

기고만장하게 덤벼 대던 모습은 쏘옥 사라지고 얼른 눈을 내려 버린 주화는 '호, 호.' 소리까지 내며 진헌의 손등에 연고를 발랐다.

"그런데 주화 양은 여기까지 무슨 일로 왔어?"

옆에 함께 있는 진우가 부드러운 목소리로 묻자 주화가 고개를 들어 진우를 바라보았다.

인터넷 사진으로 봤을 때도 참 잘생긴 남자다, 라는 생각을 하고는 있었지만 실물을 직접 본 주화의 눈엔 그가 꼭 동화 속 왕자님 같았다.

주화는 다정한 눈으로 바라보고 있는 진우와 눈이 마주치자 부끄러워 얼른 시선을 돌리며 작게 중얼거렸다. 무슨 소린지 못 들은 진우가 고개를 갸우뚱거리며 "응?"이라고 되묻자 주화는 얼굴까지 붉히고 말았다.

"그냥…… 왔어요."

"그냥?"

그의 되물음에 주화도 아람이도 똑같은 속도로 고개를 끄덕였다.

그때, 노크 소리와 함께 커다란 찬합을 든 박 비서가 안으로 들어왔다.

"자, 우선 밥부터 먹지. 두 사람은 초밥 좋아하나?"

진우의 말에 아람인 신이 나서 고개를 끄덕였고, 주화는 그저 살짝 웃음만 보였다.

주화는 초밥을 그다지 좋아하지 않았다. 먹어 봐야 새우나 한치, 게살 초밥이 고작이었고, 그나마 좋아하는 건 유부초밥이었다.

찬합이 커다란 것이 그중에 먹을 줄 아는 것 몇 개는 있겠다 싶은 희망을 품고 진우가 뚜껑을 여는 것을 호기심 어린 눈으로 바라보았다.

"와아."

회를 좋아하는 아람이가 제일 신났다. 평상시엔 잘 먹어 보지도 못했던 고급 초밥들이 예쁜 빛깔을 뽐내며 폼 나게 누워 있었던 것이다.

먹자는 말에 아람이가 먼저 참치초밥을 덥석 집어 입에 넣고는 '으음.' 소리까지 내며 감탄을 했다.

그게 정말 맛있나? 하는 표정으로 보고 있던 주화는 자기도 먹어야겠다는 생각에 찬합으로 고개를 돌렸다. 조금 전 얼핏 유부초밥 같은 걸 보았기에 잔뜩 기대하고 있었다.

'어?'

그런데 그 유부초밥이 주화가 아닌 다른 사람의 젓가락에 붙들려 공중 부양을 하고 있었다.

'어라?'

주화의 시선이 자연스럽게 유부초밥을 따라 움직였다. 유부초밥은 공간을 이동해 진헌의 입안으로 종적을 감춰 버렸다.

찌릿!

주화의 매서운 눈과 맞닥뜨린 진헌은 사레가 걸린 듯 거칠게 기침을 해 댔다.

"에이, 채진헌. 지저분하게."

입안에 있던 밥풀 몇 개가 밖으로 튀어나오자 아람이 재빨리 찬합을 치우고, 그 자리를 진우가 티슈를 뽑아 닦아 냈다.

얼굴이 새빨개지고 목이 따갑도록 기침을 해 대던 진헌은 물을 벌컥벌컥 들이켜고는 길게 한숨을 내쉬었다. 그러곤 아직도 노려보고 있는 주화에게 거칠게 항의했다.

"뭘 그렇게 노려봐?"

"그것 말고 먹을 게 없었어요?"

"뭐?"

주화가 젓가락으로 잔뜩 놓여져 있는 초밥들을 휘휘 가리키며 불만 가득한 소리로 말했다.

"여기 비싸고 예쁜 거 많잖아요. 그런데도 꼭 그 유부초밥을 먹어야 했냐구요."

젓가락을 꽉 움켜쥔 주화의 양 볼이 팽팽하게 부어올랐다. 마치 심술이 난 유치원생처럼.

"비싸고 예쁜 거 네가 먹으면 되지, 왜 남이 먹는 것 갖고 시비야?"

진헌이 콧등에 솟은 식은땀을 티슈로 닦아 내며 무심하게 말하자 주화는 이글이글 타오르는 눈으로 진헌을 쏘아보았다.

"이 변태 아저씨 같으니라고."

이상하게도 주화가 무슨 말만 하면 온 주변이 쥐 죽은 듯이 조용해졌다. 그러곤 지금처럼 엄청난 소동이 벌어진다.

"너! 왜 자꾸 나한테 변태라고 하는데?"

"변태니까 변태라고 하는 거지. 왜 내가 먹으려고 찜한 걸 먹고 그래요?"

"어딜 찜했는데? 침이라도 발랐어? 먼저 먹는 사람이 임자지, 여기 네 이름표라도 달아 놨어?"

"아저씬 레이디 퍼스트도 몰라요? 어떻게 내가 아직 손도 안 댔는데 매너 없이 먼저 먹어요?"

그 말에 입안에 있는 초밥을 오물오물 씹고 있던 진우가 슬금슬금 눈치를 살피며 컵을 들어 물을 벌컥벌컥 들이켰다.

"레이디? 네가 어딜 봐서 레이디야? 아직 주민등록증에 잉크도 안 마른 게."

"아저씨! 지금 그거 성희롱인 거 알아요?"

"야아, 성희롱은 막 아무 데나 갖다 붙이면 다 성희롱이 되는 거야? 너야말로 변태 아냐?"

"뭐라구요? 이 아저씨가 정말!"

"꼬마, 나 아직 스물여덟이거든?"

"스물여덟이건 서른이건! 나보다 나이 열한 살이나 많잖아요. 양복 입고 회사 다니면 다 아저씨지. 그 나이에 오빠는 하고 싶은가 봐?"

주화가 팔짱까지 끼며 덤벼 대는 통에 열이 머리끝까지 치솟은 진헌은 지금 열여덟 살짜리 고등학생과 유치한 말싸움을 하고 있다는 것도 잊은 채였다.

"너 같은 꼬마한테 오빠라는 소리 듣는 거 반갑지도 않고 흥미도 없어. 클럽에 가면 성숙미 넘치는 여자들이 나 좋다고 줄을 서!"

"바람둥이 같으니라구."

주화가 한쪽 눈을 씰룩이며 빈정거리자 혈압이 잔뜩 오른 진헌이 젓가락을 거칠게 내려놓았다.

"어쭈!"

"결혼하고 딴 여자 만나기만 해 봐!"

"너야말로 내일모레 결혼할 애가 다른 남자한테 눈이나 돌리고 말이야. 태영인 누군데? 꼴에 좋아하는 남자도 있나 봐."

"태영인!"

신나게 쏟아붓던 주화가 입을 다물어 버리자 픽, 픽거리며 웃던 진헌이 "태영인 뭐?"라는 말로 살살 약을 올렸다.

주화가 잠시 우물쭈물거리고 있는 사이, 조금 떨어진 곳에서 아람이와 열심히 초밥을 먹고 있던 진우가 끼어들었다.

"두 사람, 결혼을 하긴 할 건가 봐?"

그 말에 서로를 쳐다보며 얼굴을 붉히던 주화와 진헌이 한목소리로 소리쳤다.

"누가!"
"누가요!"

✽✽✽

"담임이 우릴 그냥 두지 않을 거야."
"그러게 말이야. 넌 괜히 나 따라와서 같이 혼나고."
"아무리 그래도 잘 모르는 곳에 너 혼자 보낼 순 없잖아."
"역시 친구는 너뿐이야."

나란히 앉은 주화와 아람이 서로의 손을 맞잡고 비장한 얼굴로 속닥대고 있는 걸 본 진헌이 속으로 코웃음을 날렸다.

'그래, 가서 꼭 많이 혼나라.'

백미러를 보며 속으로 중얼거리던 진헌은 눈을 부릅뜨고 운전에 집중했다.

진헌은 억지로 결혼시키려는 할아버지도 마음에 안 들지만, 중간에서 살살 약을 올리는 형이 더 마음에 들지 않았다.

유부초밥을 두고 옥신각신하는 사이에 실컷 배를 채운 진우가 진헌에게 유부초밥을 더 사 오게 했던 것이다.

박 비서에게 시켰다가 주화 앞에서 온갖 잔소리를 다 들어야 했던 것을 떠올리며 진헌은 속으로 신음을 흘렸다.

변태에 강도라는 소리까지 들은 것도 모자라 밥 심부름이라니. 게다가 지금은 진우의 명령으로 주화를 학교까지 안전하게 모셔 가는 중이다.

'저 꼬마를 언제 봤다고 벌써부터 두둔이야?'

친형처럼 따르던 진우에게 버림받은 기분이 들어 진헌은 심기가 불편했다.

진헌은 입술을 씰룩이며 교문이 활짝 열려 있는 학교 운동장으로 차를 진입시켰다.

수업 시간인지 학교 전체가 조용하기만 했다.

어렸을 때의 진헌은 학교를 참 좋아했다. 성적도 좋았기 때문에 남달리 공부에 스트레스를 받지도 않았고, 친구들도 많아 학교에 대한 좋은 기억이 많았다. 그러나 이젠 학교가 딱 싫어졌다. 변태로 몰리고 선생님에게 쫓기고 수상한 차량이라고 경찰에서 조사가 나오고.

진헌은 다시는 이곳에 오지 않겠다는 다짐을 하며 차를 거칠게 세웠다.

"내려."

시동을 끈 진헌이 쌀쌀맞은 목소리로 한마디 내뱉고 밖으로 나갔다. 잔뜩 주눅이 든 얼굴로 서로를 쳐다보던 주화와 아람도 차에서 내렸다.

"빨리 와."

진헌은 들어가길 망설이는 두 사람을 향해 큰소리로 말하고는 성큼성큼 건물 입구를 향해 걸었다. 그런데 얼마 가지 못해 진헌은 어느 우악스러운 손에 멱살이 붙잡힌 채 몸이 몇 발자국 뒤로 밀려났다.

"당신!"

갑작스러운 사태에 진헌은 당황할 수밖에 없었다.

진헌은 매섭게 노려보고 있는 건장한 남자를 쳐다보았다.

‘제길.’

저도 모르게 욕지기가 올라왔다. 지난번 미친 듯이 쫓아오던 매의 눈을 가진 남자 선생님 때문이었다.

“이것 놓으십시오.”

“당신 정체가 뭐야? 왜 자꾸 학교에 얼쩡거려?”

마찬가지로 진헌의 얼굴을 기억하고 있는 선생님이 험상궂은 목소리로 캐물었다.

진헌은 선생님의 손목을 양손으로 꽉 움켜잡고 최대한 예의를 지켜 말했다.

“놓고 말씀하십시오.”

“당신, 아주 많이 수상해. 어디 감히 우리 학교 학생한테 수작이야?”

“이것 보십시오!”

주화와 아람이 있고, 학교이기에 점잖게 행동하려던 진헌은 참지 못하고 버럭 소리를 질렀다. 말로 해도 될 것을 손부터 쓰는 선생님에게 싫은 소리라도 하려고 입을 여는데, 중간에 갑자기 주화가 톡 끼어들었다.

“선생님! 참으세요.”

주화가 선생님의 팔을 잡고 늘어졌다.

“넌 어서 교무실 가서 선생님들 모시고 와.”

주화가 왜 말리는지 모르는 선생님은 진헌의 멱살을 더욱 단단히 옥죄었다.

“선생님, 제발요. 이 사람 이상한 사람 아니에요.”

주화의 말에 선생님의 눈이 휘둥그레졌다.

"뭐? 저번에 나타났던 수상한 사람이잖아."

"아니에요. 이상한 사람이 아니구요. 그러니까⋯⋯."

주화는 어떻게 말해야 할지 몰라 말끝을 흐렸다. 결혼할 사람이라는 말은 차마 할 수 없었던 것이다. 그렇다고 애꿎게 그가 선생님에게 혼나는 것도 이상하게 싫었다.

결국 아무 말도 못한 주화는 그가 이상한 사람이 아니라는 말만을 계속 되풀이하며 선생님을 말리기만 했다. 그런 주화를 힐긋 바라보던 진헌은 목소리를 가다듬고 말했다.

"선생님, 놓으시면 설명드리겠습니다."

영 못 믿겠다는 눈치였지만, 선생님은 잡았던 손을 풀고 한 걸음 뒤로 물러났다. 그제야 몸이 자유로워진 진헌은 옷매무새를 바로잡고 재킷 안주머니에서 명함을 꺼내 선생님에게 내밀었다.

명함을 확인한 선생님의 얼굴에 놀라움이 스치고 지나갔다.

"소개가 늦었습니다. 채진헌이라고 합니다."

진헌이 허리를 숙여 깍듯이 인사를 하자 선생님도 허둥대며 인사를 했다.

"주화 담임 선생님을 뵈러 왔습니다."

그의 말에 선생님이 따라오라며 앞장을 섰고, 진헌은 옆에서 손톱을 깨물고 있는 주화에게 고갯짓을 하곤 걸음을 옮겼다.

진헌은 속으로 계속 씩씩거렸다.

이런 꼴 당할 줄 알았다면 두 사람만 들여보냈을 것이다. 혼이 날까 잔뜩 겁을 먹은 두 사람이 불쌍해서 선생님을 뵙고 가려던 좋은 마음이 나쁜 마음이 되어 버렸다.

그래도 기왕 학교까지 함께 온 거 선생님께 고이 인도를 하고 가야 할 것 같아 진헌은 부글부글 끓는 속을 달래며 교무실로 들어갔다.

주화의 담임 선생님을 만난 진헌은 결혼을 언급하며 그것 때문에 주화가 심란해서 그런 것이라며 선처를 부탁했다. 설명을 듣고도 선생님은 입을 벌린 채 말을 잇지 못했고, 그 일은 차후에 부모님께 확인해 보라는 말을 끝으로 진헌은 교무실을 나왔다.

진헌은 나쁜 기억이 생긴 이곳을 벗어나기 위해 걸음을 바삐 움직였다. 그런데 막 건물을 나섰을 때, 뒤에서 "저기요!" 하고 부르는 소리가 들렸다. 걸음을 멈추고 뒤돌아보니 급히 뛰어나온 듯 숨을 몰아쉬는 주화가 서 있었다.

"왜?"

"우리 정말 결혼하는 거예요?"

"선생님한테 거짓말이었다고 해 줄까?"

진헌의 시큰둥한 반응에 주화가 입술을 비죽거리자 그가 다시 말을 이었다.

"넌 어떻게 생각하는지 모르겠지만, 난 어른들의 생각이 그렇다면 따를 수밖에 없다고 생각해."

"……."

진헌은 심각하게 쳐다보고 있는 주화를 향해 피식 웃고는 가벼운 목소리로 말했다.

"아니면 나중에 우리 할아버지 만나서 졸라 보던가."

"……!"

진헌은 손을 한 번 들어 보이고는 차로 향했고, 주화는 그의 차가 운동장을 완전히 빠져나갈 때까지 그 자리에 서 있었다.

집에 돌아온 주화는 화가 난 아버지에게 붙잡혀 한 시간 넘게 혼이 난 후에야 방으로 올라올 수 있었다. 어깨를 축 늘어뜨린 채 제 방으로 들어온 주화는 침대에 힘없이 걸터앉았다. 입에선 절로 한숨이 새어 나왔다.

진헌의 말대로 선생님은 어머니에게 주화의 결혼에 대해 물었고, 자연스럽게 오늘 무단외출을 한 사실이 알려졌다. 선생님은 그다지 크게 혼내지 않았지만 부모님은 달랐다.

학교를 무단외출한 건 잘못한 일이었기 때문에 아버지에게 혼난 것이 부당하다거나 억울하지는 않았다. 단지 갑작스러운 결혼 소식에 혼란스러울 뿐인데, 그걸 알아주지 않는 부모님이 야속한 것이다.

충격적인 소식을 접하고 고작 3일밖에 지나지 않았는데, 그동안 받은 충격은 어디에도 비할 곳이 없었다. 공부는 당연히 한 자도 할 수 없었다. 조만간 중간고사인데 막막하기만 했다.

주화는 발을 휘둘러 슬리퍼를 거칠게 벗어 던지고는 침대에 대자로 벌렁 드러누웠다.

일생일대의 가장 중요한 일 중 하나가 이렇게 정해져 버리는 것이다.

"아…… 짜증 나."

몸을 굴려 엎드려 누운 주화는 손발을 동동동 굴려 댔다. 그러다 주화는 불현듯 떠오르는 것이 있어 고개를 번쩍 쳐들었다. 그리고 자리에서 벌떡 일어나 가방에서 휴대전화와 명함을 꺼내 들었다. 입술을 한 번 꼭 깨물었다 놓은 주화는 떨리는 손으로 번호를 눌렀다.

「채진헌입니다.」

흠칫.

주화의 어깨가 눈에 보일 정도로 움찔거렸다. 화만 내던 그 남자의 목소리가 아니었다. 감미로운 그의 목소리가 귀에 착착 감겨들었다. 이런 목소리를 평상시에 들어 본 적이 있었던가 싶어 되짚어 보고 있을 때, 진헌의 목소리가 다시 들려왔다.

「여보세요?」

그제야 정신을 차린 주화가 입을 열었다.

"저…… 민주환데요."

「……민주화?」

진헌이 자신의 이름을 되뇌자 주화의 얼굴은 심각하게 구겨졌다. 평상시 저런 반응 뒤엔 꼭 사람들의 장난과 놀림이 이어졌었기 때문이다. 심한 콤플렉스에 시달리던 주화로선 그의 '민주화?' 라는 말이 유쾌하게 들리지 않았다.

전화를 끊어 버리고 싶다는 유치한 심술이 일어나려고 할 때, 그의 말이 이어졌다.

「늦은 시간에 무슨 일이야?」

그가 별다른 반응을 보이지 않자 다행이다 싶은 생각이 들었던 주화의 목소리가 한 톤 높아졌다.

"저기 아까 낮에 그랬잖아요."

「…….」

"할아버지에게 졸라 보라고."

「그래서?」

말은 자기가 먼저 꺼내 놓고 시큰둥하게 나오는 진헌의 태도에 주화는 발끈했다.

"그래서긴 뭐가 그래서예요. 할아버지에게 졸라 보자는 말을 하는 거잖아요."

「다음 주가 상견례라는 건 알아?」

"그렇긴 한데……."

그렇기에 더더욱 빨리 할아버지를 만나서 모든 이야기를 예전으로 되돌려 놔야 했다.

그러나 진헌의 태도는 많이 달랐다.

「상견례 약속까지 잡힌 거면 다 정해진 거야. 그러니 괜히 긁어 부스럼 만들지 않는 게 좋아.」

"아저씨는 이대로 결혼해도 괜찮은 거예요?"

「어.」

한 치의 망설임도 없는 진헌의 대답에 주화는 기가 찬 듯 '허.' 소리를 냈다.

"아까 회사에서는 결혼하기 싫다고 했던 거 아니었어요?"

「결혼이 싫다고는 하지 않았어. 미성년자인 너와의 결혼이 싫은 거지.」

"그, 그게 그거죠!"

「그 둘은 엄연히 달라.」

진헌의 지적에 발끈한 주화가 퉁명스럽게 말했다.

"아까는 졸라 보라더니 이제 와서 왜 그런 말을 해요?"

「네가 하도 심란해하니까 한 말이고. 그런데 우리 할아버지 그리 만만한 분 아니야.」

"그래도 만나 뵐래요."

「완전히 코 꿰는 수가 있다.」

"어차피 지금도 코 꿰어 있잖아요."

「홋. 그러던지.」

진헌의 가벼운 웃음소리가 수화기를 통해 전해지자 주화의 심장이 두근대기 시작했다. 난데없는 제 심장의 반응에 당황한 주화가 얼른 말을 이었다.

"같이 갈 거죠?"

「같이?」

"당연하죠. 나 혼자 가서 뭘 하라고. 같이 가서 졸라야죠. 그리고 난 할아버지가 계신 곳도 모르잖아요."

「그냥 부모님께 말씀을 드리지 그래? 결혼 못하겠다고.」

"엄마 아빠는 제 편이 아니에요."

「후후.」

"웃지 말아요."

풀이 죽은 주화가 중얼거렸다.

「같이 가 주지.」

"고맙습니다!"

침대에서 폴짝 내려선 주화가 벽을 향해 허리를 굽히며 인사를 했다.

그와 통화를 끝낸 주화는 날아갈 것처럼 몸이 가뿐했다. 그의 대답을 들은 것만으로도 이미 모든 일이 다 해결된 것 같은 기분이 들어 마음이 설레었다.

할아버지에게 가서 온갖 애교를 다 떨어서라도, 아니 눈물을 쏟아부어서라도 결혼을 취소할 생각이었다. 꼭 그렇게 되리라 확신했다.

두 주먹 불끈 쥐고 마음을 단단히 먹었건만 막상 주화는 진헌의 본가로 내려가는 내내 계속 안절부절 어쩔 줄 몰라 했다.

그에 비해 진헌은 느긋했다.

진헌은 이미 반포기 상태였다. 화려한 20대의 싱글을 지키기 위해 할아버지 앞에 비장한 각오로 앉았지만 자신의 모든 것을 쥐고 있는 할아버지를 당해 낼 재간이 없었다.

'더 이상 두고 볼 수가 없다.' 며 채 옹은 진헌에게 이번 결혼을 거역하면 그가 소유하고 있는 주식을 모두 몰수하겠다고 했다. 그 주식은 법적으론 진헌의 소유였지만 아직 채 옹의 손에 있는 것이나 마찬가지였다.

상황이 이쯤 되자 진헌은 무릎을 꿇고 싹싹 빌었다. 할아버지가 시키는 대로 결혼을 하겠으니 제발 고등학생이랑 하라는 말만은 거둬 달라고 말이다. 그러나 이미 마음을 굳힌 할아버지는 '네 짝이다.' 라는 말과 함께 사진을 던져 주는 것을 끝으로 그를 방에서 내쫓았다.

그때를 떠올린 진헌은 인상을 찌푸리며 속으로 '끙.' 하고 신음을 흘렸다.

"그런데 너, 나한테 변태라고 한 거 사과 안 해?"

진헌의 말에 유리창에 붙어 있던 주화가 힐긋 그를 쳐다보았다.

"아저씨가 먼저 변태처럼 굴었잖아요."

"네가 먼저 다짜고짜 변태라고 소리 질렀잖아. 설명할 기회도 안 주고."

"그러게 누가 다짜고짜 내 머리 만지래요?"

주화가 그의 말을 따라 하며 콧방귀까지 뀌자 진헌의 얼굴이 험상긋게 일그러졌다.

"정말 사과 안 해?"

"아저씨가 먼저 사과해요."

"자꾸 이런 식으로 나오면 차 돌려서 바로 서울 가 버리는 수가 있어."

주화는 속으로 움찔했다. 유치하고 치사하고 비겁한 방법으로 나오는 진헌을 흘겨보던 주화가 작은 소리로 "미안해요."라고 말했다.

"뭐라고?"

"미안하다구요!"

"무슨 사과가 그래?"

시트에 똑바로 앉아 팔짱을 낀 주화가 운전을 하고 있는 그를 매섭게 쏘아보았다.

"사과하라면서요? 사과했잖아요."

씩씩거리며 앉아 있는 주화를 보며 진헌은 속으로 웃었다.

열여덟 살짜리 꼬마라서 그런지 얼굴을 빨갛게 물들인 모습이 조금은 귀엽게 보이기도 했다.

인터넷 기사로 십 대 청소년들의 천태만상을 볼 때마다 끌끌끌 혀를 차던 그였기에 고등학생에 대한 선입견도 있었던 건 사실이다. 지지 않고 덤벼대는 당돌함에 할 말을 잃을 때도 많지만 우려와 달리 순수함도 엿보였다.

'고등학생이라면 저래야지.'

진헌은 그런 생각을 하며 싱긋 웃었다.

"그런데요, 아저씨."

한참을 조용히 있던 주화가 슬그머니 진헌을 불렀다.

스물여덟에 아저씨라 불리는 것이 영 못마땅했던 진헌이 퉁명스
럽게 "왜?"라고 물었다.

"할아버지에게 아저씨가 대신 말해 주면…… 안 되죠?"

"알면서 왜 물어?"

쌀쌀맞기 그지없는 대답에 잔뜩 토라진 주화의 입술이 씰룩거렸다.

'치사뻥이다!'

본가에 도착한 주화는 입을 쩍 벌렸다. 으리으리한 한옥집이 주
화의 앞에 위풍당당하게 서 있었던 것이다.

고풍스러운 담장 너머로 고소한 냄새가 넘실대는 것이, 집 안은
온통 잔치 분위기였다.

이제 막 운전석에서 내려선 진헌에게 주화가 물었다.

"오늘 무슨 행사 있어요?"

"없는데?"

"그런데 음식 냄새가……."

그 말에 진헌도 코를 킁킁거렸다.

진헌이 미리 연락을 해 놓은 탓이었다. 평상시의 그라면 불쑥 내
려왔겠지만 주화와 함께였기에 그럴 수 없었다. 그런데 보아하니
그 기회를 덥석 움켜잡은 건 채 옹인 듯싶었다.

'치밀한 영감이야.'

진헌은 속으로 중얼거리다 주화에게 말했다.

"너 온다고 새벽부터 준비했을 거야."

"에?"

어리둥절한 표정으로 서 있는 주화를 남겨 두고 진헌이 먼저 대

문으로 들어섰다.

"어르신께서 사랑채로 모시라고 하셨습니다."

본가의 일을 총괄하는 김세준 실장이 다가와 알렸다.

알았다며 뒤를 돌아본 진헌의 눈에 주변을 두리번거리며 걸어오는 주화가 보였다.

"그만 살피고 빨리 와."

그의 말에 화들짝 놀란 주화는 얼른 뛰어 그의 옆에 섰다.

"어? 안녕하세요?"

"안녕하셨습니까?"

일전에 집에 찾아왔던 김 실장을 알아본 주화가 양손을 모으고 꾸 벅 듯이 인사를 하자 선한 웃음을 보인 김 실장도 함께 인사를 건넸다.

"따라오시지요."

김 실장이 앞장서고, 두 사람이 뒤를 따랐다.

사랑채 문 앞에서 두 사람이 왔다는 걸 김 실장이 알리는 사이, 진헌이 진지한 목소리로 말했다.

"이제부턴 마음 단단히 먹어야 할 거야."

주화는 어떤 일이 벌어질지 전혀 모른 채 결연한 표정으로 고개를 끄덕였다.

03.

동맹을 맺다

채진헌의 조부(祖父)이자 진성 그룹의 창업주인 채문석 옹(翁) 앞에 선 주화는 덜덜 떨고 있었다. 인자하게 웃고 있었지만 진성 그룹이라는 거대한 조직을 이끌어 왔던 수장(首長)으로서의 위엄이 철철 넘치는 모습에 지레 겁을 집어먹었던 것이다.

지금까지 보았던 모습과 달리 진헌이 정중하게 큰절까지 하자, 알 수 없는 분위기에 주화는 더더욱 주눅이 들어 버렸다.

눈치를 살피던 주화는 진헌을 따라 절을 하려고 손을 이마에 댔다.

"아가, 괜찮다."

채 옹이 주화를 말렸다. 주화가 어떻게 해야 하냐는 표정으로 쳐다보자 진헌은 고개를 가볍게 끄덕이며 자리에 먼저 앉았다. 그러자 "안녕하세요?"라며 배꼽인사를 한 주화도 진헌의 옆에 무릎을 끓고 다소곳하게 앉았다.

"안 그래도 내 너를 한 번 부르려 했는데 이리 먼저 찾아와 주어서 고맙구나."

"……."

"이렇게 앉혀 놓고 보니 두 사람, 너무 잘 어울리는구나. 네 할아버지가 봤다면 아주 흐뭇해했을 게야."

채 옹은 이어 조만간 있을 상견례며 화려하게 치러질 결혼식에 대한 기대감을 풀어놓았다.

그 말을 들으며 주화는 살갑게 고개를 끄덕이면서도 슬쩍 입술을 깨물었다.

이대로 가만히 있다간 꼼짝없이 결혼하게 될 것이 뻔해 보였다. 그런데 할아버지에게 졸라 보겠다던 그 기세는 어딜 가고 초조함에 발가락만 꼼지락거릴 뿐 주화는 입도 벙긋 못했다.

주화는 속으로 계속 진헌을 흉보고 있었다. 기왕 같이 온 거 말 한 마디 거들어 주면 얼마나 좋을까. 그 일이 뭐가 그리 어렵다고 저리 목석처럼 앉아 있는지 얄밉기 그지없었다.

쪼잔하고 치사하고 유치하고 변태 같고…….

한참 동안 속으로 진헌의 흉을 보고 있던 주화는 결국 진헌의 허벅지를 쿡 찔렀다. 프로레슬링으로 치자면 선수 교체 사인이다.

진헌이 점잖은 얼굴로 쳐다보자 주화는 뻔뻔하게 어떻게 좀 해 보라는 표정으로 턱짓을 했다.

"왜? 어디 불편한 게냐?"

주화의 행동을 못 봤을 리 없는 채 옹이 걱정스레 묻자 화들짝 놀란 주화가 얼굴을 붉히며 고개를 푹 숙였다. 속으로 '어떻게 해!'

를 부르짖고 있을 때, 진헌의 목소리가 들렸다.

"할아버지."

"그래."

매정한 얼굴로 조용히 침묵만을 지키고 있던 진헌이 운을 떼자 주화의 굳었던 표정에 살짝 미소가 걸렸다.

"주화가 할아버지께 드릴 말씀이 있답니다."

헉!

숙이고 있던 고개를 번쩍 든 주화는 기겁한 얼굴로 진헌을 올려 다보았다.

은혜도 모르는 비겁한 남자!

주화는 속으로 비명을 질렀다.

인정이라고는 눈곱만큼도 없는 남자였다. 이런 남자인 줄 알았다면 학교에서 선생님에게 쫓겨나도록 그냥 두는 거였는데.

덕분에 깔고 앉아 있는 방석이 그야말로 바늘방석이 되고 말았다.

"부담스러워하지 말고 말해 보렴."

"그게…… 그러니까요……."

지그시 바라보고 있는 채 옹의 시선을 피하며 잠시 망설이던 주화는 눈을 질끈 감았다 뜨고는 작은 목소리로 말을 꺼냈다.

"할아버지."

"오냐."

"그러니까…… 그게……."

"말해 봐."

등줄기에선 식은땀이 흘러내리고, 꽉 움켜쥔 손바닥엔 손톱이 아프게 꽂혔다.

주화는 작게 심호흡을 한 후 고개를 들고 채 옹을 응시했다.

"할아버지."

"그래."

"전 아직 결혼 생각이 없어요."

"……"

채 옹이 잠자코 있자 주화가 조금 더 단호하게 말했다.

"전 아직 고등학교 2학년이에요. 대학도 가야 하고, 친구들과도 어울리고 싶은데 벌써부터 결혼에 묶이고 싶지 않아요. 그리고 성인이 되면 다른 사람들처럼 평범하게 연애해서 정말 사랑하는 사람이랑 결혼하고 싶어요. 집안에서 정해 준 사람이랑 감정 없이 결혼해서 그냥저냥 사는 건 싫어요."

주화의 당돌한 대답을 듣고 있던 채 옹이 이번엔 진헌을 바라보았다.

"네 생각은 어떠냐?"

채 옹의 질문에 진헌은 속으로 투덜거렸다.

결혼을 아예 안 하려고 했던 것도 아니었고, 주화처럼 연애를 해서 결혼하겠다고 반항했던 것도 아니다. 어른들이 정해 준 상대와 결혼하는 것에 크게 거부감도 없었다.

그런 이야기들을 수없이 하며 단지 조금만 천천히 하겠다고 졸랐을 때는 들은 척도 안 하던 할아버지가 주화의 말은 무조건 다 들어줄 것 같은 태도로 나오자 심술이 났다.

진헌은 꼿꼿한 자세로 대답했다.

"주화는 아직 어른들의 보호가 필요한 미성년자입니다. 어른들의 강요에 의한 결혼, 옳지 않다고 생각합니다. 주화의 의사를 존중해 주셨으면 좋겠습니다."

진헌은 제 의사도 존중해 달라고 말하고 싶은 걸 꾹 참았다.

진헌의 대답을 흥미로운 표정으로 듣고 있던 채 옹이 그에게 물었다.

"넌 내가 정해 주는 혼처와 혼인을 한다 하지 않았느냐."

"안 그러면 할아버지가 주식…… 가만 안 둔다고 하셨잖아요."

주식을 무기로 결혼을 강요당했던 것이 억울해 따지려던 진헌이 얼른 다른 말을 했다.

채 옹 앞에 앉은 이후 한시도 흐트러짐 없던 진헌의 얼굴이 심술로 슬쩍 찌그러지자 주화의 입에서 피식 웃음이 새어 나왔다. 그러다 험상궂게 쳐다보고 있는 진헌과 눈이 마주친 주화는 얼른 웃음을 멈추었다.

"우선 부부의 연부터 맺고, 정식적인 합가는 주화가 성인이 되었을 때 하면 된다. 주화의 부모도 모두 동의를 한 결혼이니 딱히 문제가 될 건 없다고 생각한다."

"하지만 할아버지."

주화가 울먹이는 목소리로 나서자 채 옹이 손을 들어 주화를 제지했다.

"지금이야 이 결혼이 억지 같고 이른 것 같지만, 결혼해서 살다 보면 정이라는 것도 생기고, 결국엔 어른들의 말이 맞다는 걸 알게 될 게다. 무엇보다 난 너희만큼 잘 어울리는 인연도 없다고 생각한다."

물러서지 않겠다는 듯 채 옹이 눈을 내리고 찻잔을 들어 올리자 주화가 애처롭게 말했다.

"아무리 그래도 전 아직 어리다구요, 할아버지. 게다가 생전 처음 보는 아저씨랑 무턱대고 결혼하는 건 싫어요."

"아저씨?"

찻잔을 든 채 옹이 재밌다는 표정으로 되묻자 주화가 혀를 깨물며 작은 소리로 오빠라고 정정했다.

"둘이 연애하면 되잖니."

"네?"

뜻밖의 말에 놀란 주화가 채 옹에게 물었다.

"연애라니요?"

"연애 한 번 못해 봐서 억울하다는 소리 아니냐."

"아니, 아니…… 그게 아니라요."

"아니긴 뭐가 아니야. 내 들어 보니 딱 그 말이거늘."

울상이 된 주화가 고개를 돌려 도와 달라는 표정으로 진헌을 바라보았지만, 모든 것을 통달한 표정의 진헌은 지그시 눈을 감고 있었다.

"할아버지."

주화가 애원이 담긴 목소리로 불렀지만 채 옹은 단호한 목소리로 주화의 말을 잘랐다.

"둘이 연애도 하고 결혼도 해. 결혼까지 아직 시간 많이 남았잖니."

"전 좋아하는 친구가 있어요."

드디어 주화가 비장의 카드를 꺼내 들었다.

"친구?"

예상 밖의 말이었는지 채 옹의 눈이 휘둥그레졌다. 치밀하기로 소문난 채 옹도 십 대 소녀의 감수성은 전혀 계산하지 못했던 것이다.

진헌도 의아하긴 마찬가지였다. 처음 학교에 갔을 때 태영의 이름을 듣기는 했지만 할아버지 앞에서 언급할 정도까지인 줄은 몰랐다. 하긴, 학교 다닐 때 누구나 한 번쯤 풋사랑은 하는 것이니 크게 신기한 것도 아니었다.

잠시 생각에 잠겼던 채 옹이 말했다.

"교제 중인 친구가 있다는 말인 게냐?"

"에? 아, 아니요. 그냥 제가 좋아하는……."

거짓말을 해도 시원찮을 판에 순진하게도 솔직하게 대답하는 주화를 보며 진헌은 절레절레 고개를 저었다. 말실수를 깨달은 주화도 절망한 표정으로 진헌을 힐끔거렸다.

민망함에 양 볼이 붉어진 주화를 물끄러미 바라보던 채 옹이 앞에 있는 좌식 책상을 가볍게 두드렸다.

"그럼 이렇게 하자꾸나."

채 옹의 말에 주화가 기대감에 찬 얼굴로 채 옹을 빤히 쳐다보았다.

"연애를 하거라."

"조금 전에 하신 말씀이랑 별반 다르지 않은 말씀인데요."

진헌이 점잖은 목소리로 지적했지만 채 옹은 들은 척도 하지 않고 주화를 보며 계속 말을 이었다.

"네가 좋아한다는 그 녀석도 만나고, 진헌이 이 녀석도 만나고."

"지금 무슨 말씀이세요?"

태연하게 앉아 있던 진헌이 기겁을 하며 물었지만, 채 옹은 여전히 진헌에겐 눈길도 주지 않은 채 멍한 표정으로 보고 있는 주화에게 말했다.

"양쪽 다 만나 보고 결정하면 되지 않겠니?"

"그게 무슨 말씀이세요?"

주화가 물기 가득한 목소리로 물었다.

"연말에 결혼식을 맞추려면 많이 빠듯하다만…… 내가 50일을 주마."

돋보기안경을 끼고 탁상 달력을 확인한 채 옹이 말했다.

"그동안 다른 사람들처럼 연애를 해. 데이트도 하고 말이다. 좋아하는 사람이 따로 있다 하더라도 명색이 정혼잔데 진헌이에게도 기회는 주어야 하지 않겠니?"

진헌의 얼굴이 사색이 되었다.

이건 말도 안 되는 일이었다. 꼬마랑 결혼하라는 것도 기가 차는데 또 다른 꼬마랑 겨루기까지 해야 한다니.

애초에 할아버지의 고집을 꺾을 수 있을 거라 기대도 하지 않았다. 여기에 온 것도 '밑져야 본전이다.' 싶은 생각에서였다. 그런데 일이 이상하게 돌아가고 있었다.

더 이상 듣고 있을 수 없었던 진헌이 큰소리로 항의하고 나섰다.

"제가 왜 그래야 하는데요?"

"넌 조용히 해."

채 옹이 엄한 표정으로 진헌을 나무라듯 쳐다보며 말했다.

"나나 주화에게 비겁하게 굴 생각일랑 애초에 집어치우고 정정당당히 임하거라."

"지금 어디 운동회 나가십니까? 그리고 이게 비겁함을 논할 문제입니까?"

"네 생각은 어떠냐?"

진헌의 호소는 들은 척도 하지 않은 채 옹이 부드러운 목소리로 주화에게 물었다.

주화의 눈동자는 초롱초롱 빛났지만, 진헌의 눈은 절망으로 어두워졌다.

"그러면……."

"약속한 날이 되어서도 네가 좋아한다는 그 아이가 더 좋으면 진헌이와의 결혼은 취소하마. 대신 조건이 있다."

"……?"

"어느 한쪽만 만나선 안 돼. 둘 다 공평하게 만나거라."

"약속하신 거죠?"

주화가 반색을 하며 묻자 채 옹이 고개를 끄덕였다.

"각서라도 써 주랴?"

"각서요?"

각서라는 말에 주화는 고개를 갸우뚱거렸다.

"그래, 50일 동안 두 녀석 모두 만나 보고 결정하는 것으로 내 각서를 써 주마. 어때? 그렇게 하면 마음이 좀 편하겠느냐?"

신이 난 주화가 고개를 끄덕였지만, 분노에 휩싸인 진헌은 이글거리는 눈으로 채 옹을 바라보고 있었다.

채 옹은 밖에서 대기하고 있던 김 실장에게 지시해 각서를 가져오게 했다.

잠시 후, 각서를 들고 김 실장이 방으로 들어왔다.

내용을 쭉 훑어본 채 옹이 주화 앞에 각서와 펜을 내밀었다.

"자, 여기에 네 이름 쓰고 사인하거라."

주화는 방긋 웃는 얼굴로 또박또박 제 이름을 쓰고, 그것보다 더 예쁘게 한문으로 사인을 했다. 채 옹도 사인을 한 후, 증인 자격으로 김 실장에게 사인까지 받은 후에 복사를 해서 주화에게 건넸다.

"그런데요, 할아버지."

받은 각서를 서랍에 넣던 채 옹이 주화를 바라보았다.

"오늘부터 날짜 계산해 주세요."

"오늘?"

"네. 오늘 여기까지 같이 왔으니까…… 오늘도 데이트한 걸로 쳐주세요."

천진난만한 주화의 요구에 채 옹이 껄껄껄 큰소리로 웃었다.

"그래, 그렇게 하자."

채 옹이 흔쾌히 수락하며 책상을 가볍게 두드리자 주화의 얼굴에 웃음꽃이 활짝 피었다.

그것이 정말 꽃이라면 확 꺾어 버리고 싶다는 생각을 하고 있었다. 진헌은…….

"자, 우리 이제 식사하자꾸나."

채 옹이 자리를 털고 있어나자 주화가 씩씩한 목소리로 "네!"라고 대답했다.

진헌이 잡아먹을 듯 노려보고 있었지만 주화는 그것도 모르고 각서만 들여다보며 싱글거렸다. 이를 바드득 갈던 진헌이 자리에서 벌떡 일어나자, 흠칫 놀란 주화도 자리에서 일어나려고 움직였다.

"윽!"

짧은 비명과 함께 주화가 진헌의 다리를 잡고 늘어졌다. 어디가 불편한 듯 주화의 작은 어깨가 파르르 떨고 있었다.

"왜 그래?"

"다리가…… 저려……."

아마도 오랜 시간 무릎을 꿇고 앉아 있었던 탓인가 보다.

"이런 이런. 우리 손부(孫婦) 될 사람에게 편히 앉으란 말도 안 했구나. 이를 어쩌누."

"다리 펴 봐."

생각 같아서는 다리를 뿌리치고 휙 나가 버리고 싶었지만 진헌은 자리에 앉아 주화의 종아리를 만졌다.

"으악! 아파요!"

손이 닿기 무섭게 주화가 비명을 질러 댔다.

"주물러 줄 테니까 참아."

"으헝. 어떻게 해. 아파, 아파."

"소리 지르면 안 아파?"

"아픈 걸 아프다고 하지. 아! 아얏!"

진헌이 손끝을 댈 때마다 주화는 아프다고 빽빽거렸고, 진헌은 엄살이 심하다고 타박이었다. 그런 두 사람을 흐뭇한 얼굴로 보고 있던 채 옹은 헛기침을 크게 한 번 하고는 방을 나섰다.

비슷한 시각, 어느 조용한 카페에서 주화의 부모님은 누군가를 기다리고 있었다.

다소 초조한 얼굴로 시간을 확인하고 있을 때 문이 열리고 오랜만에 만나는 한 남자가 카페 안으로 들어왔다.

주화의 부친 호준이 반가운 얼굴로 자리에서 일어났고, 그의 아내이자 주화의 모친 미정도 같이 일어나 남자를 맞았다.

곁으로 다가온 남자가 손을 내밀어 악수를 청했다.

"이야, 너무 오랜만이야."

남자는 진헌의 백부인 석훈이었다.

"네, 형님. 잘 지내셨습니까?"

"그럼! 잘 지내지. 어이쿠, 제수씨도 너무 오랜만입니다."

악수를 끝낸 석훈이 이번엔 미정에게 인사를 건넸다.

"그동안 너무 소식이 없었죠?"

"우리 사이에 새삼스럽게 안부 묻고 그래야 합니까? 언제라도 만나면 되는 것을. 자, 앉읍시다."

석훈이 자리에 앉자, 호준과 미정도 같이 자리에 앉았다.

석훈은 진우의 아버지로 현재 진성 그룹의 회장을 맡고 있다.

호준이 결혼을 해서 주화를 보게 되었을 때까지만 해도 왕래가 있었지만, 각자의 생활에 쫓겨 점점 소식을 전하지 못하고 지내 왔다. 그런데 어쩌다 보니 자식들 일로 이렇게 마주하게 된 것이다.

"아버지께 얘기는 들었어. 올해 진헌이랑 주화를 맺어 주기로 했다고."

주문한 커피가 나오자 석훈이 운을 뗐다.

"네. 그런데 정말 결혼을 시켜도 될지 모르겠습니다."

호준의 목소리에 걱정과 안쓰러움이 진하게 배어 있었다.

"왜? 우리랑 사돈 맺는 게 싫은 건가?"

석훈은 능청스럽게 농담처럼 말했지만, 호준과 미정은 정색을 하며 아니라고 부정했다.

"우리 아이가 아직 어려서요. 아무것도 모르는 철부지라 진성 그룹에 되레 폐가 되지 않을까 걱정입니다."

호준의 말에 석훈이 고개를 저었다.

"그게 무슨 말이야? 다른 사람이라면 몰라도 자네 딸이니 걱정하지 않아."

석훈의 목소리엔 깊은 신뢰감이 깔려 있었다.

"무엇보다…… 주화가 결혼에 거부감이 있습니다."

호준이 드디어 본론을 꺼냈다.

"흐음. 아무래도 그렇겠지."

팔짱을 낀 석훈이 공감한다는 듯 고개를 끄덕였다.

"밝고 명랑하긴 하지만 한편으론 감수성이 예민한 아이라서 이번 일로 마음에 상처라도 받을까 봐 걱정이에요."

미정이 불안한 마음을 숨기지 못한 채 말했다.

"워낙 아버지 의지가 확고하셔서……. 알잖아. 자네 아버지의 유언과도 같은 약속이었다는 거."

"저희도 그걸 모르는 건 아니지만…… 아무래도 현재는 제 딸이 우선이니까요."

호준은 미정을 바라보며 침울하게 말했다.

"오늘 둘이 본가에 갔다면서?"

"네. 할아버지께 직접 말씀드리겠다고 진헌이와 함께 갔어요."

미정의 대답에 석훈이 팔짱을 풀고 커피 잔을 들었다.

"그럼 조금 두고 봅시다. 기다려 보는 것도 괜찮지 않겠습니까, 제수씨?"

"하지만…… 전 아무래도 주화가 걱정이 돼요."

미정이 근심 어린 얼굴로 대답했다.

"저라도 그럴 것 같습니다."

세 사람 사이에 침묵이 잠시 흐르고, 호준에게 석훈이 말했다.

"당분간은 이대로 아버지의 행동을 지켜보자구. 대신 주화가 힘들어한다거나 결혼이 어렵겠다 싶으면 나한테라도 바로 얘기해. 아버지는 내가 설득을 할 테니."

"그래 주시겠습니까?"

호준이 반색을 하며 묻자 석훈이 시원하게 고개를 끄덕였다.

석훈의 말에 조금이나마 마음이 놓인 호준과 미정은 서로를 바라보며 안도의 미소를 지었다.

✳✳✳

산해진미를 모두 즐긴 주화는 시원한 수정과와 소화제까지 챙겨 먹은 후에 자리를 털고 일어났다.

채 옹이 집으로 돌아가는 두 사람을 대문 앞까지 배웅을 했다.

"태영이라는 아이랑만 놀지 말고 진헌이도 자주 만나고 그러거라."

"네."

식사를 하는 동안 너무 신이 난 나머지 태영이에 대한 이야기를 술술 털어놓았던 것이 민망했던 주화가 얼굴을 붉히며 대답했다.

"그리고 가끔 진헌이랑 놀러 오려무나. 이 할애비 너무 적적하구나."

"네."

주화는 그저 신이 나서 네, 네, 대답만 할 뿐이었다. 그런 주화를 보며 만족스러운 웃음을 지어 보이던 채 옹이 이번엔 진헌에게로 시선을 옮겼다.

"넌 주화에게 짓궂게 굴지 말거라."

참 어이없고 못마땅한 주문이었지만 진헌은 작은 목소리로 짧게 대답한 후 운전석에 올랐다.

"할아버지, 이만 갈게요. 건강하셔요."

처음과 마찬가지로 주화는 채 옹에게 배꼽인사를 한 후 김 실장에게까지 깍듯이 인사를 하고 차에 올랐다. 차가 출발을 하자 주화는 채 옹에게 손까지 흔들며 밝게 웃었다.

좁은 시골길을 벗어나 고속도로로 차가 올라서자 진헌이 진지한 목소리로 말했다.

"이제 어떻게 할 거야?"

"뭘요?"

주화가 순진한 얼굴로 묻자 진헌의 입술이 삐죽 올라갔다.

"50일 동안의 양다리 스케줄을 어떻게 짤 계획이시냐고."

어째 진헌의 심기가 상당히 불편해 보였지만 주화는 개의치 않았다. 지금 주화의 머릿속은 결혼을 취소할 수도 있다는 것과 태영이 생각으로 가득했기 때문이다.

주화는 어깨를 으쓱거리며 무성의하게 말했다.

"아저씨랑 꼭 연애해야 돼요? 그냥 데이트했다고 하고 결혼 안 할래요, 이러면 되잖아요."

"이럴 줄 알았어."

"뭐가요?"

"할아버지가 아무 생각 없이 너 좋으라고 그런 얘기하고 각서까지 쓰신 줄 알아?"

"……?"

주화는 계속 무슨 말인지 모르겠다는 표정이었다.

"네가 아직 할아버지에 대해서 잘 몰라서 그런가 본데, 할아버지는 천리안을 가지셨어."

"천리안?"

"그래, 천리안. 천 리 밖의 일도 모두 꿰뚫는다는 천리안. 몰라?"

"누가 천리안을 모른데요?"

진헌이 놀리듯 빈정거리자 주화가 톡 쏘아붙였다.

"네가 연애하겠다고 약속을 했으니, 그놈의 빌어먹을 연애는 잘하고 있는지 확인하시려고 할 거라고."

진헌의 험한 말투에 주화의 미간이 찡긋 좁아졌다.

"말투가 왜 그래요?"

"안 그러게 생겼어? 네 일에 왜 나까지 끌어들여?"

"이 일이 꼭 내 일만 되는 건 아니잖아요. 아저씨도 결혼하기 싫다고 했던 거 아니었어요?"

"잊었나 본데. 난 결혼이 싫은 게 아니라 너 같은 꼬마랑 결혼하는 게 싫은 거야."

"어쨌든! 나중에 안 하게 되면 아저씨도 좋은 거잖아요."

"좋긴 뭐가 좋아? 너와는 상관없이 난 어차피 결혼을 해야 하는 사람이야. 알아?"

"그래도……."

정색을 하며 따지는 진헌 때문에 주화의 기가 한풀 꺾였다.

화가 잔뜩 난 표정으로 한숨을 푹 쉬던 진헌이 말을 이었다.

"애초에 네가 연애 운운하지 않았으면 됐잖아. 그냥 결혼 안 하겠다고 버티면 되지, 왜 어설프게 연애 얘기는 해서 나까지 괴롭혀? 내가 왜 고2짜리 꼬마랑 말도 안 되는 경쟁을 해야 하는데? 게다가 난 바쁜 사람이야. 내 귀한 시간까지 쪼개서 너랑 말도 안 되는 연애를 해야 하는지 모르겠단 말이지. 난 너 같은 꼬마랑 놀고 싶은 생각이 없다고."

진헌의 태도에 주화도 화가 난 듯 몸을 곧추세우고 따지고 들었다.

"그래서요? 이제 와서 치사하게 빠지겠다는 거예요?"

"하! 치사?"

어처구니없다는 표정의 진헌에게서 고개를 돌려 버린 주화는 팔짱을 끼고 턱을 치켜세웠다.

"치사한 거죠. 사과하라고 협박이나 하고."

"협박?"

"네, 협박. 쪼잔하게 협박이나 하고 치사하게 발뺌이나 하고. 뭐 하나 믿을 구석이 없어."

"너 기억력 참 나쁘구나?"

"……?"

"난 분명히 말씀드렸어. 결혼은 부당하니 네 의사 존중해 주라고. 그걸 듣고도 나한테 쪼잔하고 치사하고 발뺌이나 한다고 말할 수 있어?"

"그건 그렇지만…… 그렇다고 결혼이 당장 무효가 된 건 아니잖아요.”

“하, 하.”

주화의 억지에 진헌은 할 말을 잃고 말았다. 유치한 말싸움이라면 더할 수도 있었지만 그런다고 결과가 달라지는 것도 아니니 괜히 힘 낭비하고 싶지 않았다. 그저 빨리 50일이 지나가 버리길 바라는 수밖에…….

여기 데리고 온 것부터가 잘못이었는지도 모른다. 이런 말도 안 되는 덤터기를 쓸 줄 알았다면 아무리 주화가 측은해 보였어도 데리고 오는 것이 아니었다. 그러나 그런 후회는 늦었다. 일은 이미 저질러졌으니까.

그렇게 잠시 두 사람 사이에 침묵이 흐르는가 싶을 때, 주화가 말을 꺼냈다.

“그럼 어떻게 해요?”

“뭘?”

심술이 난 진헌이 퉁명스럽게 되묻자 주화는 소리 없이 ‘못됐어.’ 라고 중얼거리고는 도도한 목소리로 말했다.

“할아버지가 감시할 거라면서요. 그럼 어떻게 해야 하는 거냐고요.”

“나더러 도와 달라는 말이야?”

딱히 도와 달라는 말은 아니었지만 하고 보니 그런 말이 되는 것도 같았다.

“그렇다고 쳐요.”

“한마디도 안 지지.”

“흥.”

미안한 기색 없이 토라지는 주화를 보며 진헌은 고개를 절레절레 저었다.

"데이트하라고 했으니 데이트하면 되겠네."

"꼭 그래야 하나?"

주화가 혼잣말처럼 중얼거렸다.

"그럼 며칠 얌전히 있어 보던가. 할아버지가 어떻게 나오는지……."

그의 말에 골똘히 생각에 잠겨 있던 주화가 눈동자를 깜빡이며 말했다.

"일단 학교를 가서 태영이랑 단판을 지어야 해요."

"단판?"

"네. 태영이한테도 연애하자고 해야죠."

"오호. 네가 먼저 대시를 하시겠다?"

진헌이 가볍게 휘파람까지 불며 놀리자 주화는 얼굴이 화끈거리는 걸 느꼈다. 생각만 해도 간지럽고 쑥스럽다. 태영이가 먼저 인사를 하면 눈도 제대로 맞추지 못하고 도망갈 만큼 수줍음을 많이 타기 때문이다. 다른 남자아이들과는 아무렇지 않으면서 태영이만 보면 도망간다고 아람이가 핀잔을 많이 줬다.

그러나 이젠 용기를 내야 한다. 이번 기회에 태영이에게 고백도 하고, 결혼도 무효화하고! 얼마나 좋은 기회인가.

이렇게 주화가 심기일전하고 있을 때, 진헌은 속으로 코웃음을 쳤다.

고등학교 2학년짜리와 연애 대결이라니. 아무리 생각해도 정말 어처구니없는 일이었다. 만약 이 사실을 진우가 알게 된다면 2박 3일

놀림감이다. 생각만 해도 치가 떨리는데, 주화가 좋은 수라도 생각
난 목소리로 말했다.

"우선 아저씨는 매일 밤마다 나 데리러 학교 오는 건 어때요?"

"뭐어?"

기겁할 소리에 진헌이 자신이 운전하고 있다는 것도 잊은 채 주
화를 쳐다보았다.

"따로 시간 내는 거 싫다면서요. 그러면 평일에 잠깐잠깐 보면
되잖아요."

체념의 한숨을 쉬며 진헌이 물었다.

"몇 시에 끝나는데?"

"야자 끝나면 아홉 시?"

"아주 골고루 하시는구먼."

참 마음에 안 드는 시간이었지만 대충 시간을 맞춰 보면 될 것도
같았다. 요즘 신규 사업 때문에 바빠서 야근을 하는 경우가 허다하
니까 말이다. 그러면 굳이 시간을 따로 빼서 주화를 만나지 않아도
되는 것이다. 학교에서 주화의 집까지는 20분이면 충분한 거리이
니 그 시간을 활용하면 될 것 같았다.

'에이씨.'

어느새 시간을 따지고 있다는 걸 깨달은 진헌은 속으로 험한 소
리를 뱉어 냈다.

"딱 아홉 시에 안 나오면 바로 가 버릴 줄 알아."

진헌의 말에 주화는 빙그레 웃었다.

❊❊❊

진헌이 오기로 한 첫날.

주화의 시선은 종일 창밖을 향해 있었다. 정규 시간이 끝나고 종례를 기다리는 지금도 턱을 괴고 앉아 계속 넓은 운동장만 내다보고 있었다.

오긴 오려나? 오겠지? 정말 올까?

주화는 계속 그 생각만 했다.

집 앞까지 데려다 주고 차를 출발하려는 진헌에게 '나올 거죠?'라고 물었지만 속 시원하게 대답도 안 해 주고 쌩하니 가 버려 지금까지 계속 불안하다. 그나마 미성년자와는 결혼하고 싶지 않다고 했던 말을 상기하며 그가 올 것이라는 것에 작은 희망을 품고 있었다.

그래도 불안감을 떨쳐 내지 못했던 주화는 책상 서랍에서 전화기를 꺼내 전화번호부를 뒤졌다. '채변태' 라는 이름을 찾아 놓고도 아무것도 누르지 못한 손가락은 허공만 떠다녔다.

"채변태가 그 아저씨야?"

"헉!"

등 뒤에서 들려오는 목소리에 놀란 주화가 전화기를 품에 안고 몸을 잔뜩 웅크렸다. 어깨 너머엔 오늘따라 더 푸짐해 보이는 아람이 씩 웃고 있었다.

"놀랐잖아."

주화가 주위의 눈치를 살피며 작은 소리로 핀잔을 주었지만 아람인 그저 웃기만 할 뿐이었다.

"오늘 그 전화번호만 몇 번을 찾나? 그냥 전화해."

“눈도 좋아.”

금세 새침한 표정이 된 주화가 중얼거리며 전화기를 아예 가방 속에 넣어 버렸다.

“기다리는 거야?”

아람이 고개를 들이밀며 음흉한 목소리로 묻자 주화의 얼굴이 붉게 물들었다.

“기다리긴 누가, 누굴 기다린다고 그래?”

“그게 아니면 그렇게 열심히 전화번호를 찾고, 멍하니 창밖은 왜 보고 있어?”

“그, 그거야……”

딱히 할 말도 없었지만 아람이가 들을 필요도 없다는 듯 시선을 돌리자 주화는 입맛을 다셨다.

“오겠지.”

자율 학습 준비를 하는 아람이 흘려버리듯 한마디를 던졌다.

“응. 안 오면 정말 비겁한 변태 되는 거야.”

씩씩한 목소리로 대꾸한 주화도 서랍에서 문제집을 꺼내 펼쳤다.

“비켜, 비켜.”

주화는 앞을 가로막고 있는 친구들을 밀쳐 내며 정신없이 복도를 달렸다.

밤 아홉 시가 되기 5분 전이다. 언제 끝나냐고 물어서 얼떨결에 대답한 아홉 시가 약속 시간이 되고 만 것이다. 치사하게 아홉 시에 끝나는데 아홉 시에 땡 하면 나오라니. 심술이 하늘을 찌른다.

1층에서 운동화로 갈아 신고 실내화 가방을 품에 안은 주화는 온 힘을 다해 운동장을 가로질렀다.

아람이 몇 분은 기다려 주겠지, 라는 말로 주화를 안심시켰지만 치사한 그 변태는 정말 기다리지 않고 가 버릴 것만 같았다.

자기는 누구랑 결혼하든 상관없다고 하질 않았는가. 그가 도와주지 않겠다고 하면 낭패였다. 아쉬운 건 주화였기 때문에 어떻게 해서든 그의 비위를 맞춰야 했다.

신나게 운동장을 달려 막 교문에 도착했을 즈음 매끄러운 몸매를 뽐내는 하얀색 승용차가 눈에 들어왔다.

'저건가?'

어떤 차인지 모르겠지만 경고등을 켜 놓고 있는 것이 그냥 그 차 맞는 것 같았다. 차 근처에 도착한 주화는 가쁜 숨을 몰아쉬며 천천히 차의 앞쪽으로 이동했다. 다행스럽게도 차 안엔 무언가를 열심히 보고 있는 진헌이 앉아 있었다.

주화의 얼굴에 밝은 미소가 걸렸다. 반가운 마음에 앞 유리창을 손으로 탕탕 두드렸다. 화들짝 놀란 진헌이 고개를 들자 주화가 손을 흔들었다. 운전석 유리창이 열리고 그의 머리가 빼꼼 나왔다.

"무슨 짓이야. 유리창에 손자국 나잖아."

"우씨."

그의 말에 심술이 난 주화는 양손을 활짝 펴고 유리창은 물론이고 앞 범퍼까지 죄다 손자국을 찍었다. 그것도 성에 안 찬 주화는 발을 들어 먼지 하나 없는 그의 차체에 예쁘게 발자국까지 찍었다.

"야!"

짜증이 가득한 얼굴로 진헌이 차에서 내리자, 잽싸게 반대편으로 돌아간 주화는 뒷좌석에 냉큼 올라탔다.

“어쭈. 누가 뒤에 타래?”

운전석 쪽에서 뒷좌석을 향해 진헌이 화를 내자, 좌석 구석에 몸을 묻은 주화가 말했다.

“앞에 앉으면 때릴 거잖아요.”

“맞을 짓을 한 줄은 알아?”

“이유야 어찌 되었든 폭력은 합리화될 수 없어요. 그건 범죄예요.”

주화의 대답에 할 말을 잃은 진헌은 허리에 손을 올리고는 하늘을 올려다보았다. 그리고 머릿속으로 참을 인(忍) 자를 수없이 그리고 심호흡을 했다. 그런 그를 불안한 시선으로 보고 있던 주화는 슬금슬금 자리를 옮겨 문을 열고 밖으로 나왔다.

“안 때릴 거죠?”

“타.”

진헌이 시선도 주지 않고 운전석에 오르자, 쭈뼛거리던 주화는 조수석에 타고 안전벨트를 맸다. 차는 아이들이 쏟아져 나오는 골목을 헤치며 큰 도로로 나왔다.

조용하기만 한 차 안. 힐끔힐끔 눈치를 살피던 주화가 가방을 뒤지더니 자신이 제일 좋아하는 초코 우유를 꺼내 진헌에게 내밀었다.

“뭐야?”

차를 엉망으로 만든 것 때문에 심기가 불편한 진헌이 시큰둥하게 물었지만 주화는 씩씩하게 대답했다.

“우유요.”

“누가 몰라서 물어? 그걸 왜 주냐고.”

"흠…… 동맹인에게 주는 나의 호의?"

진헌의 입가가 슬쩍 올라갔다.

"그보다 사과 먼저 해야 하지 않아?"

그의 말에 입술을 삐죽거리던 주화가 다시 가방을 뒤지더니 다른 걸 그에게 내밀었다.

"사과 주스 있는 건 또 어떻게 알았데? 귀신이야."

주화의 손에 들려 있는 건 학교 급식 때 나눠 준 작은 사과 주스 팩이었다.

차가 주화의 집 앞에 멈췄다.

안전벨트를 풀고 밖으로 나가려던 주화가 몸을 바로 하더니, 자신을 물끄러미 보고 있는 진헌을 쳐다보았다.

"왜?"

"시간 조금만 바꾸면 안 돼요?"

"시간?"

"네. 야자가 아홉 시쯤 끝나는데, 교문까지 뛰어가도 5분은 넘게 걸린단 말이에요. 그러니까 시간을 한 아홉 시 십 분쯤으로 바꿨으면 좋겠어요."

주화의 말에 피식 웃던 진헌이 능청스럽게 물었다.

"왜? 늦으면 내가 너 떼어 놓고 갈까 봐?"

"아니, 그게 아니구요."

발끈한 주화가 강하게 부정했다.

"그럼 뭔데?"

"약속 안 지키는 사람으로 찍히는 게 싫어서 그래요."

"……."

"전 약속 안 지키는 사람이 제일 싫단 말이에요. 그런데 내가 그런 사람이 되는 건 더더더더 싫어요."

"그러니 지킬 수 있는 시간으로 미뤄 달라?"

주화가 고개를 크게 끄덕였다.

"그럼 난 너 때문에 귀한 내 시간을 10분이나 손해 보는 거잖아. 시간은 금이다, 몰라?"

"정말 이렇게 치사하게 나올 거예요?"

"너랑 놀아 주느니, 차라리 잠을 더 자는 게 훨씬 효율적이야."

빨리 내리라는 듯 몸을 바로 하고 기어를 바꾸는 진헌을 보며 주화가 말했다.

"자꾸 그러면 할아버지한테 이를 거예요."

"뭐?"

주화의 엉뚱한 말에 진헌이 고개를 돌렸다.

"난 아저씨랑 데이트하려고 했는데, 아저씨가 자꾸 도망간다고 일러 버릴 거라구요."

"하아."

이번에도 진헌의 입에선 공허한 웃음이 새어 나왔다.

"하여튼 내일은 아홉 시 십 분이에요."

그 말을 남기고 얼른 차에서 내려 문을 닫는데, 조수석 유리창을 내린 진헌이 큰소리로 주화를 불렀다.

"어이, 꼬마!"

"나 꼬마 아니거든요?"

"착한 어린이는 고자질 같은 나쁜 짓은 안 하는 거야."

"뭐라구요?"

화가 난 주화가 발을 한 번 크게 구르며 항의했으나, 진헌은 빙긋 웃어 보이며 말했다.

"그리고 난 오렌지 주스를 더 좋아해."

"……!"

너무 어이가 없어 주화가 말을 잇지 못하는 사이, 진헌이 말을 이었다.

"꼬마, 잘 자."

진헌을 태운 차는 양 볼을 빨갛게 물들인 주화를 남겨 놓고 유유히 골목을 빠져나갔다.

"쳇."

땅을 한 번 찬 주화는 몸을 빙글 돌려 집 안으로 들어갔다.

04.
상상은 금물(1)

"태영이다, 태영이."

점심 식사를 하기 위해 긴 줄을 서 있는 주화의 옆구리를 아람이 사정없이 찔렀다.

"어디?"

주화는 아람이가 가리킨 곳을 바라보며 태영일 찾았다. 초조한 마음에 한참을 두리번거리던 주화의 눈동자에 보고 싶었던 태영이의 모습이 투영되었다.

수려한 외모를 자랑하며 친구들과 함께 서 있는 태영인 누구보다 멋졌다. 매끈한 몸매에 뽀얀 피부, 그리고 살인적인 미소까지. 근처에 있는 여자아이들은 이미 넋이 나간 상태로 태영이를 힐긋거리고 있었다.

멍하니 태영일 보고 있는 주화의 귀에 대고 아람이 속삭였다.

"그런데 태영이한텐 언제 대시할 거야?"

“……몰라.”

“모르면 돼? 가만히 있으면 채변이랑 결혼해야 하잖아.”

“야아. 채변이라고 하니까 이상해.”

자기가 무슨 걱정을 해야 하는지 망각한 주화가 아람에게 핀잔을 주었다.

“알았어, 알았어. 채씨 아저씨.”

아람이가 미간을 좁히며 태영이를 쳐다보는 주화의 어깨를 토닥거렸다.

멀리 서 있는 태영이를 힐끔거리던 주화는 우울한 표정으로 길게 한숨을 내쉬며 식판을 들었다.

식탁에 앉아 한참 식사를 하고 있던 주화와 아람의 옆자리에 남자아이 두 명이 앉았다.

무심코 얼굴을 들었다 대각선에 앉은 아이가 태영이라는 걸 확인한 주화의 얼굴이 순식간에 붉게 물들었다. 맞은편에 앉은 아람이도 흥분하긴 마찬가지였다.

태영이라는 걸 이미 알고 있는데도 아람인 발로 계속 주화의 발을 툭툭 치기까지 했다. 그건 말을 걸라는 신호이기도 했다. 하지만 그것이 그리 쉬울 리 없었다.

“안녕?”

눈이 마주치자 태영이가 먼저 인사를 했다.

“어, 어, 안녕?”

이런 가벼운 인사쯤이야 평상시에도 나누곤 했으니 새삼스러울 것도 없는데, 일생일대의 고백을 앞둔 주화는 지레 놀라 허둥대고 있었다.

“오랜만이다. 잘 지냈어?”

“어, 너도 오랜만이야.”

“공부는 잘돼?”

태영인 식사를 하며 자연스럽게 안부를 물었지만, 주화는 수저를 쥔 채 대답만 할 뿐이었다.

“그냥 그렇지 뭐.”

심장이 두근두근 뛰기 시작했다. ‘안녕?’ 이라는 인사로 끝나곤 했던 두 사람의 대화가 몇 마디 더 이어지자 주화는 저도 모르게 흥분했다.

‘어쩌지? 어쩌지?’

어쩔 줄 몰라 쩔쩔매던 주화가 자리에서 벌떡 일어났다.

“아람아, 가자.”

“어?”

밥을 반도 먹지 못한 아람이가 무슨 해괴한 말이냐는 표정으로 쳐다보았지만, 주화는 태영이와 친구에게 인사를 하는 둥 마는 둥 하고는 식판을 들고 퇴식구로 종종걸음 쳤다.

잠시 후, 뒤따라온 아람이 식판을 비우며 투덜거렸다.

“뭐야, 밥도 다 안 먹었는데.”

“빵 사 줄게.”

“빵 갖고 되냐? 밥을 먹어야지?”

“태영이 때문에 심장이 벌렁거려 죽겠는데, 내가 지금 밥이 넘어가겠냐? 무슨 친구가 그런 것도 몰라?”

퉁명스럽게 한마디 던진 주화가 쪼로록 식당을 도망치듯 나가자, 아람이도 서둘러서 주화의 뒤를 따랐다.

“야아, 그래서 어느 세월에 고백을…… 읍!”

앞서 걷던 주화가 돌아서더니 다짜고짜 아람이의 입을 틀어막았
다. 귀까지 새빨개진 주화가 아람일 질질 끌고 식당 밖으로 나갔다.

“놔 봐!”

밖으로 나온 아람이가 주화의 손을 떼어 내며 잔소리를 했다.

“내가 연애 현역으로서 조언하는데, 기회가 생기면 무조건 잡아
야 하는 거야.”

연애 현역. 그렇다, 아람인 지금 연애 중이다. 그것도 고등학교
입학하기 무섭게 한눈에 뿅 간 같은 반 친구와 커플이 되었다. 과
감하게 아람이가 먼저 대시를 했고, 잠시 당황스러운 미소를 짓던
그 친구도 한 번에 동의를 했다. 학교 규율이 엄해서 교제 사실은
비밀이지만, 지금까지 들키지 않고 좋은 관계를 유지하고 있다.

그런 아람이가 보기에 주화는 답답하기만 하다. 좋아하면 죽이
되든 밥이 되든 덤비고 봐야지, 왜 이래저래 눈치를 살피며 재고
있는지 이해를 할 수 없었다. 그러다가 누가 채 가기라도 하면 결
국 땅을 치며 후회를 하게 될 것이 아닌가 말이다.

옆에서 아무리 코치를 해도 주화는 용기를 내지 못했고, 그 상태
로 지금까지 와 버린 것이다. 그것도 고등학교를 졸업도 하기 전에
결혼을 해야 하는 예비 유부녀로 말이다.

“할아버지가 기회도 주셨잖아. 그럼 그걸 충분히 활용해야지. 언
제까지 그러고 망설이기만 할 거야. 응?”

팔짱을 낀 아람이가 답답하다는 표정으로 물었지만 주화는 뚱한
표정으로 고개만 숙일 뿐이었다.

죽이 되든 밥이 되든 덤비라고는 하지만, 괜히 덤볐다가 죽도 밥

도 안 되면 그때는 어떻게 하란 말인가. 지금도 이렇게 얼굴 마주하는 것이 어려운데, 만약 태영이가 거절을 한다면 주화는 지구를 떠나 버리고 싶을 것 같았다.

"어휴."

주화는 긴 한숨을 흘리며 터벅터벅 매점으로 향했고, 아람인 계속 잔소리를 하며 따라갔다.

'빵이나 드세요.'

이 말이 하고 싶은 걸 주화는 꾹 참았다.

야간 자율 학습이 끝난 학교 교문 앞.

조수석 문이 열리고 주화가 올라타자 진헌이 기다렸다는 듯 주화에게 손을 내밀었다.

"뭐요?"

"오렌지 주스."

"아."

깜빡했다는 표정으로 검지 끝을 입에 문 주화를 보며 진헌이 인상을 험상궂게 구겼다.

"동맹인에 대한 예의가 없어, 넌."

진헌은 신경질적으로 기어를 바꾸고 차를 출발시켰다.

'유치 짬뽕이야.'

뚱한 표정으로 운전을 하는 진헌을 보던 주화가 부스럭거리며 가방에서 작은 병을 꺼내 진헌에게 내밀었다.

"자요."

바로 옆에 있는 작은 오렌지 주스 병을 힐끔 본 진헌이 작게 헛기침을 하더니 말했다.

"따서 줘야지."

'까탈스럽기는.'

생각 같아서는 먹든지 말든지 휙 던져 주고 싶었지만 아쉬운 건 자기였기 때문에 주화는 진헌이 시키는 대로 주스 뚜껑을 따서 빨대까지 꽂아 내밀었다.

진헌은 주화가 내민 주스 병을 물끄러미 바라보다 병을 받아 들고 빨대를 입에 물었다.

어떤 음료수든 꼭 빨대를 꽂아서 마시는 주화를 보며 아람이가 참 특이하다고 한마디 했지만, 빨대를 꽂아 마시면 더 맛있는 것 같아 항상 빨대를 가지고 다녔다.

그런데 진헌에게 빨대를 꽂아 준 건 맛있으라고 그런 것이 아니다!

"흘리지 말고 마셔요. 비싼 옷 버려."

마치 유치원생에게 잔소리라도 하듯 주화가 덧붙이자 진헌의 반듯한 이마는 다시금 구겨졌다. 이제는 진헌의 그런 모습도 대수롭지 않은 듯 주화가 그를 빤히 쳐다보았다.

"왜?"

빨대에서 입을 뗀 진헌이 퉁명스럽게 물었다.

"아저씨는 좋아하는 여자분 없어요?"

"뭐?"

"아저씨는 나보다 나이도 많고, 흠…… 나보다 사람 만날 기회도 더 많았잖아요."

"그런데?"

“그럼 한 번쯤은 좋아하는, 아니 관심 가는 여자분이 있지 않았을까…… 뭐, 그런 생각이 들어서요.”

뚫어져라 쳐다보던 주화가 시선을 피하며 자리에 바로 앉자, 진헌은 들고 있던 병을 옆에 내려놓고 잠시 운전에 집중했다.

그러고 보니 진지하게 교제 한 번 한 적 없는 순수 청년이었다. 그 사실에 괜히 웃음이 나온 진헌은 혼자 피식 웃어 버렸다.

진성 그룹의 후계자까지는 아니어도 재벌가의 아들로 번듯한 외모를 자랑하는 그에게 여자가 아예 없었던 건 아니다. 어떻게 해서든 돈 많은 남자를 잡아 보겠다고 대놓고 덤벼 대는 여자들만 해도 여럿 있었으니까 말이다.

할아버지를 골탕 먹이려다 본의 아니게 바람둥이라는 불명예를 얻긴 했지만, 딱히 마음에 두고 있던 여자는 없었다.

왜지?

스스로에게 질문을 해 보았지만 들려오는 답은 없었다.

설마 남자한테?

그 생각에까지 미친 진헌은 부르르 치를 떨었다. 원인이 무엇이든, 현재 그의 관심사가 여자는 아닌 것이 분명했다. 만약 여자에게 조금이라도 관심이 있었다면 지금 이런 꼬마를 상대하기 전에 결혼을 했을 테니까.

“말은 해 봤어?”

“에?”

진헌이 불쑥 묻자, 무슨 말인지 몰라 주화가 눈을 동그랗게 뜨고 쳐다보았다.

“태영이 말이야. 담판 짓는다면서?”

“…….”

주화가 아무 말도 못하자 진헌이 혀를 차며 말했다.

“쯧쯧. 할아버지 앞에서 좋아하는 사람 있다고 떠들어 대던 그 용기는 다 어디 갔어?”

“…….”

“태영이 때문에 나랑 결혼하기 싫다고 한 거 아니었어? 그러니 잘해 봐.”

“그런 거 아니에요.”

고개를 숙인 주화가 제 손가락을 조물거리며 작은 목소리로 부정했다.

“아니긴 뭐가 아니야. 태영이 끌어들이고 보니 나한테 조금 미안하긴 한가 봐? 내가 여자가 있는지 없는지 궁금한 거 보면.”

어째 놀림당하는 기분이 들었지만 그의 말이 틀린 것도 아니어서 그냥 잠자코 있었다.

주화는 진헌에게 고마운 마음도 미안한 마음도 있었다. 고마운 마음이라면 결혼이 취소되든 말든 상관도 없는 그가 시간을 쪼개 도와주는 것이고, 미안한 마음이라면 어쨌든 표면상으론 약혼녀인데 다른 사람을 좋아한다는 사실이었다.

“그렇다고 태영인지 태양인지하고 연애하는 것까지 도와 달라곤 하지 마. 너 하나 챙기는 것도 피곤해.”

“…….”

조용한 차 안에서 슬금슬금 그의 눈치를 살피던 주화가 작은 목소리로 물었다.

“아저씬 정말 좋아하는 사람 없어요?”

“어허. 자꾸 나 떠보지 말라니까.”

“그냥 궁금한 거예요.”

주화가 뽀로통하게 토라지자, 히죽거리며 웃던 진헌이 진지한 목소리로 운을 뗐다.

“내가 엄청난 비밀 하나 알려 줄까?”

비밀이라는 말에 잔뜩 긴장한 주화가 눈을 깜빡이며 조용히 바라보자, 씩 한 번 웃던 그가 말했다.

“사실은…… 난 남자가 좋아.”

“헉!”

기겁한 주화가 문 쪽으로 바짝 붙어 버리자, 작게 키득거리던 진헌의 웃음소리가 점점 커졌다.

그런 그를 보며 주화는 당혹감을 감추지 못했다. 아무리 요즘은 드라마에서도 커밍아웃을 하는 시대라지만 직접 이렇게 마주하니 주화는 당황스러웠다.

한참을 웃어 재끼던 진헌이 여전히 웃음을 매단 채 말했다.

“그런데 헉이 뭐야, 헉이. 요즘 고딩들은 놀라면 다 그런 소리 내나?”

뭐가 그렇게 재미나는지 진헌은 계속 키득거리며 웃었지만, 주화는 당황한 기색으로 문에서 떨어질 생각을 하지 않았다.

그러다 보니 어느새 차가 집 앞에 도착을 했다.

차가 서기 무섭게 주화는 가방을 가슴에 끌어안고 부랴부랴 차 문을 열었다. 그때 갑자기 어깨 위로 커다랗고 무거운 것이 척, 하니 올라오자 주화가 비명을 질러댔다.

“까아악!”

그 모습에 코웃음을 치던 진헌이 주화의 안전벨트를 풀며 말했
다.

"오버하기는."

"아…… 고맙습니다."

소리 지른 것이 미안했던 주화는 진헌에게 꾸벅 인사를 하고 차
밖으로 나갔다.

차를 출발시키려고 기어를 만지던 진헌은 열린 문을 붙잡고 있
는 주화에게로 시선을 돌렸다.

"왜?"

"아까 한 말…… 진짜예요?"

"무슨 말?"

"아니 그…… 남자…….."

"훗. 할아버지한테 고자질하게?"

"그런 거 아니에요."

"어이, 꼬마."

"꼬마 아니라니까요."

"그럼, 민투라고 불러 줄까?"

"민투?"

조금 전까지 심각한 이야기를 하고 있었다는 것도 잊은 주화가
호기심을 드러냈다.

"민주화 투사의 줄임말, 민.투."

"이씨!"

심술이 난 주화가 문을 거칠게 닫자 유리창이 스르륵 아래로 내
려갔다.

“엉뚱한 상상하지 말고 잠이나 자.”

“……”

“그리고 할아버지가 공평하게 만나라고 했으니 내일 하루쯤 데리러 안 와도 괜찮겠지? 이참에 태영이한테 데려다 달라고 해.”

“아직 그런 거 아니에요.”

“굼뜨기는. 간다.”

내려왔던 유리창이 위로 올라가며 차가 천천히 움직여 골목을 빠져나갔다.

점점 작아지는 차를 보며 주화가 중얼거렸다.

“그래서 남자가 좋다는 거야, 여자가 좋다는 거야?”

❊❊❊

한적하기 그지없는 20층의 복도.

임원실이 주로 있는 층이어서 사원들도 별로 없는데, 퇴근 시간까지 훌쩍 넘긴 터라 주변은 조용하기만 했다.

엘리베이터가 올라오길 기다리며 시간을 확인하고 바지 주머니에 양손을 찔러 넣었을 때, 누군가 진헌의 어깨를 강하게 때렸다.

아픈 어깨를 만지며 고개를 돌린 진헌의 얼굴이 묘하게 일그러졌다.

그곳엔 싱글벙글 웃으며 서 있는 진우가 있었다.

“제수씨 모시러 가나?”

“형님은 제수씨라는 말이 참 쉽게 나옵니다.”

진헌이 못마땅하다는 표정으로 말했지만, 진우는 어깨를 으쓱거릴 뿐이었다.

"어차피 그렇게 될 건데 지금부터 제수씨라고 못할 건 뭐냐? 오늘은 학교 안 가? 웬일로 이렇게 일찍 나가?"

"저도 가끔은 개인적인 시간을 보낼 자유가 있습니다. 그런데."

엘리베이터 문을 보고 있던 진헌이 몸을 돌려 진우를 쏘아보았다.

"제가 꼬마 데리러 다니는 건 어떻게 알았습니까?"

"어떻게 알았을 것 같은데?"

"가까운 곳에 스파이가 있었군요."

진헌이 문이 열린 엘리베이터에 오르며 투덜거렸다. 진우도 엘리베이터에 오르자, 진헌은 1층을 누르고 일정한 간격으로 바뀌는 숫자판을 올려다보았다.

"데이트해 보니 어때? 마음 좀 가냐?"

"형님, 그렇게 안 봤는데 실망입니다."

"……?"

진헌의 반응에 진우가 놀란 표정으로 바라보았다.

"교복 입은 열여덟 살짜리 꼬맙니다, 꼬마. 그런 애한테 마음이 가 봐야 뭐가 얼마나 가겠습니까? 어떻게 미성년자를 보고 그런 말씀을 하십니까? 그건 범죄라구요."

진헌의 신랄한 반응에 진우는 기가 질렸다는 표정으로 말했다.

"자식, 까칠하기는. 그래서 오늘은 성숙한 여인 만나러 가냐?"

진우도 심술이 나긴 했는지 목소리가 퉁명스러웠다.

"그냥 술 한 잔 하러 가는 겁니다. 엉뚱한 말 갖다 붙이지 마십쇼."

"누구랑 마시는데?"

"왜요?"

"짝꿍 없으면 같이 마셔 주려고 한다, 왜?"

마치 한 대 쥐어박을 것처럼 들이대던 진우가 엘리베이터에서 먼저 내리자 진헌도 고개를 절레절레 저으며 따라 내렸다.

"어? 비 온다."

무심코 창밖을 내다보았던 주화가 중얼거리자 주변에 있던 아이들도 하나둘 고개를 돌려 밖을 내다보았다.

중간고사를 얼마 남겨 놓지 않은 8월 말. 늦더위로 후텁지근한 날씨에 태풍이 온다는 예보는 들었지만 오늘 갑자기 비가 쏟아질지는 몰랐다. 덕분에 우산이 없었다.

"에이, 우산 없는데."

주화의 투덜거림과 함께 아이들 사이에 잠시 웅성거림이 일었다. 우산 소지 여부를 확인하려는 움직임이었다.

아람이도 우산이 있는지 확인한 후 주화에게 말했다.

"난 있는데. 우리 집 들렀다 가. 내가 우산 줄게."

"응. 그런데 아저씨는 하필 왜 오늘 안 온다는 거야?"

원망을 하려면 하늘을 원망해야 하고, 아침에 우산 가져가라고 할 때 '필요 없어!' 라며 큰소리치고 나온 자신을 탓해야 했다. 적어도 채진헌은 안 온다고 예고라도 했으니까 말이다.

그래도 주화는 오지 않겠다고 했던 진헌이 알미워서 계속 투덜거리고 있었다.

"전화 한 번 해 봐."

"누구한테?"

주화가 정색을 하자 아람인 심드렁한 표정으로 대답했다.

"아저씨한테."

"……."

"누가 알아? 마침 일이 일찍 끝나서 데리러 와 줄 수 있을지 말이야."

아람의 말이 그럴듯하긴 했지만, 뭐 그리 다정하고 좋은 사이라고 그런 일로 전화를 해서 오라 마라 할 수 있겠는가 싶어 주화는 고개를 저으며 한숨을 쉬었다.

비가 와서인지, 우산이 없어서인지 주화의 표정은 우울하기 짝이 없었다.

30분 정도만 버티면 자율 학습이 끝나는데 비는 그칠 기미가 없어 보였고, 주화는 어머니에게 데리러 와 달라는 말을 하기 위해 전화기를 꺼내 들었다. 그런데 마침 기다렸다는 듯 전화기의 진동음이 들렸다. 무심한 표정으로 메시지를 확인하던 주화의 얼굴에 놀라움이 번졌다.

[민투, 비 온다.]

가방에 있어서 몰랐는데 메시지는 벌써 10분 전에 와 있었다.

생각지도 않았던 메시지에 주화의 심장이 두근거리기 시작했다. 본가에 다녀온 이후 연애를 빙자해 일주일을 만났지만, 전화 통화는커녕 이런 문자 메시지 하나 주고받은 적이 없었기에 그 놀라움은 더했다.

"야, 문자 왔어."

혼자서는 이 사건을 어떻게 해석해야 할지 몰라 주화가 아람이에게 슬쩍 문자를 보여 주었다.

"민투? 풋. 혹시 민주화 투사 줄임말이야?"

엉뚱한 것에 아람이 키득거리고 웃자 주화가 어깨를 한 대 콩 쥐어박았다.

"웃지 마."

"흐흐흐. 미안. 문자 온 게 왜?"

"지금까지 아저씨가 나한테 문자를 보낸 적이 없단 말이야."

"비 오니까 문자 보낸 거겠지."

"그런가?"

주화는 그래도 영 의심스럽다는 표정으로 몸을 바로 하고 앉았다.

만나면 만날수록 어째 그는 이해 못할 세상에 사는 사람처럼 느꼈다. 결혼은 해도 미성년자랑은 싫다더니 남자가 좋다고 하고 말이다.

어떻게 할까, 골똘히 생각에 잠겼던 주화가 드디어 답신을 보냈다.

[비 엄청 와요. 정말 태풍이 오려나 봐요.]

시간이 얼마 지나지 않아 진헌에게서 답신이 들어왔다.

[민투, 우산은 챙겼어?]

"어머."

주화의 작은 외침에 아람이 고개를 홱 돌리더니 호기심 가득한 눈으로 주화를 쳐다보았다.

"이 아저씨 이상해."

이런 경우가 처음인지라 당황스러웠던 주화가 울상을 지으며 아람에게 말했다.

"네가 더 이상해. 그냥 물어보는 거잖아. 비 오니까. 넌 나한테 안 그러냐?"

"아…… 맞네?"

주화가 멋쩍은 표정을 지어 보이며 다시 문자를 찍었다.

[안 가져와서 지금 막 엄마한테 연락하려던 참이었어요.]

그 후 잠잠하기만 하던 전화기가 진동을 했다.

순간 주화의 온몸에서 열이 뿜어져 나오고, 심장이 미친 듯이 뜀박질을 하기 시작했다. 이상한 긴장감에 바짝 마른 입술을 혀끝으로 적신 주화는 조심스럽게 문자함을 열었다.

[아홉 시 땡 하면 나와.]

자율 학습이 끝나고 아이들이 한꺼번에 복도로 밀려 나왔다.

비 때문에 우산까지 써야 하니 건물 입구는 아이들로 인산인해였다. 천천히 빠지기 시작하는 아이들 무리에 섞여 주화도 아람이와 같이 우산을 쓰고 건물을 빠져나왔다.

"저거 뭐지?"

어두운데다 비도 내리고, 우산으로 몇 겹이나 가려진 건너편에서 아이들의 수군거림이 들려왔다. 주화와 아람이도 아이들이 말하는 것을 찾기 위해 까치발을 하며 앞으로 조금씩 밀려 나갔다.

건물 입구와 그다지 멀리 떨어지지 않은 곳에 덩치 큰 검은색 승용차가 경고등을 깜박이며 서 있었다.

"비 온다고 집에서 애 데리러 왔나 보다."

"응. 그런데 차가, 오…… 범상치 않아."

주화와 아람이가 그런 말을 주고받으며 지나가는데, 손에 들려 있는 전화기가 시끄럽게 울어 댔다.

진헌의 전화인 걸 확인한 주화가 얼른 전화를 받았다.

「민투, 너 데리러 김 기사 갔으니까 변태라고 소리 질러서 난처하게 만들지 마.」

유쾌하지 못했던 일을 진헌이 들먹거리자 주화의 얼굴이 뽀로통해졌다.

"아저씨는요?"

「난 바빠.」

"그런데 김 기사 아저씨가 누구……?"

라고 말하는데, 커다란 우산을 든 웬 남자가 두 사람 앞에 서더니 꾸벅 인사를 했다.

「만났지?」

"네."

「알았어.」

그 말을 끝으로 전화는 끊겼다.

김 기사는 집까지 데려다 주겠다며 아람에게도 함께 가자고 했다.

아람인 편히 집에 갈 수 있겠다는 생각에 신이 났지만, 주화는 그렇지 못했다. 우산 없다고 집까지 데려다 주는 건 고마운 일인데 진헌이 오지 않은 것이 내심 서운했던 것이다. 딱히 그럴 이유도 없는데 말이다.

차 앞에 선 김 기사가 조수석을 열며 아람에게 말했다.

"아람 학생은 이쪽으로 타십시오. 그쪽은 조금 불편하실 겁니다."

“네.”

아람이 얌전히 조수석에 오르자, 김 기사가 이번엔 뒷문을 열어 주었다.

“왔냐?”

“어?”

차에 오르던 주화의 눈동자가 커다래졌다.

뒷좌석 안쪽에 진헌이 앉아 있었다.

“안녕하세요?”

아람이 몸을 돌려 큰소리로 인사를 하자, 싱긋 웃어 보인 진헌이 손을 들며 아는 체를 했다.

“뭐예요? 여기 있었으면서.”

“뭐가?”

“아니, 뭐…….”

진헌의 질문에 주화는 딱히 대답할 거리가 없어 말끝을 흐리고 자세를 바로 하고 앉았다.

“오늘 못 온다고 했잖아요.”

“집에 가다 들른 거야.”

“…….”

“고맙다고 해.”

“흥.”

“고맙습니다!”

주화는 삐죽거렸지만, 아람인 밝은 목소리로 인사를 했다.

학교와 얼마 멀지 않은 곳에 사는 아람이가 먼저 내리고, 두 사람을 태운 차는 주화의 집으로 향했다.

조용한 차 안에서 창밖을 내다보며 공상에 빠져 있을 때, 부스럭거리는 소리가 들리더니 옅은 술 냄새와 함께 진헌의 말소리가 들렸다. 팔짱을 낀 채 몸을 소파에 깊게 묻는 진헌은 두 눈을 지그시 감고 있었다.

"오늘은 오렌지 주스 없어?"

"아저씨 술 마셨어요?"

미간을 좁힌 주화가 마치 잔소리라도 하려는 사람처럼 캐묻자 진헌의 한쪽 입술이 못마땅한 듯 삐죽 올라갔다.

"벌써부터 바가지냐?"

"그냥 물어본 거예요."

"넌 어째 그냥 물어보는 게 그렇게 많아?"

"……."

"할 말 없으면 무조건 그냥 물어봤데."

진헌의 핀잔에 주화가 딴소리를 했다.

"아저씨가 안 온다고 해서 오렌지 주스는 없어요."

"그렇군."

진헌의 대꾸에 주화가 잠시 힐끔힐끔 눈치를 살피더니 말했다.

"누구랑 술 마셨어요?"

"……누구랑 마셨을 것 같은데?"

"그거야 뭐…… 제가 모르죠."

"그런 사람이 있어."

어른들의 세상엔 모르는 것이 너무 많다.

아직 청소년의 세상에 살고 있는 주화로선 그가 어떤 생활을 하며 사는지 짐작하긴 어려웠다. 그래서 소심하게 "알았어요."라고 대답하고 말았는데, 나긋한 목소리로 진헌이 말했다.

"그 누구랑이라는 사람은 키가 훤칠하게 크고 어깨가 떡 벌어졌지."

"……?"

"나보단 못하지만 잘생긴 건 인정해 줘야 해. 가끔 약을 올리는 것이 흠이지만, 내가 사랑하니까 그 정도쯤은 봐줄 수 있어."

"……!"

진헌의 말에 주화의 얼굴은 점점 사색이 되어 갔다.

"그러고 보니 목소리도 좋네."

감고 있던 눈을 천천히 뜬 진헌이 고개를 돌려 주화를 바라보았다.

주화는 놀란 얼굴로 앞 좌석을 끌어안고 있었다.

"민투."

"왜, 왜요?"

"엉뚱한 상상하지 말랬지?"

"내가, 내가 뭘요!"

"하여튼 상상력은 최고봉이야."

코웃음을 한 번 친 진헌은 다시금 눈을 감았고, 주화는 앞 좌석을 놓지 않은 채 집까지 가야 했다.

05.
상상은 금물(2)

"넌 학생이라는 자각이 없구나?"

불안한 표정으로 앉아 있는 주화를 향해 진헌이 심드렁하게 물었다.

현재 시간은 오후 5시. 자율 학습도 아닌 수업을 땡땡이치고 온 주화는 진성 그룹 진헌의 사무실에 앉아 있다.

얼마 전 벌였던 소동으로 진성 그룹에서 주화는 유명인사가 되어 있었다. 쭈뼛거리며 다가오는 주화를 알아본 안내 데스크 직원이 친절하게 박 비서를 호출해 주었고, 주화는 어렵지 않게 진헌의 사무실에 도착할 수 있었다.

사무실엔 못마땅한 표정의 진헌이 주화를 기다리고 있었다. 기다렸다기보다는 벼르고 있었다는 말이 더 맞을지도 모른다.

"그래, 오늘은 무슨 일로 달려오셨어?"

당장이라도 울어 버릴 것 같은 표정으로 앉아 있는 주화를 보며 진헌이 물었다.

"어제…… 할아버지한테서 전화가 왔었어요."

소파 팔걸이에 턱을 괴고 있던 진헌의 눈썹이 살짝 올라갔다.

"뭐라고 하셨는데?"

"태영이는 안 만나고 아저씨만 만나는 거냐고 하시면서…… 그냥 아저씨랑 결혼하라고……."

주화의 풀 죽은 대답을 들은 진헌은 그럼 그렇지, 하는 표정으로 한숨을 쉬었다.

벌써 열흘이 넘었는데 주화는 태영이와 진전이 없었다. 그걸 할아버지가 모를 리 없었다. 사람 붙여서 조사하는 것엔 귀신인 양반이니까 말이다.

주화가 기운 없는 목소리로 말했다.

"어떻게 해야 할지 모르겠어요. 태영이한테 아직 말도 못 꺼냈단 말이에요."

주화는 참담했다. 태영이에겐 제대로 말도 못 붙여 봤는데 모든 걸 꿰뚫고 있다는 할아버지의 전화까지 받고 보니 애가 탔다.

"그래서?"

"그냥 좀…… 조언을……."

진헌이 매정한 눈길로 바라보자 주화의 목소리는 점점 줄어들었다.

"고작 그런 일 때문에 수업도 빠지고 여길 왔단 말이야? 내년에 수능 보는 학생 맞아?"

진헌의 꾸지람에 딱히 변명할 거리가 없었던 주화는 고개를 푹 숙이고 말았다.

"그게 어떻게 고작이에요? 제 결혼이 달린 문제란 말이에요. 아저씨 같으면 지금 이 상황에 공부가 머리에 들어오겠어요?"

"민투."

"왜요!"

주화의 목소리에 짜증이 담겼지만, 진헌은 묵묵히 말을 꺼냈다.

"그렇다고 이렇게 무턱대고 학교를 나오는 건 아니지. 그리고 저번에도 말했지만, 태영이와 연애하는 것까지 나에게 도와 달라고 하면 안 돼. 너 하나만으로도 벅찬 사람이야, 난."

진헌의 말에 주화는 실망했다. 아무도 제 마음을 이해해 주지 않는다는 사실이 서럽기까지 했다.

부모님은 좋은 어르신 밑에서 자란 반듯한 사람이라며 굳이 반대할 이유가 없다고 했다. 이미 오래전부터 대학을 졸업하면 진헌과 결혼을 시키려 했었다며, 조금 일찍 한다고 생각하라 했다. 할아버지가 아무렴 이상한 댁의 자제와 혼인 약속을 했겠냐며 주화를 되레 설득하려고 했다.

그러나 아무리 좋게 생각하려고 해도 주화는 모든 것이 답답하기만 했다. 친구들과 함께 연예인 쫓아다니는 것이 좋고, 좋아하는 동급생 혹은 선배를 보며 가슴 설레는 것이 행복한 주화 입장에선 어른들의 그런 말들이 딱히 와 닿지 않았다.

억울함에 입술을 꼭 깨물고 있는 주화를 보며 진헌이 입을 열었다.

"계속 그렇게 망설이다간 꼼짝없이 나랑 결혼하게 되는 수가 있어."

진헌이 아람이와 똑같은 말을 하자, 주화가 한숨을 푹 쉬며 어깨를 축 늘어뜨렸다.

그때, 노크 소리와 함께 문이 벌컥 열리더니 장난기 가득한 얼굴의 진우가 뚜벅뚜벅 안으로 들어왔다.

"우리 제수씨 오셨네?"

진우의 갑작스러운 등장에 주화가 어쩔 줄 몰라 하며 엉거주춤 자리에서 일어나 꾸벅 인사를 했다.

"안녕하세요?"

"아주버님이라고 불러 봐요."

짓궂은 말장난에 주화의 얼굴이 새빨갛게 물들자, 진우가 껄껄껄 큰소리로 웃으며 주화의 맞은편에 앉았다.

"무슨 일로 오셨습니까?"

진헌이 달갑지 않다는 표정으로 물었지만, 진우는 싱글벙글 웃으며 주화의 얼굴만 빤히 쳐다보았다.

"우리 제수씨는 아무리 봐도 예쁘단 말이야."

"감사합니다."

진우의 칭찬에 고개를 푹 숙인 주화가 작게 중얼거렸고, 진헌은 코웃음을 쳤다.

"진헌이가 잘해 줘요?"

"에? 아…… 네."

"혹시 진헌이가 괴롭히면 나한테 다 일러요. 아니지, 할아버지께 일러 주는 게 제일 확실하겠네."

"형님."

진헌이 점잖은 목소리로 진우의 말을 막으려 들었지만, 진우는 웃으며 깔끔하게 진헌을 무시했다.

“얘가 좀 까칠해서 그렇지, 알고 보면 나름 괜찮은 놈이에요.”

그 말에 진헌이 이번에 더 크게 코웃음을 쳤다.

“……그런데요.”

주화가 눈치를 살피며 말하자, 진우가 상체를 조금 앞으로 기울이며 말하라는 표정으로 바라보았다.

“말 편하게 하세요. 제수씨라고 부르시는 것도 조금…….”

“어휴. 아무리 나이가 어려도 우리 집에 시집올 사람인데 그러면 안 되죠. 그랬다간 할아버지께 몰매 맞습니다.”

“하지만 아직 결혼은 결정된 게…….”

“무슨 그런 소리를!”

진우가 정색을 하며 큰소리를 내자, 화들짝 놀란 주화가 눈동자를 빠르게 깜빡거렸다.

“난 할아버지의 결정이 번복되는 걸 본 적이 없습니다.”

“하하하하…….”

어색한 표정으로 웃고 있는 주화였지만 진우의 말에 몸서리칠 수밖에 없었다. 그 말이 마치 해리포터의 마법의 주문이 되어 정말 진헌과 결혼을 하게 만들 것 같았기 때문이다.

부디 빈말이라도 그런 말하지 말아 주세요! 라고 속으로 외치고 있을 때, 진우가 웃음을 멈췄다.

“아!”

뭐라도 생각난 사람처럼 진우가 운을 뗐다.

“언제 밖에서 진헌이랑 한 번 같이 봐요. 내가 맛있는 거 사 줄게요.”

“네…….”

"저번에 제수씨 데리고 오라고 했더니 안 된다고 저 녀석이 얼마나 까칠하게 굴던지."

"저번…… 이요?"

"그래도 약혼녀 걱정은 되는지 그렇게 술을 마시고도 꾸역꾸역 학교를 가더군요."

미묘하게 변하는 주화의 표정을 보며 피식 웃던 진헌이 금세 웃음을 지우고는 진지한 목소리로 말했다.

"형님, 제가 또 언제 꾸역꾸역 학교를 갔습니까? 형님이야말로 꾸역꾸역 먼저 집에 갔잖아요."

"인마, 내가 언제?"

"안 그랬습니까? 술도 제대로 못 마시게 삼십 분마다 시계 보고, 한 시간마다 전화하고, 결국엔 저 버리고 갔잖아요."

"내가 또 널 언제 버리고 갔다고 그래? 간다고 하니까 냉큼 따라나선 건 너였어."

"말은 바로 하십시오. 제가 언제 냉큼 따라나섰습니까?"

"허허. 이 녀석 보게?"

"하여튼, 전 형님 아니었으면 학교에 가지도 않았습니다."

두 사람의 대화를 듣고 있는 주화의 머릿속은 어지러웠다. 저번에 술을 마셨는데 자기를 데리러 왔다고 하니 문득 번쩍하고 지나가는 말들이 있었다.

『내가 엄청난 비밀 하나 알려 줄까? 사실은…… 난 남자가 좋아.』

『그 누구랑이라는 사람은 키가 훤칠하게 크고 어깨가 떡 벌어졌지. 나보단 못하지만 생긴 건 인정해 줘야 해. 가끔 약을 올리는 것이 흠이지만, 내가 사랑하니까 그 정도쯤은 봐줄 수 있어.」

순간 주화의 표정이 어두워졌다.

그들이 사는 세상은 너무 어려웠다. 아직은 어리기에 나와 다른 사람들을 어떻게 받아들이고 인정해야 하는지 주화는 알지 못했다. 너무 낯설어서 두렵기만 했다. 그래서 주화는 도망가기로 마음먹었다.

누가 더 공처가냐를 두고 한참 실랑이를 벌이는 두 사람의 눈치를 살피며 주화는 옆에 두었던 가방을 가슴에 끌어안고 슬금슬금 소파 끝으로 이동했다.

"어이, 민투!"

막 일어나서 등을 돌리는데, 벼락같은 소리가 뒤통수를 치고 지나갔다.

흠칫 놀란 주화가 어깨를 잔뜩 웅크리고 천천히 몸을 돌리자, 진헌이 어이없다는 표정으로 말했다.

"내가 엉뚱한 상상하지 말랬지?"

"내, 내가 뭘요!"

"변태라고 할 때부터 알아봤어. 하여튼 상상력은 네가 세계 최고다."

가방을 품에 안은 주화의 얼굴은 붉어졌고, 무슨 영문인지 모르는 진우는 그저 고개만 갸우뚱거릴 뿐이었다.

"어떻게 할 거야?"

"뭘요."

진헌의 질문에 주화가 볼멘소리로 되물었다.

"학교 갈 거야, 아니면 집으로 갈 거야."

"학교를 다시 어떻게 가요."

주화가 한껏 기가 죽은 목소리로 대답하자, 진우가 자리에서 일어나며 끼어들었다.

"그러고 보니 아직 수업 시간 아닌가?"

"땡땡이치고 왔답니다."

"응? 땡땡이?"

진헌 때문에 심술이 난 주화의 입술이 십 리나 쭉 나와 있었다. 그 모습에 키득거리는 건 진우였다.

소파에서 일어난 진헌이 옷걸이에 있던 재킷을 몸에 걸쳤다.

나가지도 못하고, 다시 앉지도 못한 주화는 진헌이 다가올 때까지 멀뚱하니 못 박힌 듯 서 있었다.

문 앞에 서 있는 주화를 돌려세운 진헌이 주화의 어깨를 잡고 집무실 문을 열며 말했다.

"형님, 먼저 갑니다."

"조심히 가. 제수씨 또 봐요."

주화가 진우에게 인사를 하려고 몸을 틀었지만 진헌이 너무 꽉 잡고 있어 인사도 제대로 못한 채 그대로 집무실에서 떠밀려 나왔다.

차에 오르며 시간을 확인한 진헌은 일단 저녁을 먹어야겠다는 생각에 주화에게 물었다.

"저녁 먹고 들어갈래?"

"……."

"사 주고 싶은 생각 들 때 얼른 말해."

"떡볶이요."

시동을 걸던 진헌이 인상을 찌푸리며 주화를 쳐다보았다.

그러나 결국 진헌은 주화와 함께 어느 허름한 떡볶이 집 앞에서 줄을 서고 있었다. 사람이 어찌나 많은지 삼십 분이나 기다렸는데 좀처럼 줄이 줄어들지 않았다.

게다가 고급 정장을 입은 남자와 교복을 입은 꼬마의 조합이 많이 어색했는지 사람들이 진헌과 주화를 힐끔거리며 쳐다보았다.

"아저씨라고 부르지 말고 차라리 삼촌이라고 해라."

줄어드는 줄을 따라 조금씩 이동하며 진헌이 허리를 숙여 주화의 귀에 대고 속삭였다. 갑작스러운 그의 행동에 놀라 어깨를 움츠린 주화가 왜냐는 표정으로 쳐다보자, 진헌이 말했다.

"누가 보면 원조교젠 줄 알겠다."

"풋. 아저……."

"쉿!"

"그래도 양심은 있나 봐요?"

"무슨 양심?"

"아저씨 약혼녀가 미성년자라는 양심?"

"하여튼 말이나 못하면."

"그래도 아저씨처럼 보이진 않아요."

주화가 히죽거리며 선심이라도 쓰듯 말하자 진헌의 눈이 가늘어졌다.

"언제는 양복 입고 회사 다니면 다 아저씨라면서?"

진헌의 목소리는 '나 그때 삐쳤었다.' 라고 말하는 것 같았다.

뒷짐을 진 주화가 앞으로 한 발자국 내디디며 새침한 목소리로 말했다.

"어려 보인다고 칭찬하는 거예요."

"허!"

진헌이 씰룩거리자 눈이 반달이 된 주화가 손으로 입을 가리며 키득거렸다.

열 살이나 어린 꼬마한테 어려 보인다는 칭찬이나 듣고, 요즘 들어 세상이 참 재밌게 돌아가는 것 같은 기분이다. 처음 이사로 취임했을 땐 '어려 보이네요?' 라는 말을 들으며 곧잘 무시를 당하곤 했었다. 그런데 지금은 그 말이 꼭 나쁘게 들리진 않았다. 스물여덟이라는 나이가 많은 것도 아닌데 말이다.

작은 어깨를 들썩이며 웃고 있는 주화의 뒷모습을 보는 진헌의 얼굴에도 슬며시 미소가 걸렸다.

'앗!'

예쁜 반달을 그리던 주화의 눈이 갑자기 휘둥그레졌다. 진헌의 커다란 손이 뒷머리를 부드럽게 감쌌기 때문이다.

머리를 가볍게 쓰다듬던 진헌의 손은 가볍게 두 번 토닥이고는 떨어졌다.

웃음은 어느덧 멈추었지만, 얼굴이 새빨갛게 물든 주화는 앞만 보고 있었다.

그의 손이 닿았던 뒷머리가 후끈거리고 숨이 턱턱 막혀 정신이 아찔해졌다. 아버지나 선생님, 혹은 동네 어른들이 착하다며 머리를 쓰다듬어 주곤 했지만, 그것과는 느낌이 너무 달랐다.

앞에 서 있던 사람들이 움직이자 주화는 냉큼 앞으로 옮겨 갔다. 뒤를 이어 진헌이 따라오자 주화의 자그마한 얼굴이 점점 더 새빨갛게 달아올랐다. 그의 다정한 손길에 당황한 주화는 뒤도 돌아보지 못하고 줄이 빨리 줄어들길 초조하게 기다렸다.

드디어 두 사람의 차례가 되어 작은 테이블에 마주 앉았다.

자리에 앉자마자 미리 주문해 놓은 떡볶이가 테이블에 올라왔다. 휴대용 가스렌즈 위에 올라온 납작한 냄비 안에는 떡볶이와 라면, 만두가 보글보글 끓고 있었다. 매콤하고 달콤한 향기가 코를 자극하고 식욕을 돋구었다.

입안에 고인 침을 꿀꺽 삼킨 주화가 두리번거리더니 아주머니에게 앞치마를 받아 진헌에게 내밀었다.

"뭐야?"

"앞치마요."

"……."

"비싼 옷에 국물 튀면 안 되잖아요. 그러니까 해요."

"됐어."

"하여튼 자존심은 있어 가지고."

"뭐?"

"보기 안 흉하니까 해요. 누가 뭐라 한다고."

아까와 달리 안정을 되찾은 주화는 그에게 억지로 앞치마를 쥐어 주고는 구시렁거리며 자기도 앞치마를 둘렀다.

마지못해 주화처럼 앞치마를 두른 진헌은 길게 한숨을 내쉬었다. 이곳은 정말이지 스타일 안 사는 곳이었다. 오랜만에 먹는 떡볶이가 맛있지 않았다면 자리를 박차고 나갔을지도 모른다.

매콤한 떡볶이를 다 먹고 밥까지 볶아 야무지게 먹고 있는 주화를 보며 진헌이 물었다.

"학교에는 뭐라고 하고 나왔어?"

“그냥요.”

“그냥 보내 줄 리 없잖아. 저번처럼 말도 없이 도망 나왔어? 내일 보호자 대동하고 학교 가야 하는 거 아니야?”

“그렇다고 하면 아저씨가 또 같이 가 주게요?”

순간 진헌의 눈매가 무섭게 번쩍였다. 그러자 기가 죽은 주화가 중얼거렸다.

“……아프다고 조퇴했어요.”

그러고 보니 주화의 안색이 그다지 좋지 못했다.

“어디 아픈데?”

진헌의 질문에 수저를 입에 문 주화가 고개를 들었다.

“……안 아파요.”

“정말 아파 보여서 묻는 거야.”

커다란 눈동자를 깜빡이던 주화가 어깨를 한 번 으쓱거리더니 바닥에 눌어붙은 누룽지를 긁어 대기 시작했다.

“잠을 좀 못 자서 그런가 봐요.”

낑낑대며 누룽지를 긁는 주화를 보던 진헌이 주화의 손을 밀쳐 내고 대신 긁기 시작했다.

“쓸데없는 상상도 하지 말고, 필요 없는 걱정도 하지 마.”

“아저씨.”

“응?”

누룽지를 긁느라 고개를 들지 않은 채 진헌이 처음으로 부드럽고 낮은 소리로 대답했다.

“아저씨, 정말 남자 좋아해요?”

고개를 든 진헌이 멍한 표정으로 주화를 바라보았다. 그의 표정은 '널 어쩌면 좋니?' 였지만, 주화는 그의 사인을 알아듣지 못한 채 호기심 가득한 눈으로 그를 바라볼 뿐이었다.

"민투."

"……?"

"누룽지나 먹어."

진헌은 어느새 박박 긁은 누룽지를 주화 앞에 쌓아 놓았다.

✤✤✤

월요일 이른 아침의 0교시 수업.

책장을 건성으로 넘기며 한숨만 쉬고 있는 주화의 어깨를 아람이 툭툭 쳤다. 우울한 표정으로 주화가 고개를 돌리자 아람이 작은 소리로 말했다.

"우리 오늘부터 주번이야."

"아…… 맞다."

주번이라는 말에 주화의 표정은 더 우울해졌다.

주번은 정해진 시간에 교실 외의 장소를 청소해야 했다. 생각 같아서는 빠지고 싶었지만 조금만 늦어도 교실까지 선생님이 주번을 찾으러 오기 때문에 그럴 수도 없었다. 더구나 이번 주 담당 선생님은 인정사정 봐주지 않는 학생 주임 선생님이다. 그 선생님의 명성을 익히 알고 있기에 주화와 아람인 서둘러 교실을 빠져나갔다.

오늘은 화단 청소라고 했다. 쓰레기를 줍는 일이어서 주화와 아람의 손엔 기다란 집게가 하나씩 들려 있었다. 화단에 도착한 두 사람은 선생님께 확인을 받고 가까운 곳으로 가 쓰레기를 줍기 시작했다.

"어떻게 할 거야?"

"……."

"시간 얼마 안 남았잖아."

아람이의 걱정 어린 질문에도 주화는 묵묵히 쓰레기를 주웠다.

주화는 어떻게 해야 할지 몰라 머릿속이 터져 버릴 것 같았다.

할아버지와 약속을 하고 돌아온 지 벌써 보름이 흘렀다. 그런데 주화는 여태 태영이에게 고백은커녕 말도 먼저 걸어 보지 못했다. 남은 날이 한 달 남짓인데, 조바심이 생기면서도 좀처럼 용기를 낼 수 없었다. 이대로 있다간 할아버지에게 또 전화가 올 것 같았다.

"이번 주 안으로 죽이 되든 밥이 되든 덤벼. 퇴짜 맞는 게 무섭냐, 결혼하는 게 무섭냐?"

"힝. 미치겠어."

"주화구나?"

머리를 맞대고 쓰레기를 줍고 있던 주화와 아람의 고개가 한쪽으로 휙 돌아갔다.

그곳엔 맑은 아침 기운을 받으며 반듯하게 서 있는 태영이가 있었다. 태영이도 주번인 듯 한 손엔 집게를, 한 손엔 비닐 봉투를 들고 있었다.

"안녕?"

태영이가 친근하게 인사를 건네자 주화도 얼굴을 붉히며 인사를 했다.

"어…… 어, 안녕?"

"너도 주번이야?"

“응.”

“그런데 무슨 일 있어?”

“어?”

“아까부터 봤는데 둘 다 표정이 심각하길래.”

“으응. 아니야. 아무것도.”

아람이가 옆에서 자꾸 찔러 댔지만 모르는 척 고개를 저은 주화
가 어색하게 웃으며 말했다.

“다들 모여!”

화단 가운데 서 있던 선생님이 큰소리로 부르자, 쭈그리고 앉아
있던 주화와 아람이 일어섰다.

“먼저 갈게. 나중에 또 보자.”

주화는 태영이가 선생님에게 뛰어가는 걸 멍하니 바라보고 있었
다.

“이그, 바보. 아예 모르는 사이도 아니고 같은 반이었으면서 말
도 제대로 못 걸고. 쯧쯧.”

주화의 표정은 시무룩했다.

“그런데 난 아저씨가 더 좋다.”

“……!”

그 말에 주화가 입을 쩍 벌리고 아람일 바라보았다.

“태영이도 잘생기긴 했는데 멋진 건 아저씨가 위인 것 같아.”

“헐.”

주화가 어처구니없다는 표정을 지었다.

“너 냉정하게 생각해 봐라. 물론 우리랑 나이 차가 많이 나긴 하
지만, 그렇다고 늙은 건 아니잖아. 아직 스물여덟이라고. 나랑 꼭

닮았다는 우리 외사촌 오빠보다 한 살밖에 안 많아. 그런데 우리 오빠는 아직도 공부하잖아. 아저씨는 일하는데. 얼마나 듬직해.”

어째서 아람이가 하는 말은 다 맞는 말 같을까. 주화의 얇은 귀가 팔랑팔랑 날갯짓을 했다.

안 그래도 요즘은 무언가가 모호해지는 기분이었다. 처음엔 결혼이 싫었던 것 같은데, 지금은 결혼이 싫은 건지 아니면 진헌이 싫은 건지 갈피를 잡을 수 없었다. 그나마 확실한 건 태영일 좋아한다는 사실뿐이었다.

아람의 말은 계속 이어졌다.

“그리고 키 크지, 어깨 딱 벌어졌지. 몸매 예쁘지. 야, 난 그런 정장이 현빈 말고 어울리는 사람이 있다는 게 제일 신기해. 허리 잘록하고, 팔다리 길고, 목도 길고. 넥타이를 맸는데도 거북이 목 같지 않잖아. 학생 주임 쌤 봐라. 목이 파묻혔어.”

아람이의 입에서 흘러나오는 진헌의 찬양가에 주화는 고개를 설레설레 저었다.

아람이가 진성 그룹에 다녀온 후 주화에게 이런 말을 했었다.

『그러고 보면 우리 학교 애들은 정말 애야. 지금이야 잘나 보이지만 대학 들어가고 회사 들어가 봐라. 그 모습 그대로 남을지. 그런 거 생각해 보면 진우 아저씨랑 진헌이 아저씬 정말 잘 자라 주셨어. 아주 바람직해.』

처음 진성 그룹에 갔을 때 진우가 마치 잘생긴 연예인 같았는지 넉살도 좋게 진우의 전신사진을 찍어 온 아람이었다. 진우는 또 얼마나 능청스러운지 아람이가 하라는 대로 포즈를 취해 주기까지 했다. 아람인 진헌도 찍고 싶어 했지만 변태 강도 사건 때문에 잔뜩 까칠해져 있던 터라 그건 포기해야 했다.

결론은 진우나 진헌이나 외모적으론 어디 가서 억울하지 않을 사람들이라는 것이다.

아무리 그렇다 하더라도 주화에겐 언제나 태영이었다. 주화에게 있어 진우나 진헌은 거리가 먼 어른이고, 태영인 지금 내 곁에, 나와 같은 공간에 있는 사람이기에 더 그런지도 모른다.

안락한 시트에 몸을 기대고 조용히 음악을 감상하고 있는데, 조수석의 문이 벌컥 열렸다.

깜짝 놀라 고개를 돌린 진헌의 표정이 심술궂어졌다. 그런 건 안중에도 없는 주화는 아는 척도 안 하고 안전벨트 매는 데 열심이었다.

"인사 안 해?"

그의 말에 주화가 투덜거렸다.

"새삼스럽게 왜 인사를 하래요?"

"새삼스러워도 해. 내가 뭐 너 데리러 온 운전기사산 줄 알아? 그리고 아무리 운전기사라고 해도 사람을 만났으면 인사를 해야지. 예의가 없어, 민투."

"치."

주화의 표정이 뾰로통해지자 인사받기를 포기한 진헌은 혀를 쯧쯧 차며 차를 천천히 출발시켰다.

"다음부터는 인사해."

"알았어요. 그런데요, 아저씨."

"……?"

대해야 하는지 잘 모른다. 부모님 없이 할아버지 손에 크면서 어리
광만 부릴 줄 알았지 누군가를 보살피고 챙기는 것에 익숙하지 못
했다.

그런데 주화를 보면 막내 동생을 보는 것 같아 보살피고 챙겨 주
고 싶다는 생각이 절로 든다. 까마득한 후배들을 볼 때도 느끼지
못했던 감정을 주화에게서 느끼고 있었다.

진헌은 고개를 갸웃거리며 생각을 정리했다. 아마도 열 살 이상
차이가 나야 동생으로 보이는 것 같다고…….

'그런데 이런 애랑 결혼을 하라고?'

그 생각에 진헌은 고개를 휘휘 젓다가 조수석으로 고개를 돌렸
다. 주화는 여전히 창틀에 매달려 밖을 내다보고 있었다.

'아무렴. 동생이랑 결혼하는 건 범죄야, 범죄.'

그런 생각으로 제 마음을 단속한 진헌은 운전에 집중했다.

06.
애증의 데이트

토요일 이른 아침, 아직 꿈속에서 헤매고 있는 진헌을 깨운 건 지겹도록 울리는 전화벨 소리였다. 정확하지는 않지만 걸려 온 횟수를 어렴풋이 세어 보면 지금까지 모두 다섯 번이다.

올라오는 욕지거리를 겨우 참아 낸 진헌이 떠지지 않는 눈을 들어 반짝거리는 전화기를 찾아 손에 쥐었다. 발신자를 확인한 진헌은 끙, 소리를 내며 그대로 베개에 얼굴을 묻었다.

차를 보내기로 한 시간이 아직 멀었는데 그의 단잠을 깨우는 건 주화였다. 진헌은 누운 채 전화기의 통화 버튼을 눌렀다.

"뭐야?"

진헌이 퉁명스럽게 물었다.

「아저씨, 아저씨.」

"왜?"

「아람이랑 같이 가도 돼요?」

피곤함이 역력한 목소리로 진헌이 무성의하게 대답했다.

"마음대로 해."

「집에 밥은 있어요?」

"뭐?"

기껏 전화해서 물어보는 말이 밥이 있냐는 것이라니.

진헌의 얼굴에 짜증이 슬며시 자리를 잡기 시작했다.

「밥이요.」

"그걸 왜 물어?"

「먹을 거 싸 가지고 오라면서요?」

어제 무심코 했던 말을 상기시키며 생기발랄한 목소리로 주화가
대답했다.

"후우. 민투."

「네?」

"지금 몇 시야?"

「음…… 7시 40분이요.」

"넌 잠도 없어?"

「이 시간까지 자고 있는 아저씨가 게으른 거예요. 아무리 휴일이
어도 규칙적인 생활을 해야죠.」

"뭐?"

「아저씨네 집에 짐 챙겨 가는 것 때문에 저 지금 많이 바빠요.
그래서 밥이 있어요? 없어요?」

여유롭게 잔소리까지 해 대며, 짐 챙겨서 이사라도 오는 사람처
럼 주화가 비장한 목소리로 다시 물었다.

"없다고 하면 어쩔 건데?"

상당히 불량한 목소리로 되물었는데 주화는 태연스럽게 대답했다.

「쌀 가져가려구요.」

몸을 바로 하고 누운 진헌은 얼굴에 손을 올리며 다시 한숨을 쉬었다.

"있을 거야."

이젠 헛웃음도 나오질 않았다. 종알종알 망설임도 없이 어찌나 말을 잘하는지 앞에 있다면 한 대 콕 쥐어박고 싶은 심정이었다.

「그럼 혹시 어묵이랑 파랑 양파, 이런 것도 있어요? 아, 혼자 산다고 했으니까 어묵은 없으려나?」

더 이상 주화의 말을 들어 줄 수가 없었던 진헌이 눈을 억지로 뜨고 천장을 노려보았다.

"너 무슨 속셈이야?"

「그런 거 없는데요?」

정말 아무것도 모르겠다는 투의 대답이었다.

"그럼 왜 자꾸 그런 쓸데없는 걸 물어?"

「그게 왜 쓸데없는 거예요? 전 오늘 하루 종일 아저씨한테 붙잡혀 있어야 한다구요. 아저씨가 밥이라도 안 줘 봐요. 사람이 먹고 사는 문제잖아요. 그러니 미리 다 준비해 가야죠.」

주화의 볼멘소리가 영 마음에 들지 않던 진헌이 드디어 몸을 일으켜 앉았다.

"민투."

「네?」

"말은 제대로 해야지. 네가 나한테 붙잡혀 있는 게 아니라 내가
너한테 볼모로 잡혀 있는 거야."

「그거나, 저거나.」

"이봐."

진헌의 말을 끊으며 "잠깐만요."라고 하더니 잠시 후에 주화가
말했다.

「엄마가 집에 김치 있냐고 물어보래요.」

"민투."

「네?」

"솔직히 말해."

진헌이 얼마나 진지하게 물었는지, 주화의 숨소리조차도 들리질
않았다.

「뭘…… 요?」

"너 집에서 쫓겨나는 거지?"

오전 10시가 조금 지난 시간, 주화와 아람이 김 기사와 함께 진
헌의 집에 들이닥쳤다.

현관에서 세 사람을 맞은 진헌의 얼굴엔 당혹감이 스쳤다.

책가방은 등에 짊어지고, 양손엔 내용물이 궁금하기 그지없는 통
들이 바리바리 들려 있었다. 주화를 데리러 갔던 김 기사의 손에까
지 짐이 들려 있었다.

"설마 너 오늘 이걸 다 먹고 가겠다는 건 아니지?"

그 외중에 아람이가 인사를 하자, 진헌은 웃으며 인사를 건네고
얼떨결에 주화가 들고 있던 통을 건네받았다.

“내 건 이것밖에 없어요.”

주화가 다른 손에 들고 있던 통을 들어 보이며 활짝 웃어 보였다.

“그럼 이게 다 뭔데?”

“아주머니가 아저씨 드리라고 했어요.”

“뭐?”

아람이의 대답을 듣고도 믿을 수 없어 하는 진헌을 현관에 세워 둔 주화가 총총걸음으로 주방을 찾아 들어갔다. 그 뒤를 아람이와 김 기사가 따랐다.

가지고 온 물건을 식탁에 펼치고 보니 잔칫상이었다. 전부터 갈비찜, 물김치, 잡채, 나물들이 즐비했다.

제 눈으로 보고도 믿을 수 없던 진헌은 뭐라 말을 꺼낼 수도 없었다. 그저 들고 온 반찬통을 차곡차곡 냉장고에 넣고 있는 주화를 멍하니 보고 있을 뿐이었다.

어리둥절한 모습으로 서 있는 사이 김 기사가 돌아가고, 아람인 전기밥솥의 뚜껑을 열었다.

“주화야, 밥 있다.”

“그래?”

냉장고 정리를 모두 끝냈는지 주화가 활짝 핀 얼굴로 자리에서 벌떡 일어나더니 밥을 확인하러 갔다. 두 사람은 뭐가 그리도 좋은지 키득거리며 뚜껑을 닫고 이젠 주방을 뒤지기 시작했다.

“남의 집 주방에서 뭐 하는 거야?”

진헌이 심술궂은 목소리로 물었다.

어머니가 일부러 챙겨 준 반찬은 고마운 일이지만 그와 별개로 주화가 주방을 휘젓고 다니는 일은 마음에 들지 않는 진헌이었다.

그러나 그가 그러든지 말든지 주화는 자기가 하고 싶은 일에만 열중하고 있었다.

서랍을 뒤지던 주화가 진헌을 돌아보며 순진한 얼굴로 물었다.

"아저씨, 동그란 볼 없어요?"

"뭐?"

"왜 이렇게 생긴 거 있잖아요. 나물 무치고 이럴 때 쓰는 거."

주화가 손으로 동그란 모양을 그리며 묻자 진헌은 이마를 짚으며 한숨을 푹 쉬었다.

"아, 그리고 위생장갑이랑 물 빼는 채 같은 것도 필요한데."

진헌은 대답이 없었지만 주화는 그에게 필요한 것들을 요구하며 자기가 들고 온 통을 열었다.

"주화야, 여기 다 있는 것 같아."

싱크대 끝에서 아람이가 주방 기구를 찾아내자, 주화가 아람이 있는 곳으로 쪼로록 걸어갔다.

두 사람의 주방 습격 사건이 영 못마땅했지만, 주화가 들고 온 통이 궁금했던 진헌이 쭈뼛거리며 식탁으로 다가가 통을 들여다보았다. 미간을 살짝 구기며 내용물을 확인한 진헌이 손을 뻗어 그것을 집어 들었다. 마트나 슈퍼에서 파는 유부초밥 재료와 어묵이었다.

"아저씨도 유부초밥 먹을래요?"

언제 왔는지 주화가 진헌의 손에 들려 있던 것을 가져가며 물었다.

"만들려고?"

"네."

"주화야, 밥 이 정도면 돼?"

아람의 질문에 주화가 손으로 OK 사인을 하며 고개를 끄덕였다.

“만들 줄은 알아?”

진헌이 못 믿겠다는 목소리로 묻자 주화가 비장한 표정으로 유부초밥 재료와 밥통을 들어 보였다.

주화는 마치 유부초밥 광고라도 찍는 사람처럼 간드러지는 목소리로 말했다.

“새콤달콤 유부초밥. 이거랑 밥만 있으면 누구나 손쉽게 만들 수 있답니다.”

“헐.”

진헌은 저도 모르게 주화의 말버릇을 따라 하며 어처구니없다는 표정을 지어 보였다.

“도대체 이걸 여기서 왜 만드는데?”

“하루 종일 공부만 할 순 없잖아요.”

가위로 봉지의 입구를 잘라 내용물을 식탁에 늘어놓으며 주화가 명랑한 목소리로 대답했다.

“공부는 안 하고 유부초밥 만드는 것으로 시간을 때우시겠다?”

“먹을 거 싸 들고 오라고 할 땐 언제고.”

주화는 팔짱을 끼고 위압적인 모습으로 굽어보고 있는 진헌을 힐긋거리며 구시렁거렸다.

“그래서 먹을 거예요, 말 거예요?”

“그 속에 뭘 넣을지 알고 먹어?”

“됐어요, 그럼. 안 그래도 재료 부족해요.”

주화가 식탁에 늘어놓았던 것을 쓸어 모으며 경계의 눈으로 올려다보자 진헌은 콧방귀를 뀌었다. 커다란 봉지로 세 개나 되는 양이 부족하다니 진헌은 주화가 욕심 많은 유치원생 같아 보였다.

"주화야, 그럼 어묵국 우리 둘 것만 끓이면 돼?"

"응!"

마치 들으란 듯 주화가 큰소리로 대답하며 진헌을 한 번 쏘아보더니 몸을 팽 돌리고는 싱크대로 가서 유부초밥의 양념을 하기 시작했다.

"밥 톨 하나라도 흘리기만 해 봐. 공부고 뭐고 종일 청소만 할 줄 알아."

유치하기 짝이 없는 엄포를 늘어놓은 진헌이 주방을 나서자, 어깨 너머로 힐긋거리던 주화가 입술을 씰룩거렸다.

저벅저벅 거실로 나가는 진헌의 등을 보고 있던 아람이가 주화의 곁으로 다가와 작은 목소리로 말했다.

"조금 있으면 점심 먹어야 하잖아. 정말 안 줄 거야?"

"안 줘."

"그래두. 너 일부러 아저씨 것도 챙겨 온 거잖아."

"안 줘. 나 혼자 배 터지게 다 먹을 거야."

주화가 그렇게 애증의 유부초밥을 만드는 동안 진헌은 주화의 집에 전화를 걸었다.

진헌의 목소리를 들은 주화의 어머니는 연신 고맙다는 말을 했다. 진헌은 멋쩍은 웃음을 지으며 음식에 대한 감사의 인사를 전했다. 주화의 어머니는 마지막으로 주화를 잘 부탁한다는 말을 하고 전화를 끊었다.

주화의 고집으로 상견례가 보류되고, 결혼이 무효화될 수 있다는 1%의 가능성이 남아 있긴 하지만, 예비 사위로서 정식으로 인사를 드리지 못했다는 것이 못내 마음에 걸리는 진헌이었다. 이럴 줄 알았다면 어젯밤에라도 잠깐 얼굴을 뵙고 오는 거였는데 하는 후회가 들었다. 조금은 괘씸할 법도 한데 이렇게 반찬을 챙겨서 보내 주니 진헌은 한없이 죄송스럽기만 했다.

머리를 긁적이며 소파에서 일어난 진헌은 조용히 서재로 향했다. 주화와 아람이가 공부할 수 있도록 공간을 만들어 주기 위함이었다. 자신이 사용할 노트북과 몇 가지 서류, 책들을 거실로 옮겨 놓고 주방으로 갔다.

주방의 식탁엔 벌써 자그마한 유부초밥이 줄지어 놓여 있었고, 맛있는 어묵국 냄새도 진동을 했다. 이미 시식을 했는지 주화와 아람인 볼이 터질 듯 오물오물거리고 있었다.

"아저씨, 좀 드셔 보세요."

진헌의 등장을 먼저 알아챈 아람이가 유부초밥을 하나 권했다. 모르는 척 받아먹을까 싶어 손을 내밀려고 하는데, 주화가 잽싸게 낚아채더니 제 입에 쏙 넣어 버렸다.

"아더띠는 안, 먹능다 해써."

유부초밥을 볼이 터져라 쑤셔 넣은 주화가 억지로 씹으며 웅얼거렸다.

손을 내밀려다 민망해진 진헌은 얼른 바지 주머니에 손을 넣으며 헛기침을 한 번 했다.

"서재에 책상이 하나라, 둘 중 한 명은 서재에 있는 응접 테이블에서 해야겠는데?"

"제가 거기 쓰면 돼요."

아람이가 씩씩하게 대답하자, 입안에 있는 것을 꾸역꾸역 넘긴 주화가 밥풀을 튀기며 말했다.

“아니야. 내가 거기 쓸게.”

“괜찮은데.”

“너 허리 아프잖아. 그리고 난 원래 바닥에서 뒹굴면서 하는 거 좋아해. 알면서 그래.”

눈을 게슴츠레 뜬 주화가 팔꿈치로 아람이의 옆구리를 쿡 찌르며 빙그레 웃었다.

나뭇잎만 굴러도 깔깔대며 웃는다는 여고생 둘은 대수롭지 않은 대화에도 뭐가 그리 좋은지 얼굴에 연신 웃음이었다.

가볍게 피식 웃어 보인 진헌은 두 사람을 주방에 남겨 놓은 채 거실로 나와 소파에 앉았다.

얼마의 시간이 흘렀을까.

어깨가 뻐근해지려고 할 즈음 설거지까지 모두 끝낸 두 사람이 주방을 나서는 것이 보였다. 두 사람의 들고 있는 쟁반엔 유부초밥과 어묵국, 그리고 음료수와 컵이 놓여져 있었다.

“이제야 공부하는 거야?”

진헌이 손목시계를 확인하며 물었다.

시간은 벌써 정오를 가리키고 있었다.

주화는 대답도 하지 않고 서재로 향했지만, 아람인 예의 씩씩한 목소리로 “네.”라고 대답했다.

“수다 떨지 말고 공부해.”

진헌의 당부에 아람이만 “네.”라고 크게 대답했다.

서재로 들어와 각자의 자리에 앉아 책들을 정리하고 있던 중 아람이 주화에게 물었다.

“아저씨한테 정말 유부초밥 안 줄 거야?”

“응.”

“아아, 벌써 점심 먹을 시간이잖아.”

“그래서?”

“그래서는. 우리가 밥통 다 비웠잖아. 아저씬 뭐 해서 밥 먹냐?”

그 말에 주화의 인상이 일그러졌다.

그러고 보니 밥통을 다 비우고 깨끗하게 설거지까지 해 놓았다. 처음부터 안 주려던 건 아니지만 무심하고 쌀쌀맞은 그의 말에 주화는 심술이 났던 것이다.

“그러지 말고 좀 갖다 줘.”

“……..”

“아까 따로 챙겨 놨잖아.”

주화가 흠칫거렸다. 작은 그릇에 유부초밥을 몰래 담아 놨는데 그걸 아람이가 본 모양이었다. 주화는 딴청을 피우며 유부초밥을 입에 하나 넣었지만, 아람이가 주화를 일으켜 세우고 등을 떠밀었다.

“빨리 갖다 줘. 어묵국도 데워서 주고.”

“시이러.”

몸을 한껏 뒤로 빼며 싫다고 했지만 그건 말뿐, 주화는 서재 밖으로 힘없이 밀려 나왔다. 아람인 주화를 밀어내고 매정하게 서재 문을 닫아 버렸다.

쾅, 하고 닫히는 문소리에 진헌이 고개를 들고 주화를 바라보았다.

“왜?”

진헌이 귀찮다는 목소리로 묻자 주화가 고개를 마구 저었다.

“땡땡이치지 말고 공부해.”

그러고는 진헌은 아까부터 보고 있던 서류로 시선을 돌렸다. 홍보 자료를 검토해 달라는 메일이 들어와 있어서 내용을 확인하던 참이었다.

진헌이 금방 일에 열중하자, 입안에 있는 것을 꿀꺽 삼킨 주화는 살금살금 옆 걸음으로 주방에 들어갔다. 랩을 씌워 놓았던 접시를 찾아 커다란 쟁반에 올리고, 남은 어묵국이 데워지길 기다렸다가 국그릇에 담았다. 수저와 물까지 모두 챙긴 주화는 무거운 쟁반을 들고 주방을 나섰다.

작은 보폭으로 소파까지 걸어가자, 인기척을 느낀 진헌이 고개를 들었다. 그의 표정은 마치 '왜?'라고 묻는 것 같았다. 주화는 모르는 척 시치미를 떼며 쟁반을 노트북 옆에 내려놓았다. 그러곤 그가 말이라도 걸까 봐 쏜살같이 내달려 서재로 들어가 버렸다.

진헌은 문이 닫힌 서재와 김이 모락모락 올라오는 어묵국과 앙증맞은 유부초밥을 번갈아 보다 피식, 웃었다.

작은 수첩에 내일 체크해야 할 일들을 간단히 메모한 진헌은 양 팔을 위로 쭉 뻗으며 길게 기지개를 폈다. 노트북 옆에 놓여 있는 쟁반으로 시선을 돌린 진헌은 남아 있던 유부초밥 하나를 입에 넣었다. 안 그래도 밥 차려 먹기 귀찮았는데 주화 덕분에 일을 하나 덜었다.

시간은 어느덧 오후 3시가 되어 가고 있었다. 진헌은 닫혀 있는 서재의 문을 바라보다 자리에서 일어났다. 노크를 하자 "네." 하는 작은 소리가 틈새로 들려왔다. 조용히 문을 열자 정면으로 보이는 책상에 앉은 아람이가 고개를 들고 배시시 웃었다. 그런데 정작 공부를 해야 하는 주화는 소파에 반쯤 누워 잠이 들어 있었다.

"금방 잠들었어요."

진헌이 못마땅한 얼굴로 보고 있다는 걸 알았는지 아람이가 얼른 주화를 두둔하고 나섰다.

"수학 문제가 하나 안 풀린다고 끙끙거리다가 잠든 거예요."

"……."

"주화는 문제가 잘 안 풀리면 잠을…… 자거든요."

진헌이 계속 아무런 대꾸도 없이 주화를 내려다보자 아람인 점점 작아지는 목소리로 주화의 상태를 설명했다. 잠시간의 침묵이 흐르고, 진헌이 주화의 문제집을 집어 들었다. 문제가 잘 안 풀리긴 했는지 온갖 낙서가 되어 있는 문제가 하나 보였다.

"넌 풀었어?"

"……네."

"그럼 네가 좀 알려 주지."

"주화는 자기가 풀어야 직성이 풀리거든요."

"그러다 계속 안 풀리면?"

"알려 달라고 할 때까지 그냥 둬야 해요. 고집도 세고 자존심도 강해서……."

아람이가 어쩔 수 없다는 표정을 지어 보이며 말끝을 흐렸다.

새근새근 잠들어 있는 주화를 물끄러미 내려다보던 진헌이 시선을 들며 아람에게 말했다.

"답답하지 않아?"

"……?"

"잠깐 쉬었다 해."

진헌의 말에 시간을 확인한 아람이가 해방이다, 하는 표정으로 늘어지게 기지개를 폈다.

서재의 문을 열어 놓은 진헌은 허리를 굽혀 잠들어 있는 주화를 안아 들었다. 얼마나 깊이 잠들었는지 주화는 자리가 옮겨지는 것도 몰랐다.

주화를 안고 뚜벅뚜벅 밖으로 걸어 나가는 것을 보고 있던 아람의 얼굴이 발그레해졌다.

진헌이 막 침실 앞에 도착했을 때, 뒤따라온 아람이가 얼른 문을 열어 주었다. 침실 안으로 들어간 진헌은 주화를 침대 위에 눕히고 상체를 일으켰다.

"너도 자."

"에?"

진헌이 뒤돌아보며 대수롭지 않은 목소리로 권하자 아람이가 깜짝 놀라 뒤로 한 걸음 물러났다. 사실 그렇게까지 놀랄 일은 아니었는데, 진헌을 멍하니 보고 있다가 들은 말이라 아람인 괜히 흠칫했던 것이다.

"지금부터 딱 30분 줄게."

진헌이 시간을 확인하며 말하자 아람이가 쭈뼛거리며 침대로 다가가 엉덩이를 붙이고 앉았다.

"그럴까요?"

진헌은 아람이가 침대에 눕는 것을 확인하고 침실을 나섰다. 그런데 30분만 재우려던 계획은 진헌이 잠들어 버리는 바람에 틀어지고 말았다.

꿀 같은 단잠에 빠져 있다 눈을 뜬 주화는 낯선 풍경에 눈을 깜빡이다가 자리에서 벌떡 일어났다. 그 바람에 옆에 누워 있던 아람이가 작은 신음 소리를 내며 몸을 뒤척거렸다.

"뭐야?"

혼잣말을 중얼거리던 주화는 침대에서 내려와 방 안을 둘러보았다.

특색 없이 무미건조한 방이었다. 잠을 자기 위한 목적에 충실한 침실이라고 해야 할까?

방 안을 쭉 둘러보다 벽에 걸려 있는 시계를 보곤 주화가 기겁을 했다. 시간이 벌써 오후 다섯 시를 향해 달려가고 있었다.

"미쳤어, 미쳤어."

주화는 얼른 몸을 돌려 여전히 잠에 빠져 있는 아람이의 엉덩이를 찰싹 때렸다.

"아야."

맞은 엉덩이를 주무르며 아람이가 주화를 쳐다보았다. 눈엔 여전히 잠이 가득했다.

"너도 같이 자고 있으면 어떻게 해?"

"아저씨가 30분은 자도 된다고 했어."

얼마의 시간이 지났는지 감을 잡지 못하고 있는 아람인 더 자려는 듯 베개를 끌어안았다.

주화는 아람이 안고 있는 베개를 빼앗으며 말했다.

"30분 같은 소리 하고 있네. 벌써 다섯 시야."

"어? 정말?"

그제야 아람이가 용수철 튀어 오르듯 자리에서 벌떡 일어나 앉았다. 헝클어진 머리카락을 매만지며 아람이가 웅얼거렸다.

"어쩐지 배가 고파."

"헐. 빨리 내려와."

주화는 아람이가 침대에서 내려오자 베개와 이불을 정리하고 침실을 나섰다.

공부는 뒷전이고 먹고 잠이나 잔다는 잔소리를 듣게 될까 잔뜩 긴장하며 거실로 나온 주화는 뜻밖의 광경을 목격했다. 진헌이 거실 소파에 길게 누워 잠들어 있었던 것이다. 깍지를 낀 양손을 배에 올리고 누운 그는 한 치의 흐트러짐이 없었다.

"와아, 길다."

아람이가 주화의 등 뒤에서 감탄했다. 그러더니 아람이 주화의 손을 잡아끌고 서재로 들어갔다. 주화는 공부하자는 말인 줄 알고 자리에 앉으려고 했는데, 책상까지 갔던 아람이가 되돌아왔다.

"챙겨."

"뭐?"

아람이가 주화의 손에 휴대폰을 쥐어 주더니 일으켜 세웠다.

"왜?"

영문을 모르는 주화가 엉거주춤 일어나자 아람이가 눈을 반짝이며 말했다.

"사진 찍자."

"뭐어?"

"저런 예술품을 눈으로 보고 치우는 건 조물주에 대한 예의가 아니야. 기록을 남겨야 하는 건 우리의 사명이야."

주화의 양손을 움켜쥔 아람이가 고개를 크게 끄덕이더니 주화를 잡아끌었다.

"자, 잠깐. 아람아."

그러나 자기 덩치의 두 배나 되는 아람일 이길 수 없던 주화는 거실로 질질 끌려 나왔다.

혹여 진헌이 잠에서 깰까 아람의 걸음은 조심스러웠다.

주화는 도망도 가지 못한 채 아람에게 붙잡혀 진헌이 누워 있는 소파까지 오게 되었다.

"예술이야, 예술."

아람이의 목소리는 음흉하기까지 했다. 신이 난 아람과 달리 주화는 잔뜩 긴장한 얼굴로 진헌을 바라보았다. 이렇게까지 무방비하게 누워 있는 남자를 아버지 외에 본 적이 없다. 같은 반 남자아이들의 얼굴도 제대로 쳐다보지 못할 정도로 숙맥인 주화에겐 마치 고문과도 같았다.

"뭐해. 빨리 카메라 켜."

아람이가 모기만 한 소리로 주화를 다그쳤다. 주화가 주섬주섬 휴대전화를 들고 카메라 기능을 켜는데, 너무 긴장했는지 초점도 제대로 맞추지 못한 채 셔터를 누르고 말았다.

찰칵!

조용하기만 하던 거실에 시끄러운 셔터 소리가 울려 퍼지자 주화는 당황했다. 옆에 서 있는 아람이도 놀라긴 마찬가지였다. 눈을 동그랗게 뜨고 서로를 쳐다보고 있을 때, 잠에서 깬 진헌이 눈을 번쩍 떴다.

"으악!"

기겁을 한 주화가 비명을 지르며 몸을 돌렸지만 잽싸게 일어난 진헌의 손에 붙잡히고 말았다. 주화는 도망가려고 버둥거렸고, 겁에 질린 아람인 숨을 크게 헐떡이며 거실에 철푸덕 주저앉았다.

"도둑고양이들."

언제 잠을 자고 있었냐는 듯 샤방거리는 얼굴로 주화를 쏘아보았다.

"우리, 아, 아무것도 안 했어요."

주화는 고개를 저으며 필사적으로 변명했지만 그걸 믿을 진헌이 아니었다.

"아무것도 안 했는데 말은 왜 더듬고 도망은 왜 가려고 해?"

"아, 아니. 그냥, 우린 그냥 놀라서."

주화가 아람이를 쳐다보며 궁색한 변명을 늘어놓았지만 진헌은 듣는 척도 하지 않았다. 진헌은 주화의 손에 들려 있던 휴대폰을 빼앗았다.

"뭐예요!"

당황한 주화가 휴대폰을 되찾으려고 손을 뻗었지만, 다가오지 말라는 듯 진헌이 손을 쭉 뻗어 보이자 자리에 우뚝 섰다. 휴대전화기의 메뉴를 뒤적거리던 진헌인 포커스가 엉망인 사진을 찾아 주화에게 보였다.

"이건 아무리 봐도 난데?"

"……."

주화는 대답도 못한 채 고개를 돌려 아람일 원망스럽게 바라보았다.

"초상권 침해로 법의 심판을 받을래, 아니면 그에 상응하는 돈을 내고 이 사진을 취득할래?"

"마, 말도 안 돼."

얼굴을 새빨갛게 물들인 주화가 항의했다.

"그냥 사진만 찍은 거잖아요. 그 사진을 어디 내다 판 것도 아니고.”

“너희가 팔지 안 팔지 어떻게 알아? 그러니까 미리 사용권을 내고 가져가.”

“아저씨 사진을 누가 산다고!”

“그러면 넌 왜 찍었어?”

“그, 그거야…….”

주화가 아람일 힐긋 쳐다보다 그냥 입을 다물었다.

“사진으로 남기고 싶을 만큼 내가 좀 잘생기긴 했지.”

머리에서 퍽, 하는 소리와 함께 강하게 얻어맞는 기분을 느낀 주화는 눈을 가늘게 뜨고 진헌을 노려보았다.

“꼬마들, 이제 공부해.”

사진을 지워 버린 진헌이 주화에게 휴대폰을 되돌려 주었다.

“두 시간 잤으니까 두 시간 더 공부하고 가.”

“말도 안 돼!”

바닥에서 일어나지 못하고 있는 아람일 일으켜 세우며 주화가 큰소리로 말했다.

“뭐가 말도 안 돼?”

“그럼 오늘만 열 시간이잖아요.”

주화의 항의에도 불구하고 소파에서 일어난 진헌이 맨손체조를 하며 말했다.

“어머니께 오늘 제대로 공부시켜서 보낸다고 했어. 그러니까 논 것만큼 공부 더하고 가.”

“이씨!”

물이라도 마시려고 주방으로 가던 진헌이 몸을 돌려 번쩍이는 눈길로 주화를 쳐다보았다.

"이씨?"

"……밥 줘요!"

"……!"

"두 시간 초과니까…… 밥 줘요."

처음의 기세등등하던 목소리는 진헌의 예리한 눈빛에 금세 꼬리를 내리고 말았다.

"자장면 시켜 줄까?"

주화는 분해서 입술을 씰룩거리고 있는데, 아람이가 나섰다.

"탕수육!"

배달되어 온 자장면과 탕수육을 배 터지게 먹고 서재로 들어간 지 얼마 되지 않아 주화가 쭈뼛거리며 거실로 나왔다.

"왜?"

TV를 보고 있던 진헌이 묻자, 헛기침을 한 번 한 주화가 슬금슬금 진헌에게로 다가왔다.

"수학 잘해요?"

"못하진 않아."

"그럼…… 이것 좀……."

주화가 내미는 문제집을 보니 아까 풀다 잠이 들었다던 그 문제였다. 그런데 이상했다. 벌써 문제를 풀었다는 아람이가 있는데 왜 들고 나온 건지 알 수가 없었다.

"아람이 있잖아?"

"아람이도 모른대요."

"아람이가 모른다고?"

주화가 고개를 주억거렸다.

무슨 꿍꿍이인 줄은 모르겠지만 들고 왔으니 알려는 줘야겠다는 생각에 진헌은 TV를 끄고 옆자리를 내주었다.

문제를 읽어 보고 잠시 혼자 공식을 써 내려가던 진헌이 말했다.

"잘 봐."

"네."

진헌이가 천천히 공식을 확인하며 대입해서 풀어 가는 과정을 열심히 설명하고 있었지만, 주화는 어느새 딴청을 피우고 있었다.

연필을 가볍게 쥐고 있는 하얗고 기다란 손가락. 저 커다란 손으로 머리를 쓰다듬어 줬었다. 벌써 여러 날이 지났음에도 그날의 일을 기억이라도 하듯 뒷머리가 후끈거렸다. 눈을 빠르게 깜빡이던 주화는 얼른 시선을 위로 올렸다.

속눈썹은 남자라고 믿겨지지 않을 만큼 정갈했다. 반듯한 이마와 오뚝한 코로 이어지는 날렵한 옆얼굴은 아람이의 말처럼 예술이었다. 지금까지 열광하던 꽃미남 연예인은 저리 가라 할 정도의 빛나는 외모에 주화는 넋을 잃고 말았다. 게다가 지금까지와는 다른 조곤조곤한 목소리는 마치 꿈속을 거닐고 있는 듯한 기분이 들게 했다.

딱!

주화는 이마에서 느껴지는 끔찍한 고통에 잡념에서 빠져나왔다.

"아야."

아픈 이마를 부여잡은 주화가 눈꼬리에 눈물을 달고 진헌을 밉다는 표정으로 쳐다보았다.

"집중 안 해?"

"하고 있어요."

주화가 볼멘소리로 대답했다.

"그래서 내가 때릴 때까지 몰라?"

투덜투덜.

주화는 아픈 이마를 비비며 투덜거렸다.

"태양이 만난다고 넋 놓고 다니면 안 돼."

"태양이가 아니고 태영이요. 그리고 아직 안 만나요."

짐짓 무게를 잡고 말했는데, 이름 틀렸다고 주화가 핀잔이었다.

'태영일 아직 안 만난다고?'

진헌은 의아했다.

다음 주면 할아버지와 약속한 날의 반이 훌쩍 지나는 것이다. 그런데도 아직이라니. 그렇게 미적거리다가는 덜컥 결혼하게 될 것이 뻔했다.

누가 누굴 걱정하는지. 진헌은 실소를 흘렸다.

"그럼 어디까지 진전이 됐는데?"

딱히 궁금한 것도 아니면서 진헌이 물었다.

주화는 머쓱한 표정을 지었다.

"이번 주에 같이 주번이었어요."

"그래서?"

"그래서……?"

진헌을 멀뚱멀뚱 바라보던 주화는 그가 계속하라는 듯 턱짓을 하자 허둥대며 말을 이었다.

주화는 한 번도 그런 우연이 없었는데, 그렇게 만나고 보니 기분이 너무 이상했다는 말을 했다. 태영이가 말을 먼저 걸어 주어서 기분이 너무 좋았고, 귀찮기만 하던 주번 활동이 재미있었다는 말까지 했다. 그런데 막상 태영의 앞에 서면 주눅이 들고 쑥스러워서 말을 쉽게 못 건다고 고민을 털어놓았다. 얘기 끝에 진전이랄 것도 없지만 왠지 다음엔 좋은 일이 있을 것 같다는 기대감도 표현했다.

"잘됐네."

주화의 말을 담담히 듣고 있던 진헌이 꺼낸 말의 전부였다.

진헌은 문제집을 덮어 주화에게 돌려주었다.

"이제 들어가서 마저 풀어 봐. 피곤하면 시간 생각하지 말고 말해. 데려다 줄 테니까."

돌려받은 문제집을 가슴에 품은 주화는 얼떨떨한 표정으로 고개를 끄덕이곤 서재로 들어갔다.

진헌은 피곤한 듯 손가락으로 미간을 꾹꾹 눌렀다. 그러곤 소파에 길게 몸을 기대고 눈을 지그시 감았다.

결혼은 피할 수 없지만 미성년자인 주화와의 결혼은 피할 수 있는 일이었다. 그런데도 이상하게 주화의 입에서 태영의 이야기를 듣는 것이 못내 불편했다.

여동생이 있는 남자들이라면 이런 기분을 느끼는 걸까? 어쩌면 흔히들 말하는 시스터 콤플렉스인지도 모른다. 아니, 꼭 그래야 한다!

"어휴."

진헌의 입에서 한탄 섞인 소리가 흘러나왔다.

'이게 다 음흉한 할배 때문이야.'

07.

시스터 콤플렉스?

일주일의 고비라고 할 수 있는 수요일 저녁.

퇴근 직전에서야 끝난 릴레이 회의로 지친 진헌은 뻐근한 어깨를 주무르며 집무실로 들어왔다. 담배라도 한 대 피워야겠다는 생각을 하며 막 의자에 앉았는데, 책상 위에 있던 전화기가 진동을 했다.

입에 담배를 물고 불을 붙여 쓰디쓴 연기를 폐 속 깊숙이까지 빨아들였다 뱉은 진헌은 느릿하게 전화기를 집어 들고 화면을 두드렸다.

회의 때문에 전화기를 두고 갔는데, 주화에게서 전화가 두 번이나 왔었다. 그가 전화를 받지 않으니 마지막엔 메시지를 남겨 놓았다.

[아저씨, 이제 계속 안 오셔도 될 것 같아요!]

이러쿵저러쿵 이유 설명도 없이 그냥 오지 말라는 글만 있었다.

"잘됐네."

혼잣말을 중얼거리던 진헌은 전화기를 책상에 내려놓고 의자에 몸을 묻었다.

지난주 토요일에 집에 다녀간 이후로 일에 치어 주화를 만나지 못했다. 평일은 힘드니 주말이나 휴일에 만나자고 했기 때문에 딱히 평일에 만날 필요는 없었지만, 왠지 주화에게 거부당한 느낌을 지울 수 없었다.

'그 녀석이랑 잘됐나?'

담배를 피우며 멀뚱멀뚱 천장을 올려다보고 있던 진헌은 호기심을 이기지 못하고 주화에게 전화를 걸었다. 지금 이 시간이면 자율 학습 때문에 전화를 받지 않을 수 있겠다 싶었는데, 기다렸다는 듯 주화가 전화를 받았다.

「아저씨!」

주화가 너무 반갑게 전화를 받는 통에 진헌은 흠칫 놀랐다.

"그 반응은 뭐야?"

「네?」

"갑자기 너무 반갑게 전화 받잖아?"

「치. 생전 전화도 안 하던 아저씨가 전화를 하니까 반가웠나 보죠.」

기분 탓일까? 이상하게도 오늘따라 주화가 투정이라도 부리는 것같이 느껴졌다.

"이제 계속 오지 않아도 될 것 같다는 게 무슨 말이야?"

진헌이 무덤덤한 목소리로 묻자 주화가 발랄한 목소리로 되물었다.

「왜요? 오지 말라니까 섭섭해요?」

"……."

주화에게 언제 이런 넉살이 생긴 걸까 싶어 진헌은 잠시 입을 다물었다. 게다가 붕붕 날아다니는 것 같은 목소리가 낯설기까지 했다.

「학교 끝나고 저도 친구들이랑 어울리기도 해야죠.」

"밤 아홉 시 넘어서 꼬마들이 어울리긴, 어디서 뭐 하고 어울리게?"

「자꾸 꼬마라고 하지 말아요. 저도 고등학교 졸업하면 성인이에요.」

"말은 정확히 해야지. 법적으로 성인이 되는 건 3년 뒤, 네 생일이 지나야 하거든?"

「쳇.」

주변이 시끄러워서 잘 들리진 않았지만, 주화는 분명 불만을 담아 구시렁거리고 있었다.

진헌은 주화 놀려 먹을 때가 제일 재미있었다. 요즘 고등학생들은 모르는 것 없이 다 안다는데, 주화는 마치 딴 세상에 살다 온 아이처럼 해맑았다.

무슨 말을 하면 얼굴에 바로바로 나타나는 재주가 귀여울 때도 있었다. 미간을 잔뜩 찡그리고 입술을 동그랗게 오므린 주화의 붉어진 얼굴이 보이는 듯해 절로 웃음이 새어 나왔다. 그러다 정신을 차린 듯 웃음을 멈춘 진헌은 입에 물고 있던 담배를 재떨이에 비벼 껐다.

"쉬는 시간이야?"

「저녁 먹으러 왔어요.」

"그렇군."

「아저씬 저녁 먹었어요?」

"회의가 이제 끝났어."

「아…… 그렇구나. 그럼 아직 퇴근도 못한 거네요?」

지금 걱정해 주는 거야?

심드렁한 표정으로 턱을 괴고 있던 진헌의 얼굴에 묘한 변화가
일었다.

"그래서 어딜 가시게?"

진헌이 묻자, "아, 맞다."라고 운을 뗀 주화가 대답했다.

「사실은…… 태영이가 집에 데려다 준다고 했어요.」

"태영이?"

「네.」

태영이완 언제 그렇게까지 진전이 되었을까 싶었다. 지난주까지
만 해도 집에 데려다 줄 정도는 아니라고 했는데 말이다. 그런 생
각도 잠시, 진헌이 대수롭지 않다는 목소리로 말했다.

"굼벵이인 줄은 알았는데 구르는 재주가 있긴 했나 봐?"

「자꾸 놀리지 말아요.」

주화의 뾰로통한 목소리에 작게 키득거리던 진헌이 말했다.

"집에 도착하면 문자 보내."

「왜요?」

"내 맘이야."

「왜요? 왜요?」

왜요, 왜요, 주화가 귀찮게 물었다.

진헌은 "끊어."라는 말을 끝으로 전화를 끊었다.

꼬마에게 남자친구가 생겼다.

씁쓸한 미소를 짓던 진헌은 자리를 털고 일어나 집무실을 나섰다.

무거운 몸을 이끌고 집에 돌아와서 시간을 확인하니 저녁 7시가
훌쩍 넘어 있었다. 지금쯤이면 주화가 열심히 졸고 있거나 공부를
하고 있을 시간이었다.

진헌은 뜨거운 물로 간단히 샤워를 하고 가벼운 식사로 끼니를 때운 후 서재로 들어가 노트북의 전원을 켰다.

조금 전에 도착한 박 비서의 이메일을 열고 한참을 뚫어져라 쳐다보았다. 그건 주화의 성적표였다. 뛰어난 성적은 아니었지만 무리 없이 대학 진학을 할 수 있는 안정권이었다. 물론 어느 대학 어느 학부를 지원하냐에 따라 달라질 순 있지만 말이다.

"귀찮아."

책상에 팔을 괸 진헌은 제 머리를 엉망으로 헝클어뜨렸다.

지난번 본가에 다녀온 후 할아버지에게서 전화가 걸려왔었다. 당부할 것이 있다고 했지만 그건 당부라기보다 명령이었다.

제일 먼저 중요하게 꼽은 일은 주화의 성적이었다. 얌전히 공부 잘하고 있는 아이에게 엄청난 고민거리를 안겨 준 건 당신이면서 뒤처리는 진헌에게 맡긴 것이었다. 고등학생의 과외 선생까지 하게 된 것이 속 터질 뿐이었다. 그 말만 아니었다면 토요일에 집으로 부르지도 않았을 테니까. 그 핑계로 평일이 여유로워졌다고 해야 하는 걸까? 어느 쪽이건 그가 시간을 내는 건 마찬가지였다.

두 번째는 주화가 좋아하는 친구가 있다 하더라도 특히 본인이 결혼하기 싫다는 이유로 약혼자로서 소홀하지 말라는 명령이었다. 즉, 주화와의 만남에 적극적으로 임하라는 명령이었다.

"쯧. 성적 떨어지기만 해 봐. 묶어 놓고 공부시킬 거니까."

구시렁거리며 이메일을 닫고 인터넷 서핑을 시작했다. 그러다 문득 눈에 들어온 기사 제목이 있었다.

[여자친구 성폭행한 무서운 10대.]

헛!

그것을 본 진헌의 눈동자가 동그래졌다.

그리 길지 않은 내용의 기사는 15세 청소년이 저지른 만행에 대해 담담하게 전하고 있었다. 심각한 표정으로 기사를 보고 있던 진헌은 불쾌한 표정을 지우지 못한 채 다음 기사로 넘어갔다. 그런데 오늘따라 그런 기사만 진헌의 눈에 들어왔다. 초조한 눈빛으로 기사를 보고 있던 진헌은 결국 노트북을 닫아 버렸다.

야간 자율 학습이 모두 끝나고 복잡하기만 한 복도 한쪽에 태영이가 서 있었다. 아람이와 함께 교실을 나온 주화의 얼굴에 화색이 돌았다.

주번이 끝나서 많이 서운했는데, 월요일 우연찮게 복도에서 마주친 태영이가 전화번호를 교환하자고 했다. 태영이의 말이 반가웠던 주화는 두 번도 생각 안 하고 냉큼 전화번호를 주었고, 그 후 종종 문자를 주고받았다.

그리고 오늘, 드디어 태영이가 집에 데려다 주겠다고 한 것이다. 기분이 너무 좋아서 당장 하늘도 날 수 있을 것 같았다.

"그래도 난 아저씨가 좋은데."

태영이의 말을 전하는 주화에게 아람이 한 말이다. 잘됐다는 말로 같이 기뻐해 주긴 했지만 주화가 태영이를 만나는 것이 못내 마음에 들지 않았다. 아람인 아직 사귀는 건 아니야, 라는 말로 주화의 설레는 마음에 찬물을 끼얹는 친절도 잊지 않았다.

나쁜 친구라고 아람이에게 타박을 하긴 했지만, 주화는 괜찮았다. 태영이와 무언가를 공유하고 함께할 수 있다는 것만으로 충분하니까.

“가자.”

두 사람을 본 태영이가 앞장서며 말했다. 신이 난 주화는 아람이의 팔짱을 끼고 빠른 걸음으로 태영이의 뒤를 따랐다.

아이들에게 파묻혀 건물을 빠져나온 세 사람은 운동장을 가로질러 교문을 나섰다. 반대 방향인 아람이와 헤어진 주화는 태영이와 함께 버스 정류장으로 향했다.

두 사람의 공통점은 1학년 때의 일 외엔 없었다. 자연스럽게 1학년의 담임 선생님이나 같은 반 친구들의 이야기를 시작으로 조금씩 각자의 관심사에 대한 이야기도 나누게 되었다.

아직은 많이 낯설고 거리감이 느껴지지만, 학교에서 자주 마주치고 연락을 주고받다 보면 공통점이 생기리라는 희망을 품었다.

“시험 끝나면 영화나 보러 갈까?”

어둑한 골목을 걸으며 태영이가 물었다.

“영화?”

“응. 머리도 식힐 겸 영화도 보고 같이 저녁도 먹고.”

주화는 기분이 좋았다. 좋아하는 사람과 함께할 수 있다는 것만으로도 흥분되는 일이었으니까.

주화가 웃으며 고개를 끄덕이자 태영이도 활짝 웃었다.

거의 집에 다다랐을 즈음 뒤에서 차가 올라오는 소리가 들렸다. 태영이 주화를 벽 쪽으로 슬쩍 밀며 차가 지나갈 수 있도록 길을 터 주었다.

별것 아닌 것 같은데 그 모습마저도 멋있게 보이는 주화의 양 볼이 발그레해졌다. 태영이가 멀어지는 차의 뒷모습을 보는 동안, 주화는 화끈거리는 양 볼을 손으로 감싸고 배시시 웃었다.

"다 왔다."

집에 도착한 주화가 태영에게 돌아서며 말했다.

"그래, 잘 자."

"응. 데려다 줘서 고마워. 조심히 가."

"내일 보자."

태영이 손을 흔들며 돌아서자 주화도 손을 흔들었다.

태영이의 모습이 완전히 사라질 때까지 서 있던 주화가 기분 좋은 얼굴로 돌아서려는데, 번쩍, 하고 강렬한 불빛이 주화에게로 쏟아졌다. 순간적으로 놀란 주화는 손차양을 만들어 불빛이 흘러나오는 곳을 바라보았다. 집으로 돌아가는 태영이가 지나친 하얀색 승용차였다.

잠시 후 운전석에서 검은 그림자가 불쑥 나타났다.

"민투."

"어?"

그곳엔 회색 셔츠를 입은 진헌이 서 있었다.

"아저씨, 뭐예요?"

"뭐긴 뭐야."

그러더니 진헌이 주화 앞으로 저벅저벅 걸어왔다.

"아저씨, 나 감시했어요?"

"꿈도 야무져."

"그럼 뭔데요?"

"주스 내놔."

손바닥을 내미는 진헌을 보며 주화가 허, 허거렸다.

"만나기로 한 것도 아닌데 무턱대고 달라는 사람이 어디 있어요?"

“그래서 없어?”

“당연히 없죠.”

“흐음.”

내밀었던 손을 바지 주머니에 찔러 넣은 진헌은 인상을 찌푸리고 있던 주화를 물끄러미 바라보았다.

“정말 왜 왔어요?”

그 질문은 진헌이 스스로에게 한 것이었다.

버스 정류장 근처에서 주화를 기다렸다 여기까지 계속 따라왔다. 그러면서 수없이 스스로에게 물었다.

왜 따라가고 있는 거야? 뭐가 궁금해서?

그러다 생각해 낸 것이 ‘동생이 걱정되어서.’였다. 이게 다 아까 보았던 망할 인터넷 기사 때문이라고 결론지었다. 태영의 부모가 안다면 내 아들을 뭐라 생각한 것이냐며 몽둥이찜질을 당할 법한 이유였지만, 그런 핑계라도 대지 않으면 여기 온 것이 설명이 되지 않았다.

‘조심해서 나쁠 건 없지.’

마지막으로 자기 합리화까지 완벽하게 끝낸 진헌은 내게 이유를 말해 봐, 라는 표정으로 보고 있는 주화의 머리를 통통 두드렸다.

“뭐예요?”

화르륵, 얼굴을 붉힌 주화가 제 머리를 감싸고 한 발자국 뒤로 물러났다.

“그래, 그러는 거야.”

주화의 반응에 진헌이 만족스러운 미소를 지었다.

“잊지 마.”

"……?"

"남자 좋아하는 남자보다 여자 좋아하는 남자가 더 위험하다는 걸."

주화가 뭐라 대꾸도 하기 전에 차는 시끄러운 굉음을 내며 쏜살같이 사라졌다.

주화는 제 머리를 쥐어뜯으며 중얼거렸다.

"저 아저씨 정체가 뭐야?"

❈❈❈

어딘지 모르게 허전한 생각이 들었던 진헌이 고개를 갸우뚱거리며 담배에 불을 붙여 입에 물었다.

"뭐야, 이 기분 나쁜 허전함은."

배가 고픈 건가?

문득 오렌지 주스가 생각난 진헌은 비서에게 주스를 부탁했다. 담배를 반쯤 피웠을 때, 노크 소리와 함께 들어온 비서가 주스를 건네주고 나갔다. 담겨 있던 주스를 반쯤 비운 진헌은 입안에서 터지는 알갱이를 씹으며 인상을 찌푸렸다.

"언제부터 임원실에 생과일주스가 있었지?"

유리잔을 들어 내용물을 확인한 진헌이 담배를 마저 피우고 재떨이에 비벼 껐다.

시중에서 파는 오렌지 주스와는 비교도 안 될 고급 오렌지 주스를 마셨는데도 허전함이 가시질 않자 진헌은 자리에서 벌떡 일어났다. 갑갑하게 조여 오는 넥타이를 조금 풀어내며 유리창으로 다가갔다.

태풍이 왔다더니 빌딩 아래 가로수들이 힘없이 흔들리고 있었다.

진헌은 무심코 벽시계를 쳐다보았다. 저녁 6시가 조금 넘은 시간, 그 시간엔 야간 자율 학습 전에 저녁을 먹는다던 주화의 말이 떠올랐다.

"월요일부터 시험이라고 했나?"

길게 한숨을 쉬며 중얼거리던 진헌은 자기가 한 말에 놀라 흠칫했다. 언제부터 주화의 그런 일에 신경 썼나 싶은 생각이 들었던 것이다.

"에이. 설마."

당황스러워 부정의 말을 내뱉은 진헌은 어울리지 않게 허둥대며 책상 앞에 앉았다.

똑똑똑똑.

방정맞은 노크 소리와 함께 문이 열리고 능글맞은 미소의 진우가 집무실로 들어왔다.

"퇴근 안 하셨습니까?"

얼핏 들으면 친근함의 인사였지만 목소리는 퉁명스럽기 그지없었다. 그렇다고 진우가 그런 진헌을 신경 쓸 리가 없었다.

"대충 날짜를 따져 보니 20일 정도 남은 것 같네?"

"무슨 날짜요?"

진우가 소파에 앉는 걸 확인한 진헌도 소파에 앉았다.

"제수씨가 제수씨로 지낼 수 있는 날?"

"오렌지 주스 맛있던데 좀 드시겠습니까? 요즘은 임원실에 생과일주스를 준비하나 봅니다."

진헌의 엉뚱한 말에 잠시 의아한 표정을 지어 보이던 진우가 피식 웃으며 "그래."라고 대답했다.

두 사람 사이에 흐르던 어색한 분위기가 집무실로 들어온 비서 덕분에 조금 바뀌었다.

"제수씨에게 경호원 붙였다면서?"

일급비밀을 들킨 진헌이 당황한 눈빛으로 진우를 바라보았다.

"그건 또 어떻게 아셨습니까? 개인적으로 고용한 건데."

"녀석, 부정은 안 하네."

"해서 뭐 합니까? 다 알고 있는데……."

흥미롭게 바라보는 진우의 시선을 피하며 진헌이 짐짓 아무렇지 않다는 투로 대답했다.

"제수씨에게 무슨 일이라도 있어?"

"그냥…… 세상이 좀 험하잖아요?"

"결혼 안 한다고 큰소리치더니 그래도 걱정이 되긴 하나 봐?"

"……."

"너무 예민하게 구는 거 아니야?"

"조심해서 나쁠 건 없지요."

진헌은 냉정함을 가장한 채 담담한 목소리로 대답했다.

"세상이 팍팍해지고 불량 학생들도 많다지만, 그래도 난 우리나라 고등학생들 믿고 싶다. 내 딸도 눈 깜짝할 새 초등학교 들어갈 거고, 그러다 보면 어느새 고등학생이 되어 있을 텐데. 걱정 안 하는 부모가 어디 있겠냐마는 네 걱정대로면 모든 부모가 아이들에게 경호원을 붙여야 할 거야."

먼 곳을 응시하고 있는 진헌은 묵묵히 진우가 하는 말을 들었다.

"애정이 생기기도 전에 시스터 콤플렉스부터 생기는 거 아니야?"

"애정은 생길 수도 없고, 시스터 콤플렉스라고까지 말하긴 무리가 있지만 여동생 같아서 걱정하는 건 맞습니다.”

“후후. 그렇군. 제수씨도 아나?”

“알면 가만히 있겠습니까? 학교 땡땡이치고 왔어도 벌써 왔어야지요. 그리고 그렇게 간단히 들킬 일이었으면 고용도 하지 않았습니다.”

진헌은 책상에 올려놓았던 주스 잔을 들고 소파로 돌아왔다.

“계속 경호원을 붙일 순 없잖아.”

“……”

“그렇게 걱정되면 네가 확 잡던가.”

“에?”

진헌이 기겁을 하자 진우가 키득거리고 웃었다.

“어차피 얼마 남지도 않았는데 기왕 하는 거 제대로 해 봐.”

“당최 무슨 말씀을 하시는지 모르겠습니다. 하하하.”

긴 다리를 꼬며 살짝 옆으로 돌아앉은 진헌이 어색하게 웃었다.

“굳이 밀어낼 필요 없잖아.”

“형님, 자꾸 이상한 말씀 마십시오.”

“지금이야 제수씨가 어리게만 보이겠지만 얼마 후면 어엿한 숙녀가 될 거라고. 필요도 없는 철조망 쳐 놓고 경계할 필요 없어. 마음이 가는 대로, 몸이 가는 대로…… 아, 몸은 아직 안 되겠네.”

“흠!”

진우의 능청에 진헌이 헛기침을 요란하게 했다.

드르륵.

아주 적절할 때 전화가 오자 진헌은 재빨리 일어나 책상으로 걸어갔다. 발신자가 주화라는 걸 확인한 진헌이 심각한 얼굴로 진우를 보며 말했다.

“형님, 이제 가십시오.”

“아아. 방해꾼은 가겠습니다.”

손을 털어 내듯 제 허벅지를 가볍게 두드린 진우가 느끼하게 윙크를 하더니 집무실을 나갔다.

진헌은 못 말리겠다는 듯 고개를 저으며 전화를 받았다.

“여보…….”

「아저씨, 아저씨.」

진헌의 말이 끝나지도 않았는데 주화가 다급하게 그를 불러 댔다.

“왜?”

「내일 오전 수업만 하고 끝나는데 바로 가면 돼요?」

“어딜?”

「아저씨 집에요.」

“뭐 하러?”

「공부하러요.」

“우리 집이 무슨 도서관인 줄 알아?”

「언제는 아저씨랑 하는 연애는 몰아서 하라면서요?」

그 말에 진헌은 미간을 잔뜩 구기며 방정맞은 약속을 한 스스로에게 험한 말을 쏟아 냈다.

“시험공부 안 해? 월요일부터 중간고사잖아.”

「내일 엄마 아빠 지방 가시거든요.」

“우리 집은 어린이 보호시설이 아니야.”

「할아버지께서 공평하게 하라고 하셨어요. 그러니까 이번 주 토요일은 아저씨 만나고, 일요일은 태영이랑 공부할 거예요. 얼마 안 남았으니까 조금만 참으면 되잖아요.」

태영이를 만난다는 말에 진헌은 저도 모르게 눈살을 찌푸렸다.

「그리고 아저씨가 저보다 수학은 잘하는 것 같아요.」

"수학은? 이봐, 민투. 내가 너보다 성적은 좋았……."

듣기 싫다는 듯 주화가 진헌의 말을 톡 잘라 내며 물었다.

「내일은 밥 줄 거죠?」

"그래."

진헌은 건성으로 대답하고 주화와의 통화를 종료했다. 휴대폰을 책상에 올려놓은 진헌은 의자에 다리를 쭉 뻗고 앉아 긴 한숨을 흘렸다. 할아버지가 제시한 시간이 빨리 지나가 버리면 좋겠다는 생각을 하며.

✳✳✳

"기껏 서재 비워 줬더니 굳이 내 앞에서 이러고 있는 이유는 뭐야?"

소파에 다리를 꼬고 앉아 팔짱을 낀 진헌은 못마땅한 표정으로 주화를 쳐다보았다.

주화는 거실 바닥에 방석을 다섯 개나 깔고 앉아 응접 테이블에서 한참 문제를 풀고 있었다.

"거긴 귀신 나올 것 같아요."

풀이가 틀렸는지 잔뜩 인상을 찌푸린 주화가 지우개로 문제집을 열심히 지우며 대답했다.

"귀신이 나오긴 어딜 나와?"

“거긴 너무 삭막하단 말이에요.”

주화가 툴툴거렸다.

“여긴 뭐 별달라?”

“여긴 아저씨가 있잖아요.”

“……!”

흠칫.

별것 아닌 말인데 이상하게도 마음 한 귀퉁이가 저릿해지자 진헌은 불쑥 TV를 켰다.

“에이! 나 공부하잖아요.”

“그럼 네가 서재로 들어가시던가.”

“여기서 해야 모르는 문제 아저씨한테 물어보기 쉽단 말이에요.”

“내가 알려 줄 것 같아?”

“나보다 성적 좋았다면서요? 치사하게시리, 그거 좀 알려 주면 어디 덧나나?”

주화는 연신 작은 목소리로 투덜거렸다.

“알았으니까 입 다물고 공부해.”

TV를 끄며 진헌이 말했다. 그는 서재에서 꺼내 왔던 책을 펼쳤다.

“아저씨도 소설책을 읽네요?”

“그럼?”

“만화책 읽는 줄 알았어요.”

콩!

“아야!”

진헌에게 꿀밤을 맞은 주화가 아픈 곳을 부여잡고 원망의 눈으로 그를 바라보았다.

"지금부터 저녁 먹기 전까지 입 다물고 공부한다, 실시!"

"쳇."

진헌이 훈련소의 조교라도 된 듯한 목소리로 명령하자 주화는 입술을 삐죽거리며 문제집으로 시선을 돌렸다.

사각사각.

주화의 연필 소리가 조용한 거실에 은은하게 퍼졌다. 주화가 사용하고 있는 건 끝에 작은 지우개가 달린 노란색 연필이었다. 그건 사무실에서 진헌이 사용하는 것과 같은 것이었다. 공문서가 아닌 이상 주로 연필을 사용하는 진헌의 책상 위엔 깔끔하게 깎인 연필이 여러 개 준비되어 있었다.

"특이하네?"

"……."

주화가 아무런 대꾸가 없자 진헌이 톡 쏘아붙였다.

"무시하냐?"

"입 다물고 공부하라면서요?"

"……."

진헌이 아무 말이 없자, 지레 겁을 먹은 주화가 얼른 머리를 감싸고 고개를 들었다.

"뭐가 특이해요?"

"보통 샤프 쓰잖아?"

"아……. 전 연필이 편해요. 쓸 때마다 듣기 좋은 소리가 나거든요."

주화가 제 손에 들려 있는 연필을 보며 히죽 웃었다.

"연필도 직접 깎는 거야?"

“네. 연필 깎는 거 은근히 재밌어요. 아저씨도 연필 깎을 줄 알아요?”

“연필깎이 뒀다 뭐하게?”

심통이라도 부리듯 진헌이 대답했다.

삐죽삐죽.

삐죽거리는 그 입으로 무슨 말을 하는지 모르겠지만 표정은 알 것 같았다. 분명 속으로 ‘재수 없어.’라는 말을 수없이 반복하고 있으리라.

“태양이랑 잘 만나고 있나?”

“태양이가 아니라 태영이요. 강태영.”

“난 태양이가 편해.”

주화의 입술이 다시 삐죽거렸다. 진헌은 생각 같아서는 심술로 볼록 불러 있는 볼을 꼬집어 주고 싶었다.

“시험 끝나고 할아버지랑 약속한 날짜 지나면 정식으로 교제할지도 몰라요.”

문제를 풀고 있는 주화의 얼굴에 흐뭇한 미소가 걸렸다.

그 말은 즉, 진헌과의 관계는 이미 끝난 거나 마찬가지라는 뜻이 된다. 어쩌면 당연한 결과였다. 주화는 처음부터 태영이를 좋아하고 있었고, 진헌과의 결혼은 강하게 거부해 왔기 때문이다.

문득 진헌은 이런 결과가 생길 거라는 걸 뻔히 알면서도 주화와 그런 약속을 한 할아버지의 저의가 무엇인지 궁금해졌다.

진헌은 무성의한 목소리로 “잘됐네.”라고 대꾸했다. 그러자 문제집을 보고 있는 주화의 입에서 헤벌쭉 웃음이 새어 나왔다.

“어제는 손도 잡았어요.”

"벌써부터 밝히기는."

진헌이 퉁명스럽게 대꾸하자, 얼굴이 발그레해진 주화가 고개를 들어 그를 올려다보았다.

"손잡은 게 뭐가 어때서요? 손잡는 건 보통이라구요. 어른들만 손잡으라는 법 있나?"

"……."

"왜요?"

책을 들고 있는 진헌이 심각한 표정으로 쳐다보자 주화가 얼굴을 굳히며 물었다.

진헌은 책을 소파에 내려놓고 상체를 주화 쪽으로 기울였다. 흠칫 놀란 주화가 몸을 뒤로 빼자 진헌은 갑자기 주화의 손을 덥석 잡았다.

"뭐, 뭐예요?"

당황한 주화가 말을 더듬자, 진지한 표정이던 진헌이 피식 웃더니 잡았던 손을 놓고 소파에 바르게 앉으며 말했다.

"강태영이랑 손잡았다면서? 양다린데 공평해야지."

"뭐……야……."

책을 집어 든 진헌은 어깨를 으쓱거릴 뿐이었다.

"밥이나 줘요!"

"보수 없이 장소 제공하고 과외해 주고 있잖아. 식사 준비는 네가 해."

"못됐어."

"그럼 굶던가."

씩씩거리던 주화가 자리에서 벌떡 일어나 '흥!' 소리를 내더니 주방으로 향했다. 주방에서 주화가 홀로 식사 준비를 하는 동안 진헌은 TV를 시청했다.

주방으로 들어온 주화는 냉동실 문을 벌컥 열고 얼굴을 집어넣었다. 화끈화끈 얼굴에서 열이 올라와서 참을 수가 없었다. 진헌이 난데없이 손을 잡는 통에 주화는 숨이 뒤로 넘어가는 줄 알았다.

솔직히 주화는 태영이가 손을 잡았을 때 좋기는 했지만 부담스럽고 조금 불편했었다. 그런데 이상하게 진헌이 손을 잡았을 때는 심장이 두근거리다 못해 요동을 쳤다. 그건 태영이에게 느꼈던 부담이나 불편함과는 차원이 달랐다. 좋아하는 건 태영인데 어째서 이런 차이를 느끼게 되는지 주화는 당혹스러웠다.

"아…… 이상해, 이상해."

주화는 냉동실 안에서 혼잣말을 중얼거렸다.

한참 만에 냉동실 문을 닫은 주화는 열이 남아 있는 양 볼을 손으로 가볍게 두드리고는 반찬을 확인하려고 냉장실 문을 열었다. 냉장실에는 지난주에 넣어 놓았던 반찬들이 그대로 자리를 지키고 있었다.

그중에 하나를 꺼내 뚜껑을 열어 본 주화는 고개를 갸우뚱거렸다. 내용물이 전혀 줄어들지 않았기 때문이다.

주화는 냉장실 문을 닫고 거실로 나갔다.

"아저씨, 집에서 식사 안 했어요?"

"왜?"

소파에 길게 누워 TV를 보고 있던 진헌이 건성으로 대꾸했다.

"반찬이 하나도 안 줄어서요."

"평일엔 집에서 거의 식사하지 않아."

"그래도 오래 두면 상할 텐데."
"오늘 다 먹으면 되잖아."
"엑? 저걸 다요?"
"봐줬다. 반만 먹고 가."
대꾸도 하지 않은 주화는 주방으로 들어가며 "미쳤어."라는 말을 중얼거렸다.

탁탁탁.
점심을 먹자마자 주화가 꾸벅꾸벅 졸고 있는 걸 본 진헌이 연필로 테이블 위를 가볍게 두드렸다.
"졸지 마, 졸지 마."
한심스러워하는 진헌의 목소리에 눈을 게슴츠레 뜬 주화가 힘겹게 고개를 들고 진헌을 올려다보았다.
"아저씨네 밥엔 수면제가 뿌려져 있나 봐요. 여기서 밥만 먹으면 졸려. 아흠."
말도 안 되는 소리를 늘어놓은 주화가 입을 크게 벌려 하품을 했다.
"그렇게 졸리면 커피라도 마시던가."
"안 돼요. 커피 마시면 밤에 잠을 못 잔단 말이에요."
잠에 취한 주화가 고개를 저었다.
"그럼 한숨 자고 커피를 마신 다음에 밤샘을 하시던가."
"아흠."
고개를 푹 숙인 주화가 다시 하품을 하자 진헌이 주화의 어깨를 흔들며 귀찮게 채근했다.
"나까지 졸리잖아. 어서 가서 자."

“안 되는데…….”

말은 그렇게 하면서도 주화는 진헌이 잡은 손을 뿌리치지 않고 침실까지 졸졸 따라 들어갔다.

“딱 삼십 분만…… 아니, 한 시간만 잘게요.”

얇은 이불을 목까지 끌어당겨 덮은 주화가 침대 옆에 우뚝 서 있는 진헌을 올려다보며 말했다.

진헌은 쯧쯧쯧, 혀를 차고는 몸을 돌렸다.

“아저씨, 이따 봐요.”

그 소리에 진헌이 주화에게로 몸을 돌렸다. 침대에 모로 누운 주화가 진헌을 보며 손을 흔들었다. 진헌은 별다른 대꾸도 없이 침실을 나왔다.

알고 지낸 지 한 달도 되지 않은 남자가 혼자 사는 집에서 무방비 상태로 잠을 청하다니. 자각이 없어도 저렇게 없을까 싶어 살짝 걱정이 되었다. 그러다 변태 사건을 떠올리곤 걱정을 떨쳐 버렸다. 머리 한 번 쓰다듬었다고 학교가 떠나가라 소리를 질러 대고 빌딩이 무너져라 소동을 피운 전력이 있으니 말이다.

『네가 매력이 없나 보지.』

헉!

또렷하게 들려오는 진우 목소리에 놀란 진헌이 등을 벽에 붙이고는 경계의 눈으로 집 안을 둘러보았다. 그러곤 심각하게 생각했다.

병원을 가야 할까 봐.

08.

데이트할까요?

 황금 같은 휴일을 위해 일주일을 마감해야 하는 금요일 오전.

까딱하다간 점심시간을 넘겨 버릴 것 같은 양의 업무가 진헌을 출근 후부터 계속 괴롭히고 있었다. 화장실 한 번 갈 시간도 없이 책상에 껌처럼 붙어 있을 때, 책상 위에 있던 전화가 진동을 했다.

업무를 방해하는 오늘의 첫 전화였다.

인상을 찌푸리던 진헌은 펜을 내려놓고 전화기를 집어 들었다. 그런데 주화였다. 통화 버튼을 누르자 주화의 낭랑한 목소리가 흘러나왔다.

「아저씨, 아저씨!」

주화는 전화를 걸면 아저씨를 꼭 두 번 외친다. 한 번 듣는 것도 싫은데, 목소리 듣자마자 두 번씩이나 들어야 한다니.

애초에 처음부터 호칭 정리를 안 한 제 잘못이려니 단념한 진헌이 시큰둥하게 대답했다.

"왜?"

「오늘 시험 끝났어요.」

그러고 보니 일주일 내내 전화도 한 통 없던 녀석이 오늘 처음으로 전화를 건 것이다. 날짜를 일일이 세고 있었던 건 아니지만 시험이 끝났다고 하니 자연스럽게 일주일이 지났다는 걸 알 수 있었다.

그런데 이건 뭘까? 깊숙한 곳에서 스멀스멀 일어나는 기분 나쁜 서운함은.

일주일 동안 주화의 동태를 전혀 몰랐던 것은 아니다. 매일 밤마다 경호팀에서 보고서가 들어오고 있었기 때문에 모든 것을 알고 있었다. 완벽한 보고서였지만 주화의 입을 통해 듣는 것만큼 진헌의 마음을 흡족케 하지 못했다. 그렇다고 주화의 전화가 마냥 기분 좋은 것도 아니다.

처음 그의 집에 왔을 땐 양 볼을 발그레하게 붉힌 주화가 쑥스러운 미소를 지으며 말했었다.

『조만간 좋은 일이 있을지도 몰라요.』

이후 주화는 매일 저녁 보고서를 작성해서 제출해야 하는 직장인처럼 그에게 전화를 걸었다. 지금처럼 '아저씨, 아저씨.'를 외치며 시작되는 주화의 수다는 대부분 태영이와 관련된 이야기였다.

궁금하지도 않은 태영의 일을 주화의 입을 통해 들어야 한다는 건 곤욕이었다. 처음엔 흥미로웠으나 점점 불유쾌해지기 시작했다. 그건 어쩌면 처음 주화의 전화를 받았을 때 가졌던 기대감이 실망으로 변했기 때문이리라. 그 사실이 진헌을 당혹스럽게 만들었다.

그때마다 '여동생 남자친구야, 여동생 남자친구야.'라는 사실을 수없이 반복하고 상기시키며 인정하고 싶지 않은 감정을 억눌러왔다. 그래도 역시 주화의 입에서 흘러나오는 '오늘 태영이가요.'라는 말은 더 이상 듣고 싶지 않다.

「오늘 바빠요?」

"……!"

예상치 못한 말에 진헌이 어리둥절해하고 있을 때, 주화가 재빨리 말을 이었다.

「우리 이제 이주일밖에 안 남았어요.」

재빨리 날짜를 세어 보니 정말 보름 정도밖에 남지 않았다.

"그런데?"

「아저씨는 안 좋아요?」

주화가 의아한 목소리로 물었다.

좋아해야 하는 걸까? 문득 이런 생각이 들었지만 주화에게 묻지는 않았다.

"전화 왜 했어?"

일주일 만에 듣는 주화의 목소리가 반가우면서도 진헌은 아닌 척 허세를 떨었다.

「오늘 안 만나요?」

주화는 마치 오래된 연인처럼 당연하다는 듯 물었다. 그 질문이 너무도 자연스러워서 진헌은 순간 '어? 내가 잘못했나?'라는 생각을 했다. 그런데 오래된 연인의 의무감처럼 만나게 되는 날도 이제 얼마 남지 않았다.

"태영이 만나느라 바쁜 거 아니었어?"

왜 이런 질문이 툭 튀어나왔는지 모르겠어서 진헌이 인상을 찌푸렸다. 마치 질투라도 하는 사람처럼 말이다.

「할아버지가 공평하게 만나라고 하셨잖아요.」

젠장, 그놈의 공평!

「태영인 시험공부하면서 계속 만났어요. 그러니까 오늘은 아저씨랑 놀려구요.」

이 얼마나 그 나이에 어울리는 순박하고 순진한 표현인가. 아저씨랑 놀려구요.

"뭐하고 노시려고?"

진헌은 비꼬듯 말했지만, 다행인지 주화는 전혀 눈치채지 못하고 있었다.

「뭐할까요? 아저씨는 보통 데이트할 때 어떤 거 하세요?」

데이트라…….

딱히 시간을 할애해 여자를 만나 본 적도 없던 진헌이었지만 주화에게 그런 것까지 밝힐 필요가 있겠나 싶어 주화에게 선택권을 넘겼다.

"고딩들 데이트는 어떤데?"

「음……. 글쎄요? 남자랑 정식으로 교제를 해 본 적이 없어서.」

그 말에 왜 기분이 좋은지 모르겠지만, 시치미를 뚝 뗀 진헌이 호기심을 숨기고 물었다.

"태영인 아직 남친 아니라는 건가?"

「헤헤헤헤.」

주화의 웃음소리가 의심스러웠다. 그냥 친구에서 남자친구가 되었다는 사인 같기도 해 진헌의 마음 한 귀퉁이가 불편하게 뭉치기 시작했다.

"그럼 네 친구들은 데이트를 어떻게 하는데?"

궁금하지도 않으면서 괜히 물어보고 있는 진헌이었다.

「흐음. 아람이 말로는 학교에서 잠깐 보고, 야자 끝나면 민수는 학원엘 간대요.」

"아람이가 남자친구가 있었어?"

「네. 걔 오래됐어요.」

"후후. 그래서?"

「저희 학교가 다른 학교에 비해 많이 엄하거든요. 특히 교제하다가 걸리면 죽음이에요.」

그런 학교의 학생이 벌써 약혼이라니. 게다가 졸업도 하기 전에 결혼.

선생님들 사이에선 엄청난 이슈가 되었을 것이 뻔히 보였다.

"넌 살아 있는 거 보니 안 들켰나 봐?"

「전…… 선생님들이 다 알아요. 아저씨랑 약혼한 거.」

주화가 기어 들어가는 목소리로 웅얼거렸다.

"이런. 억울해서 어떻게 하나? 결혼 깨질 확률이 더 높은데, 예비 유부녀가 되었으니?"

「치……. 하여튼! 아람이도 그렇지만 애들이 선생님 눈 피해서 잠깐잠깐 만나는 게 다래요. 그것도 왜 구석진 계단 같은 곳 있잖아요? 가끔 보면 거기서 애들이 간지럽게 하트 뿅뿅 날리면서 얘기하고 있어요. 지나갈 때 조금 민망해요.」

"훗. 언제는 손잡는 건 보통이라면서?"

「아니, 그건 뭐. 그냥…….」

당황한 주화가 대답을 회피하듯 대충 얼버무렸다.

"시험은 잘 봤어?"

「아이, 아저씨까지 꼭 그런 거 물어봐야 해요?」

질문이 마음에 들지 않았는지 주화가 투정을 부렸다.

"훗. 그런데 넌 벌써 학교가 끝났고, 난 아직 일하는 중이야. 저녁때 놀자는 말이야?"

「점심 사 주세요.」

"점심?"

「네!」

주화가 씩씩한 목소리로 대답했다.

점심시간까지 한 시간 정도 남은데다 일은 산더미처럼 쌓여 있었다.

"지금 어디야?"

「학교요.」

"급하게 처리해야 하는 일이 있는데…… 조금 더 기다릴 수 있겠어?"

「네!」

"어디 돌아다니지 말고 학교에서 기다려."

「네!」

간결하게 목청을 높인 주화가 전화를 먼저 끊었다.

전화기를 귀에서 뗀 주화는 발그레한 얼굴로 어느새 따뜻해진 전화기를 쓰다듬었다.

처음인 것 같았다. 진헌과 이렇게 오래 통화한 것이 말이다.

주화는 자리에서 일어나 복도로 나가 보았다. 조용한 복도엔 먼

곳에서 아이들의 재잘거림이 띄엄띄엄 들려올 뿐이었다.

시험이 끝나기 무섭게 아이들은 빠른 속도로 학교를 빠져나갔다. 그 속에 태영이도 있었다. 시험도 끝났으니 자신의 집에 놀러오라고 태영이가 말했지만, 주화는 거절을 했다. 시험 기간이라고 일주일 동안 진헌에게 연락 한 번 하지 않은 것이 이상하게 마음에 걸렸던 것이다. 진헌도 연락 한 번 없었던 건 마찬가지였지만 딱히 새삼스러운 일도 아니었기 때문에 이제 와서 서운한 마음이 드는 건 아니었다.

그런데 괜히 자기가 미안해지는 것이 문제였다. 태영이와 함께 시험공부를 할 때 문득문득 아저씨는 뭐 하고 있을까? 라는 궁금증도 생겼었다. 회사 다니는 사람이 회사에서 일하고 있을 거라는 건 당연한 사실이었지만 그래도 궁금했다.

휑하니 아무도 없는 복도의 끝과 끝을 쭉 훑어보던 주화는 터벅터벅 제자리로 돌아와 의자에 앉았다. 항상 가지고 다니는 작은 수첩을 꺼내 달력을 확인했다.

할아버지를 만난 날부터 시작된 카운트는 오늘로 35일이 되었다. 이제 고작 보름이 남았다.

처음엔 50일이 마치 5년처럼 길게만 느껴졌었다. 회사 다니는 심술 난 아저씨와 무얼 하며 50일을 지내야 할지 막막하기만 했었는데, 벌써 시간이 이렇게나 흘러 버린 것이다.

평일엔 힘드니까 주말에 몰아서 보자고 했었다. 그렇다면 몇 번 되지도 않은 날이 진헌을 위해 남겨진 시간이다.

이상하게도 자꾸 아쉬움이 남는다. 좋아하는 태영이가 있음에도 말이다.

진헌이 주화의 학교에 도착한 건 한 시간이 조금 지난 후였다. 진헌의 전화를 받고 밖으로 나가는 주화의 발걸음이 부산하다. 그가 처음으로 '땡 하면 나와.'가 아닌 '천천히 나와.'라는 말을 해 주었음에도 주화의 마음은 급하기만 했다.

항상 고압적으로 나오던 그가 기다릴 수 있겠냐고 친절하게 묻기까지 했다. 아니, 다정해졌다고 해야 할까?

낯설었지만 절대 싫지 않았다. 그의 부드러운 말 한마디에 주화의 마음에 맑은 구름이 두둥실 떠올랐기 때문이다.

지난주 토요일에도 오랜만에 보는 얼굴이었는데, 그때랑 지금은 또 많이 다르다. 오늘은 더 오랫동안 못 보다가 만나는 것처럼 마음이 설레기까지 했다. 그리고 얼마나 감사한가. 일하는 중임에도 점심 먹자는 말에 바로 시간도 내주고 말이다.

운동화로 갈아 신은 주화는 신발주머니를 품에 안고 남자아이들이 축구를 하고 있는 운동장을 바로 가로질러 뛰었다. 조금 돌아간다고 시간이 많이 허비되는 것도 아닌데, 진헌을 빨리 만나야겠다는 조바심이 주화를 그쪽으로 이끌었다.

교문이 점점 가까워진다. 100미터 경주를 하듯 전속력으로 뛰었던 탓에 숨이 턱턱 막혀 왔다. 그런데 교문을 벗어나고 그의 하얀 승용차를 본 순간, 주화의 혈압이 더 높이 치솟았다. 갑자기 뛰어 잠시 현기증이 핑 돌았지만 운전석에 앉아 있는 진헌의 얼굴을 본 순간 정신이 맑아졌다.

가쁜 숨을 몰아쉬며 교문에서 잠시 숨 고르기를 하던 주화는 이마에 고인 식은땀을 슥 닦아 냈다. 그리고 고개를 숙여 무언가에 열중하고 있는 그에게로 조금씩 다가갔다.

처음 그가 학교 앞에 왔을 때처럼 운전석 쪽으로 다가가 앞 유리창을 통통 두드렸다. 그 소리에 진헌이 고개를 들더니 주화를 보고는 미소를 지었다. 그러더니 금세 얼굴을 굳히고는 예의 잔소리를 했다.

"손도장 그만 찍고 빨리 타."

"치."

김이 빠진 주화가 입술을 삐죽거리며 조수석에 올랐다.

안전벨트를 매는데, 진헌이 보고 있던 서류를 뒷좌석으로 넘기느라 몸을 기울여 왔다. 흠칫 놀란 주화는 벨트 매던 것을 멈추고 몸을 바로 했다.

반듯하고 잘생긴 얼굴을 이렇게까지 가까이서 본 적이 없었던 주화는 잔뜩 긴장하고 말았다. 게다가 은은하게 퍼지는 향수 냄새가 주화의 후각을 미묘하게 자극했다. 대부분의 만남이 좁은 차 안에서 이루어졌기에 이제 그의 향기에 익숙해졌다고 생각했는데, 지금의 이 떨림은 익숙해졌다는 생각을 강하게 부정하고 있었다.

"뭐 해? 안전벨트 매."

긴장한 얼굴로 앞을 보고 있던 주화에게 진헌이 말했다. 주화는 허둥대며 안전벨트를 맸고, 아무것도 눈치채지 못한 진헌은 차를 천천히 출발시켰다.

"뭐 먹을래?"

목적지가 없이 도로 위를 달리던 진헌이 주화에게 물었다.

"피자요!"

얼마나 큰소리로 말했는지 진헌이 깜짝 놀란 얼굴로 돌아보았다.

“기차 화통 삶아 먹었어?”

“아니요!”

“그런데 무슨 기합이 그렇게 잔뜩 들어갔어?”

“아? 아……. 그냥…… 아저씨 오랜만에 보니까 반가워서요. 헤헤…….”

살짝 얼굴을 붉힌 주화가 혀를 빠끔 내밀며 쑥스러운 표정으로 웃어 보이자 진헌도 피식 웃고 말았다.

주화는 좋아하는 피자 전문점으로 진헌을 데리고 갔다. 많은 피자 메뉴 중에서 주화는 해산물이 들어간 피자를 골라 음료와 함께 주문을 했다. 샐러드 바 주문도 잊지 않고 말이다.

진헌의 취향은 묻지도 않고 주문을 끝낸 주화가 그제야 진헌에게 물었다.

“아저씬 어떤 피자 좋아해요?”

“참 빨리도 물어봐.”

“언제는 나더러 고르라면서요.”

어떤 거 주문하냐고 물었을 때 진헌은 주화에게 고르라고 했었다. 그래 놓고 이제 와서 주문에 대해 나무라듯 굴자 주화는 기분이 상했다.

“그래도 한 번쯤은 물어봐야지. 이거 괜찮죠? 라고.”

“쳇. 알았어요. 저 이제 샐러드 퍼 와도 괜찮죠?”

뾰로통해진 주화가 샐러드 접시를 들고 자리에서 일어나더니 진헌의 대답은 필요 없다는 듯 쌩하니 샐러드 바로 가 버렸다.

피자는 간식으로나 생각했는데, 끼니를 때우는 식사로도 먹는다는 걸 이곳에 와서 처음 알았다. 사람들이 너무 많았던 탓에 자칫하면 자리에 앉지도 못할 뻔했던 것이다.

진헌은 와이셔츠 소매를 걷어 시간을 확인했다. 혹시 몰라서 오후 스케줄을 조금 미루긴 했는데, 그래도 시간이 빠듯할 것만 같았다.

"아저씨."

아저씨라는 말에 흠칫 놀란 진헌이 그다지 멀지 않은 곳에 있는 주화를 쳐다보았다. 다행히 사람들은 식사에 여념이 없었지만, 사람들 많은 곳에서 아저씨라고 불리는 건 유쾌하지 않았다. 진헌이 나무라듯 아랫입술을 깨물자 주화가 얼른 호칭을 바꿨다.

"오빵."

저 어울리지 않는 콧소리는 뭐란 말인가!

진헌이 어이없다는 표정으로 바라보았지만 주화는 아랑곳하지 않고 샐러드 바에 있는 양상추를 집어 들었다.

"이거 먹어요?"

"그래."

그러고는 시선을 돌리는데, 주화가 다시 간드러지는 목소리로 오빠를 불렀다.

"이건요?"

이번엔 호박 샐러드를 들어 보였다.

"먹어."

"그럼 이건요?"

주화는 작정이라도 한 사람처럼 샐러드 바에 있는 음식들을 계속 들어 보이며 진헌에게 묻고 있었다. 갑자기 화가 난 진헌이 결국 자리에서 벌떡 일어나더니 저벅저벅 주화에게로 걸어갔다.

"다 먹어, 다. 그러니까 묻지 말고 담아."

낮은 목소리로 으르렁거렸지만, 주화는 낭랑한 목소리로 말했다.

"언제는 물어보라면서요?"

깜빡깜빡.

눈동자를 빠르게 깜빡이며 평상시엔 잘 부리지 않던 애교까지 부리는 탓에 진헌은 진이 빠져 버렸다.

참다못한 진헌은 결국 주화의 손에서 접시를 빼앗아 직접 샐러드를 담기 시작했다. 금세 접시를 수북하게 채운 진헌은 옆에서 지켜보고 있던 주화의 팔을 잡아끌며 자리로 돌아왔다.

"사람 약을 아주 살살 올리지?"

진헌이 주화의 손에 포크까지 쥐어 주며 험악한 목소리로 물었다.

새침한 표정을 지어 보이던 주화가 포크로 참치 샐러드를 콕 찍었다.

"아저씨가 나쁜 거예요."

"……!"

"아저씨랑 오랜만에 밖에서 같이 밥 먹는 건데, 그런 걸로 뭐라 할 것까지 없잖아요."

시선을 아래로 내린 주화의 얼굴엔 원망이 가득했다.

'그랬나?'

진헌은 아롱이 아빠 투투처럼 양 볼이 심술로 부어오른 주화를 보며 그동안의 만남을 되짚어 보았다.

할아버지에게 전화를 받고 놀라서 회사로 왔던 날 떡볶이를 같이 먹은 이후 오늘이 두 번째였다. 한 달이 훌쩍 넘는 시간 동안 고작 두 번밖에 되지 않는다니, 진헌은 주화에게 미안해졌다. 명색이 그래도 약혼한 사인데, 비록 할아버지의 강압이 있다 하더라도, 가끔은 이렇게 같이 식사를 하는 것도 나쁘지 않은데 말이다.

작게 한숨을 내쉬던 진헌은 테이블에 팔을 올리고 몸을 기댔다.

"미안해."

스파게티를 막 입에 넣었던 주화가 고개를 들었다. 잠시 그의 눈을 응시하던 주화는 입에 매달려 있는 스파게티를 후루룩 빨아당겼다.

양 볼을 빨갛게 물들인 주화가 진헌에게 접시를 밀어주며 작게 말했다.

"……드세요."

"훗."

당황해하는 주화를 보며 짧게 웃은 진헌이 포크를 들었다.

묵묵히 샐러드를 먹고 있는 동안 주문한 피자가 고소한 냄새를 풍기며 테이블로 올라왔다.

기분이 좋아진 주화는 작게 손뼉을 치며 피자를 열렬히 환영했다.

피자를 덜어 주려고 했는데 주화의 손이 먼저 개인 서브를 집어들었다. '맛있겠다.' 라는 말을 연발하며 피자 한 조각을 담은 주화가 진헌에게 접시를 내밀었다.

진헌이 받아 들자 이번엔 자기가 먹을 피자를 담아 포크와 나이프를 각각 들고 진헌을 바라보았다.

"잘 먹겠습니다."

진헌에게 감사 인사까지 한 주화는 피자를 잘라 입에 넣고는 행복해했다.

맛있게 먹는 주화를 흐뭇한 표정으로 보고 있던 진헌도 피자를 적당한 크기로 썰었다.

"친구들하고 피자 자주 먹지 않아?"

"동네 피자는 가끔 먹는데, 이런 전문점 피자는 너무 비싸서 잘 못 먹어요. 고등학생이 무슨 돈이 있겠어요. 돈만 많으면 여기저기 많이 놀러 다닐 텐데."

"후후. 그럼 돈 없는 고딩들은 친구들이랑 뭐하고 놀아?"

오렌지에이드를 쪽쪽 빨아 마시고 있던 주화가 빨대를 놓고 말했다.

"음……. 오락실도 가구요."

"오락실? 아직도 오락실이 있어?"

무슨 그런 엉뚱한 걸 묻냐는 표정으로 주화가 대답했다.

"그럼요. 동네에 한두 곳은 있어요."

진헌은 머쓱해졌다. 고등학교를 졸업하고 8년이 흘렀는데 8년이라는 세월이 그리 긴 세월은 아니었다는 것에 말이다.

오락실이라……. 진한 향수가 묻어나는 단어였다.

"그리고?"

"오락실 아니면 PC방에 가요."

"거기선 뭐하는데. 게임?"

"네. 게임도 하고, 인터넷도 하고, 그렇게 놀다가 그래도 심심하면 다른 친구들 만나서 놀아요."

"친구들 만나서는 뭐하고 노는데?"

"수다요."

그러더니 키득키득거리고 웃기 시작했다. 자기가 말하고도 괜히 웃겼나 보다.

"너흰 생각보다 단순하구나?"

"그럼 어떤 줄 아셨는데요?"

"그냥. 요즘 흉흉한 기사들이 많이 나오니까."

"아저씨야말로 엉뚱한 상상하지 마세요."

엄한 표정을 지으며 꾸짖듯 한마디 한 주화가 방긋 웃어 보였다.

"그런데요, 아저씨."

피자 두 조각을 해치운 주화가 들고 있던 포크를 놓더니 조심스럽게 진헌을 불렀다.

"왜?"

"음…… 우리 이제 다다음 주면 끝나잖아요."

"그래서?"

"할아버지가 뭐라고 하실까요?"

"넌 이미 시작 전부터 결과를 정해 놨었잖아."

대답 대신 고개를 끄덕인 주화가 말했다.

"할아버지가 그걸 전혀 모르실까요? 제가 결혼 안 하겠다고 할 거라는 걸?"

"글쎄……."

설마 할아버지는 두 사람이 당신 뜻대로 결혼하게 될 거라고 기대하고 있었을까?

진헌은 그렇게 생각하진 않았다. 이건 누가 봐도 전혀 승산이 없는 게임이었다. 태영이와 잘되지 않더라도 주화는 결혼을 거부할 수 있으니까. 그런데도 주화에게 그런 기회를 준 저의가 무엇이었는지 심히 궁금해졌다.

진헌은 잠시 쉬었던 주화가 입맛을 다시며 피자를 제 접시에 옮겨 담는 걸 물끄러미 바라보았다.

그런데 정말 이렇게 끝나는 걸까?

진헌은 실소를 흘렸다. 너무도 당연한 결과를 이리 심각하게 고민할 필요가 없었다. 주화는 결혼에서 자유로워지고, 그는 결혼의 압박에 다시 시달리게 될 것이다. 이제 보름 후면 모두가 예전의 모습으로 돌아가는 것이다.

고등학생 민주화로, 진성 그룹의 막내 임원 채진헌으로.

"할아버지가 결혼하지 않는 걸로 결정하시면요……."

"……?"

"그냥 우리도 쫑인 거죠?"

쫑? 쫑이라 함은 끝과 같이 쓰이는 말인데, 그 끝은 어떤 것을 의미하는 것일까?

진헌은 아주 심각한 표정으로 물었다.

"그게 무슨 말이야?"

"그러니까요……."

어떻게 설명해야 할지 몰라 주화는 잠시 망설였다.

쫑이라는 단어엔 많은 것이 함축되어 있었다.

주화는 진헌에게 우리 이제 더 이상 연락 안 하고 사는 그런 남남이 되는 거냐고 물어보고 싶었는지도 모른다. 그런데 그렇게 묻는 것이 두려웠다. 옷깃만 스쳐도 인연이라는데, 결혼이 아닌 것으로 결론이 나더라도 좋은 아저씨 꼬마로 지내고 싶은 것이 주화의 마음이었다.

그런데 그 말을 진헌에게 하는 것이 조심스러웠다. 꼬마는 상대하지 않는다던 그였기에 '우리 이제 남남이야.' 라고 해 버리면 서운하고 당황스러울 것 같아서였다.

"가끔 전화해도 되죠?"

빠르게 머리를 굴려 생각해 낸 질문이었다.

진헌이 마주하고 있던 시선을 돌려 풋, 하고 웃어 버리자 주화의 얼굴이 다시금 발그레해졌다.

"아직 보름이나 남았는데 작별 인사가 너무 빠른 것 같지 않아?"

"아…… 그런가요?"

주화가 머쓱한 웃음을 지어 보이더니 불쑥 이 말을 꺼냈다.

"그럼 우리 기념으로 마지막 데이트할래요?"

"마지막 데이트?"

"네. 우리 놀러가요."

"지금 놀고 있잖아."

"아아니. 이런 거 말고요."

진헌의 말이 답답하다는 듯 온몸을 비틀어 대며 진헌에게 투정을 부렸다.

"그럼 뭐?"

"내일 토요일이잖아요. 아저씨 뭐해요? 바빠요?"

"다음 주에 출장 있어서 이번 주말은 조금 바빠. 뭐하려고?"

주화는 빠르게 날짜 계산을 했다. 그 말은 다음 주 내내 그를 만날 시간이 없다는 말이 되는 것이었다. 그러다 보면 어느새 할아버지를 만나러 가는 날이 코앞에 다가와 있을 것이었다.

"그럼 다음 주 토요일은요? 그날도 바빠요?"

초조함을 감추지 못한 주화가 재촉하듯 물었다.

"다음 주 일요일이라면 시간 낼 수 있을 거야. 그런데 뭐하려고?"

"우리…… 동물원 갈까요?"

동물원이라니. 진헌은 저도 모르게 웃음을 터뜨렸다.

봄만 되면 뉴스에 단골로 등장하는 장소 동물원. 아이들과 봄나들이 나온 가족들을 연신 비추며 날씨가 어떻고 나들이가 어떻고 소개하는 곳 중 한 곳이 동물원 아닌가 말이다.

롯데월드나 에버랜드를 가자고 하는 것도 아니라 동물원이라니. 학생들은 놀이공원을 더 선호할 줄 알았는데 뜻밖의 장소가 거론되자 웃음이 나올 수밖에 없었다.

"동물원이 이상해요?"

주화가 우울한 목소리로 묻자 진헌이 웃으며 고개를 저었다.

"아니야. 안 이상해. 조금 의외라서. 놀이공원 가자고 할 줄 알았는데 말이야."

"제가요 사실은…… 놀이기구를 잘 못 타요."

"정말? 왜?"

"놀이기구가 무서워요. 전 회전목마가 제일 재밌어요."

"풋!"

진헌의 입에서 다시 웃음이 터져 나왔다.

"왜요?"

주화가 심술 난 표정으로 역정을 냈다.

"서우랑 같이 타면 되겠네. 하하하."

배꼽을 잡으며 웃고 있는 진헌을 뚱한 표정으로 보고 있던 주화가 "서우는 누군데요?"라고 퉁명스럽게 물었다.

"진우 형 딸."

"와. 큰 아저씨 딸 있어요?"

"큰 아저씨?"

웃음을 멈춘 진헌이 묻자 주화가 고개를 끄덕였다.

"그럼 난 작은 아저씨야?"

"아니요. 아저씨는 그냥 아저씨고, 진우 아저씨는 큰 아저씨요. 아저씨라고만 하면 구분이 안 되니까."

그 말에 고개를 푹 숙인 진헌이 쿡쿡 웃어 댔다.

큰 아저씨라니. 진우가 들으면 진성 그룹이 떠나갈 정도로 기겁할 소리였다.

지금은 아내가 된 서영이 진우를 처음 만났을 때 다짜고짜 '아저씨!'를 외치는 바람에 자존심에 금이 갔다며 며칠을 끙끙 앓았던 것이 떠올랐다. 아주버님이라는 호칭보다 아저씨라는 호칭을 더 싫어하는 진우였다.

"서우는 몇 살이에요?"

주화가 호기심을 드러내며 물었다.

"세 살."

"와아. 귀엽겠다."

"그럼 다음 주 토요일에 진우 형 가족도 같이 가자고 할까?"

"그래요."

진헌의 제안에 주화가 눈동자를 반짝거리며 고개를 크게 끄덕였다.

09.
아저씨는 출장 중

몇 달 후 수능시험을 치러야 하는 고3 수험생들과 달리 1, 2학년 하급생들은 중간고사가 끝나자 조금은 마음의 여유를 찾은 듯 활기찼다. 비록 다시 치열한 열공 모드에 돌입하겠지만, 잠깐의 자유가 그들에겐 활력소가 되어 주었다.

게다가 다음 달엔 가을 축제가 기다리고 있었다. 주변의 어떤 학교는 축제를 개방하지 않는데, 주화의 학교는 이틀 모두 개방한다. 개교기념일 행사를 겸해서 하는 축제이기 때문에 외부 손님들도 초대가 된다.

개교기념일 행사라고 하니 초등학교 때 했던 학예회가 떠올라 주화의 입에 빙그레 미소가 지어졌다. 부모님이 오셔서 구경하고 사진 찍고 그랬던 기억이 새록새록 떠올랐던 것이다.

축제 기간 중 첫날은 각 반 장기자랑 발표가 있다. 그 행사가 공식 행사이고, 그 후엔 각 동아리가 사전에 배정된 시간에 맞추어 발표회 등을 한다. 장기자랑이 끝난 후엔 각 반별로 간식 판매도 한다. 이 모든 행사에 3학년이라고 열외를 시키진 않는다.

장기자랑 같은 경우는 오랜 시간 준비를 해야 하는 관계로 아이들이 잘 참여를 하려 하지 않는다. 그럴 때 가장 유용한 방법은 추천 혹은 추첨, 또는 공포의 사다리 게임이라는 것을 활용한다. 그런데 하겠다고 나서는 아이가 있었으니, 그건 바로 민주화였다.

다들 휘둥그레진 눈으로 손을 번쩍 들고 있는 주화를 바라보았다. 그건 회의를 지켜보고 있던 담임 선생님도 마찬가지였다.

그렇게 해서 장기자랑은 주화와 억지로 끌려 들어간 아람일 포함해 모두 네 명이 하기로 결정되었고, 나머지는 당일 판매하게 될 간식 준비를 하기로 정해졌다.

남자아이들은 9명으로 소녀시대를 만들라고 아우성들이었지만, 다들 공부하겠다고 빼는 바람에 더 이상 인원을 추가할 수 없었다.

"도대체 내가 이걸 왜 해야 하냐고요."

야간 자율 학습이 끝나고 가방을 챙기며 아람이가 투덜거렸다. 그도 그럴 것이, 장기자랑이 아람이가 제일 싫어하는 춤이었다. 다른 세 명에 비해 다소 통통한 편인 아람인 같이하게 될 아이들과 비교가 되는 것도 싫었던 것이다.

"한 달 동안 폭풍 다이어트를 하면 되잖아."

아람이의 속마음을 훤하게 꿰뚫고 있는 주화가 진지한 얼굴로 조언했다.

"그게 말처럼 쉬우면 해도 벌써 했지!"

심술이 난 아람이가 벌써 뒷문으로 향하는 주화의 뒤에 대고 소리치며 따라갔다.

오늘도 태영이가 집까지 바래다주었다. 손을 꼭 잡고…….

그런데 이상하게도 하나도 좋지가 않았다. 처음처럼 가슴이 두근 거리지도 않고 설레지도 않았다.

주화는 지난 주 금요일의 일을 떠올렸다. 바로 코앞에서 보게 된 진헌의 얼굴과 그에게서 풍기는 은은한 향기가 생생하게 되살아났 다.

식사가 끝나고 남은 피자를 포장해서 밖으로 나와 주차장으로 갔을 때, 검은색 세단이 두 사람을 기다리고 있었다. 차에서 내린 김 기사와 인사를 나눈 진헌이 주화에게 말했다.

『오후에 급한 스케줄이 있어서 내가 집까지 데려다 줄 시간이 없어.』

그의 목소리와 표정에서 미안해하는 걸 느낀 주화는 밝은 목소 리로 괜찮다고 대답했다.

『난 그냥 버스 타고 가도 돼요.』

조금은 걱정을 덜어 주려고 그렇게 말했는데, 진헌이 인상을 찌 푸렸다.

『아니야. 저거 타고 가.』

바쁘다는 사람을 붙잡고 별것 아닌 일로 실랑이를 할 수도 없는 일이었기에 주화는 알았다며 고개를 끄덕였다. 그제야 마음이 놓인 듯 진헌이 부드럽게 미소를 지으며 주화의 머리를 가볍게 쓰다듬었 다.

커다랗고 따뜻한 손이 뒷머리를 감싸자 예전에 느꼈던 그 현기 증이 다시 피어올랐다. 양 볼이 발그레해지는 걸 들키고 싶지 않아 김 기사가 문을 열어 준 뒷좌석에 잽싸게 올랐다.

이상해도 너무 이상했다. 가벼운 손짓만으로도 온몸의 혈관이 쿵쿵거렸는데, 태영의 부드러운 손에선 아무것도 느낄 수 없다니. 조금은 당황스럽기까지 했다.

집 앞에 도착한 태영이 웃으며 손을 흔들고 돌아가자 주화는 어깨를 축 늘어뜨리고 집으로 들어갔다.

부모님에게 인사를 하고 제 방으로 올라온 주화는 가방을 바닥에 대충 던져 놓고 침대에 대자로 누워 천장을 올려다보았다.

금요일에 피자 전문점 주차장에서 그렇게 헤어지고 진헌에게 전화를 걸지 않았다. 평상시라면 퇴근 시간에 맞춰서 전화를 했을 테지만, 출장이라고 하니 방해를 하게 될까 봐 선뜻 전화를 걸 수 없었다.

"언제 오는 거지?"

그가 언제 떠나고 언제 돌아오는지 주화는 모른다. 출장 간다는 말을 들으면서도 물어보지 못했다.

궁금했는데…….

그러면서도 왜 선뜻 물어보지 못했는지 주화 스스로도 의아했다.

몸을 빙글 돌려 침대에 엎드린 주화는 한숨을 푹 쉬다가 벌떡 일어나 앉았다. 궁금해서 참을 수가 없다. 주화는 책가방에서 휴대전화를 찾아 그의 번호를 찾았다.

채변태.

그러고 보니 아직 이름도 안 바꿔 줬다.

주화는 전화를 걸기 전에 이름 먼저 수정하려고 편집 기능으로 들어갔다.

"뭐로 바꾸지?"

마땅히 떠오르는 것이 없어 고민에 빠졌다.

채진헌? 아저씨? 오빠?

"오빠? 엑."

어째서 오빠라는 말이 잘 나오질 않을까?

아람이 외사촌 오빠와 한 살밖에 차이 나지 않는다고 했다. 그러고 보니 주화의 외사촌 오빠 중엔 진헌보다 나이가 많은 사람도 있었다. 그런데도 이상하게 진헌에겐 오빠라는 말이 잘 나오질 않았다. 버릇이 들어도 너무 고약하게 들었다.

심각한 표정으로 고민을 하던 주화는 이름을 '오렌지 주스'로 바꾸었다.

"으음, 아주 참신해."

흐뭇한 미소를 짓던 주화는 드디어 진헌에게 전화를 걸었다.

벌써 밤 10시가 다 되어 가는데 너무 늦은 시간에 전화하는 건 아닐지 갑자기 걱정이 되었다.

끊을까?

그런데 틱, 소리와 함께 굵고 낮은 목소리가 들렸다.

「여보세요.」

"아저씨, 아저씨."

주화는 평상시와 다를 바 없는 목소리로 그를 불렀다. 지금까지 어떤 고민도 하지 않았다는 양.

「왜?」

무심한 듯 흘러나오는 한마디였지만, 주화는 밝은 목소리로 말했다.

"출장 어디로 갔어요?"

생뚱맞은 질문이었지만, 진헌은 친절하게 "제주도."라고 짧게 대답했다.

"와아. 제주도로 갔구나. 좋겠다. 우리 학교도 수학여행 제주도로 다녀왔어요."

「훗. 일하러 왔는데 좋긴 뭐가 좋아. 놀다 온 네가 더 좋은 거지.」

그의 말에 주화가 헤헤 웃었다.

"혹시 제가 잠 깨웠어요?"

「운전 중이야.」

"어디 가요?"

「집에.」

"아! 출장 끝난 거예요?"

그제야 상황 파악이 된 주화가 반가운 듯 물었다.

「넌 이 시간에 잠 안 자고 뭐해?」

"이제 자요. 그냥 아저씬 출장이 언제 끝나나 궁금해서 전화해 봤어요."

「왜? 동물원 못 갈까 봐?」

"쳇. 그런 거 아니에요."

주화의 표정이 금세 뾰로통해졌다.

「후후. 알았어. 운전 중이니까 끊자.」

"맞다. 알았어요. 끊을게요."

「응.」

두 사람의 단조로운 대화가 끝이 났다.

진헌은 꽂고 있던 블루투스를 빼서 계기판 위에 올려놓았다.

　차가 막 조용한 전원주택 단지로 접어들었다. 늦은 밤에 불쑥 찾아가는 것이 실례인 줄은 알지만, 트렁크에 있는 아이스박스를 늦지 않게 전해 주려면 지금밖에 시간이 없었다.

　주화의 집 앞에 차를 세우고 진헌은 주화에게 전화를 걸었다. 한참을 울려도 주화가 전화를 받지 않자 그의 미간이 좁아졌다. 잔다고는 했지만 고작 10분 만에 곯아떨어지다니.

　그렇다면 어쩔 수 없이 초인종을 눌러야 했다.

　전화를 끊고 막 차 밖으로 나가려고 하는데 주화에게서 전화가 걸려 왔다.

「아저씨?」

　주화가 의아한 목소리로 말을 꺼냈다.

"부모님 주무셔?"

「어……. 아직요. 왜요?」

"나 왔다고 말씀드리고 문 좀 열어."

「에?」

　놀라긴 어지간히 놀랐는지 주화가 말을 잇지 못했다.

"전해 드릴 거 있어서 왔으니까 잠깐 시간 내주시라고 해."

「어, 어. 알았어요. 잠시만요.」

　전화가 끊기고 일대 소란이 일어났는지 2층부터 1층까지 온갖 조명이 다 켜졌다. 정원에도 불이 켜지고 찡, 하는 소리가 나더니 대문이 열렸다.

　진헌은 트렁크에서 꺼낸 아이스박스와 쇼핑백을 챙겨 들고 대문으로 들어갔다. 바로 현관문이 열리고 놀란 얼굴의 주화가 뛰어나왔다.

“아저씨.”

“자.”

주화를 본 진헌이 들고 있던 쇼핑백을 내밀었다. 쇼핑백을 살피며 주화가 “뭐예요?”라고 물었다.

“초콜릿.”

무심한 목소리로 짧게 대답한 진헌은 주화가 열어 놓은 현관문으로 들어섰다.

“연락이라도 미리 하지 그랬어.”

호준이 놀란 표정으로 말하자 진헌이 꾸벅 인사를 했다.

“안녕하세요? 너무 늦은 밤에 와서 죄송합니다.”

“괜찮아. 어서 들어와.”

호준이 들어오라고 권했지만 진헌은 고개를 젓고는 미정에게 아이스박스를 내밀었다.

“제주도 출장 다녀오는 길에 좀 샀어요. 옥돔입니다.”

“어머, 이 귀한걸.”

아이스박스를 건네받은 미정이 황송하다는 표정으로 진헌을 바라보았다.

“오늘 드려야 할 것 같아서 실례인 줄 알면서도 왔습니다.”

“잠깐 들어와서 차라도 한 잔 하고 가.”

“아닙니다. 시간이 너무 늦었어요. 그리고 저도 내일 출근 준비를 해야 하니까요.”

진헌이 한사코 거절을 하자, 더 이상 권할 수 없었던 호준은 아쉽지만 포기해야 했다.

주화는 현관에서 부모님과 대화를 나누고 있는 진헌의 넓은 등을 바라보며 서 있었다. 생각지도 못한 방문에 어안이 벙벙했지만 이내 기분이 너무 좋았다.

진헌이 쥐어 준 쇼핑백을 손에 들고 꼬물꼬물거리고 있을 때, 부모님에게 꾸벅 인사를 한 진헌이 몸을 돌렸다.

"가는 거예요?"

주화가 작은 목소리로 묻자 진헌이 주화의 머리를 쓰다듬고는 현관을 나섰다.

주화는 쇼핑백을 손에 쥔 채 쪼로록 진헌의 뒤를 따랐다. 성큼성큼 앞서 걷던 진헌이 뒤를 돌아보았다.

"들어가."

"아저씨 가는 것만 보고요."

어깨를 가볍게 으쓱거린 진헌이 다시 걸음을 재촉했다. 주화는 대문 앞에 서서 진헌이 차에 오르는 걸 물끄러미 바라보았다.

지잉, 소리가 들리더니 조수석의 창문이 열렸다.

"이제 들어가."

"이거 잘 먹을게요."

주화가 쇼핑백을 들어 보이며 수줍게 웃었다.

"그래. 동물원 가는 거, 일요일이라고 했나?"

"네."

"그전에 한 번 더 전화할게."

주화가 고개를 끄덕이자, 차가 천천히 대문 앞을 벗어나기 시작했다.

생각지도 못한 선물을 받게 된 주화는 그의 차가 완전히 사라질 때까지 대문 앞에 서 있었다.

※※※

"하나만 더 줘 봐아."

주화가 준 초콜릿을 손에 쥔 아람이가 더 달라고 투정이었다.

진헌에게 받은 선물을 자랑하려고 학교에 들고 왔는데, 아이들에게 이미 여러 개 빼앗기고 말았다. 정작 자기는 아까워서 입도 대지 못했는데 말이다.

제주도에서 생산되는 한라봉, 감귤, 녹차, 파인애플, 백년초로 만든 초콜릿이 종류별로 깔끔하게 담겨 있는 제주도만의 특별한 초콜릿이었다. 총 50개나 들어 있었지만 친한 친구들에게 한 개씩 쥐어 주고 나니 벌써 반밖에 남질 않은 것이다. 그래도 아람인 특별한 친구라고 종류별로 한 개씩 다섯 개나 줬는데 더 달라고 생떼였다.

"넌 다른 애들보다 훨씬 많이 줬잖아. 얼마 남지도 않았는데 왜 자꾸 달라고 해."

통의 반이 휑하니 비어 버린 것이 속상해 주화가 아람일 나무랐다.

"치사해. 그런데 아저씨는 쪼잔하게 한 통만 주냐? 나눠 먹기 애매하게. 그리고 나는 왜 안 줘? 네 친군데."

"아……."

그리고 보니 쇼핑백에 이것과 똑같은 것이 하나 더 들어 있었다.

그래도 아저씨가 아람이 주라는 말을 한 적이 없었기에 얼굴에 철판을 깔고 뻔뻔하게 "네 건 없어. 나만 먹으랬어."라고 말해 버렸다.

“아아. 아저씨 그렇게 안 봤는데 손 엄청 작네.”

입술을 삐죽이며 아람이가 포장을 하나 뜯어 입에 쏙 넣었다.

“아저씨 손 안 작아. 엄청 커.”

“무슨 손? 이 손?”

초콜릿을 혀로 굴려 먹으며 아람이가 제 손을 들어 보였다. 아차 싶은 생각에 주화가 아무 말도 못하자 아람이가 엉큼한 표정으로 물었다.

“뭐야. 아저씨랑 손도 잡아 봤어? 큰지 안 큰지 어떻게 알아.”

“그 말이 아니야. 통이 크다고, 통이.”

귀까지 새빨갛게 물들인 주화가 극구 부인했지만, 게슴츠레한 눈으로 주화를 힐끔 쳐다보던 아람인 초콜릿의 포장을 하나 더 뜯었다.

“아저씨 싫다고 할 땐 언제고 끝날 때 되니까 이젠 정이라도 든 거야?”

“아니야. 그런 거.”

주섬주섬 초콜릿 박스를 챙겨 넣으며 주화가 부인했다.

“난 아저씨가 더 좋던데. 잘생기고, 돈 많이 벌고, 이런 거 챙겨 주는 센스도 있고.”

“……..”

주화는 말없이 영어책을 펼쳤다.

처음엔 싫었는데, 지금은 싫은지 좋은지 잘 모르겠다. 처음엔 왜 싫었었는지 잘 기억도 나질 않는다. 처음부터 싫어했으니까 계속 싫어해야 할 것만 같았다.

잘못한 것도 없는데, 미운 짓을 한 것도 없는데 왜 싫다는 생각만 하고 있었을까?

주화는 무언가 가슴 언저리가 꽉 막혀 버린 기분이 들었다.

점심때 태영이를 불러낸 주화가 초콜릿을 내밀었다.

"뭐야?"

"초콜릿. 아는 분이 제주도 다녀왔다고 선물로 줬어."

"후후. 그래? 고마워."

가볍게 웃던 태영이 초콜릿을 받았다.

"달지 않고 맛있어. 그중에 한라봉이랑 감귤이 제일 맛있더라."

"알았어."

서로를 쳐다보며 두 사람은 배시시 웃음을 보였다.

"그런데 주화야."

"응?"

무슨 심각한 이야기라도 꺼낼 것 같은 태영의 표정에 주화의 표정도 긴장으로 굳어졌다. 주화는 아주 짧은 시간의 침묵이 답답하게 느껴졌다. 부담스럽고 불편한 침묵. 도망가 버리고 싶은 기분이 들려고 할 때, 태영이 입을 열었다.

"우리 정식으로 사귈까?"

주화는 멍해진 얼굴로 태영일 바라보았다.

"어?"

바로 대답을 하지 못한 주화는 그렇게 정지된 모습으로 서 있었다.

1년이 넘도록 짝사랑해 온 친구였다. 같은 반이었을 때도 말 한마디 제대로 못 붙일 만큼 멀게만 느껴지던 태영이었다. 자의 반

타의 반, 할아버지의 제안으로 태영이에게 적극적으로 다가갈 기회가 생겼지만 그것마저도 용기가 없어 포기 직전이었었다.

그래도 행운의 여신이 주화의 편이었는지 태영이와 마주칠 기회는 쉽게 다가왔고, 단순한 친구에서 조금은 특별한 친구가 될 수 있었다.

집에 데려다 주었고 손까지 잡았으면서도 정작 태영인 사귀자는 말을 해 주지 않았다. 말 그대로 정말 애매한 사이가 되어 버릴 것 같은 불안감도 있었는데, 태영이가 드디어 사귀자는 말을 한다.

그런데 왜 기쁘지 않지? 왜 반갑지 않지?

처음과 너무도 다른 자신의 감정에 주화는 당황했다. 몸속 깊은 곳에서부터 덜그럭거리기 시작한 소음은 머릿속까지 스며들었다.

주화는 꾹 다물었던 입을 어렵게 열고 어색하게 웃었다.

"갑자기 그런 말 들으니까…… 내가 너무 놀라서……."

"그래?"

"응."

주화의 조심스러운 대답에 태영이 뻘�쭘한 표정으로 말했다.

"사실은 내가 너 오래전부터 좋아했었어."

또 다른 충격이 주화의 몸을 꿰뚫고 지나갔다.

'나만 그랬던 게 아니야?'

이런 일이 있을 수 있다니. 이제껏 혼자만 좋아하고 있다고 생각했는데, 태영이도 그랬다니.

일이 어떻게 돌아가는 건지 도저히 감을 잡을 수 없었던 주화가 얼굴을 붉히며 말했다.

"그랬구나. 사실은 나도…… 작년부터 너 좋아했었어."

드디어 고백을 했다. 그런데 속이 하나도 시원하지 않다. 좋아하던 사람이 나를 좋아한다고 하니 기쁘고 행복해야 하는데, 자꾸 무언가 속이 이상하다.

서로를 마주 보고 선 두 사람이 멋쩍은 웃음을 지으며 말을 잇지 못하고 있을 때, 수업 예비종이 울렸다.

이 어색함 속에서 해방될 수 있다는 것에 주화가 한 톤 높은 목소리로 말했다.

"점심시간 끝났다. 우리…… 나중에 다시 얘기하자."

"그래."

아직 더할 말이 남았는지 태영이가 입을 열었지만, 주화는 뒷걸음치며 손을 흔들고는 잽싸게 몸을 돌려 교실로 뛰었다.

퇴근을 하려고 엘리베이터를 기다리는데, 재킷 안주머니에서 휴대폰의 진동이 느껴졌다. 무심한 표정으로 휴대폰을 확인한 진헌이 통화 버튼을 눌렀다.

「아저씨.」

이제야 철이 드는지 주화가 아저씨라고 한 번만 불렀다. 그런데 목소리는 철이 든 목소리가 아니라 한껏 풀이 죽은 목소리였다.

"왜?"

진헌이 평상시처럼 물었다.

「태영이가요…….」

윽.

한동안 듣지 않았던 '태영이가요.' 소리에 속이 불편해졌다. 별로 궁금하지도 않은 타인의 연애사를 듣는다는 건 고문과도 같았다.

누군가는 그럴 테지. 그건 질투라고. 그 누구는 진우다.

"태영이가 왜?"

불편한 속을 들키지 않기 위해 냉정한 목소리로 물었다.

「저한테 사귀자고 했어요.」

"이미 사귀고 있던 거 아니었어?"

손도 잡았다면서! 라고 소리치고 싶은 걸 진헌은 꾹 참았다.

「정식으로 사귄 건 아니었어요. 그런데 오늘 태영이가 정식으로 사귀자고 했어요.」

"잘됐네."

「태영이도 작년부터 저 좋아했대요.」

"더 잘됐네."

진헌이 무성의하게 대꾸했지만, 이미 자기만의 생각에 빠진 주화는 전혀 눈치채지 못했다.

「잘된 거죠?」

"그래. 잘된 거야. 그거 알려 주려고 전화했어?"

「그건 아닌데…….」

"그럼?"

「초콜릿 맛있었어요.」

"……."

「아람이가 자기 거 없다고 삐쳤어요.」

땡—

문이 열린 엘리베이터에 진헌이 몸을 실었다. 지하 주차장의 버튼을 누르며 진헌이 담담한 목소리로 말했다.

“쇼핑백에 두 개 있지 않았어?”

「역시…….」

“역시 뭐?”

「다 저 먹으라는 줄 알고 안 줬어요.」

“친구하고 나눠 먹으라고 두 개 넣은 거지. 이제 보니 너 욕심꾸러기구나?”

「네. 전 욕심꾸러긴가 봐요.」

무슨 고민이라도 있는 사람처럼 주화의 목소리가 단조로웠다.

“태영이가 좋아한다고 했으니 계속 잘해 봐.”

「……그래야 하는 거겠죠?」

진헌은 인상을 찌푸렸다.

주화의 반응을 좀처럼 이해할 수 없었다. 좋아하는 사람이 좋아한다고 고백을 하고 사귀자고 했다면서 전혀 기뻐하지 않는 모양새라니.

“무슨…….”

「어? 저녁밥 시간 끝났어요. 아저씨, 끊을게요.」

진헌의 말을 가로막으며 주화가 다급하게 전화를 끊었다.

씁쓸한 표정으로 휴대폰을 바라보던 진헌의 입에서 뜻 모를 한숨이 새어 나왔다.

❋❋❋

“어르신, 손님 오셨습니다.”

문 밖에서 김 실장이 채 옹에게 고했다. 채 옹은 보고 있던 신문을 옆으로 밀쳐 내고 들어오라고 말했다. 조용히 문이 열리고 반가운 부부가 함께 들어왔다. 주화의 부모인 호준과 미정이었다.

"어서 와. 여기까지 오느라 고생했구먼."

채 옹이 너털웃음을 지으며 두 사람을 맞았다.

"그간 건강하셨죠?"

호준이 정중히 인사를 건네자 채 옹은 고개를 끄덕이며 어서 앉으라는 손짓을 했다.

"자주 안부 여쭤야 했는데 죄송해요, 아버님."

미정이 사과를 하자 채 옹이 고개를 저었다.

"자네들이 미안할 게 뭐야. 그저 나쁜 소식만 안 들려오면 되지."

그렇게 간단히 서로 인사를 나누는 사이, 따뜻한 차가 방으로 들어왔다.

"그런데…… 어쩐 일로 보자고 하셨습니까?"

호준이 조심스레 묻자 채 옹은 빙긋 웃어 보였다.

"주화 때문에 보자 했지 뭐겠나."

호준과 미정은 서로를 쳐다보았다.

예상은 하고 있었다. 본가에 왔던 주화가 채 옹과 어떤 약속을 했는지도 두 사람은 잘 알고 있었다. 단지 채 옹의 당부대로 주화에겐 내색을 하지 않았을 뿐이었다.

주화는 처음부터 끝까지 결혼 생각이 없었다. 그런데도 결국엔 결혼이 확정되는 건가 싶은 생각을 하고 있을 때, 채 옹이 뜻밖의 이야기를 두 사람에게 꺼냈다.

"아마도 주화 때문에 걱정들이 많겠지?"

“……그렇긴 합니다.”

대답을 잠시 미루던 호준이 부정하지 않고 대답했다.

“주화는 여전히 결혼 생각이 없겠지?”

채 옹이 다 알고 있다는 표정으로 묻자 두 사람은 딱히 대답도 못하고 시선을 떨어뜨렸다.

“그럴 테지. 그 어린것이 어른들이 결혼하라고 한다고 옛날처럼 순순히 네, 라고 대답 못하겠지.”

“…….”

“그런데 애초부터 억지로 결혼시킬 생각은 없었어.”

“그게…… 무슨 말씀이신지…….”

미정이 놀란 기색으로 물었다.

“그렇다고 두 사람을 결혼시키고 싶다고 한 것은 실언이 아니었네. 자네도 알 테지?”

채 옹이 바라보자 호준이 고개를 끄덕였다. 어렸을 때부터 자주 들어오던 말이었기 때문에 잘 알고 있었다.

“무슨 생각이셨습니까?”

호준이 물었다.

“그냥. 영우 그 친구 만나러 가기 전에 결혼까지는 아니어도 두 녀석들이 같이 있는 모습을 그 친구 몫까지 보고 싶었네.”

언제나 당당하고 강한 모습만 보이던 채 옹이 약한 소리를 하자 호준과 미정은 불안한 눈길을 서로 주고받았다.

“아버님, 혹시 어디 편찮은 곳이라도.”

미정이 묻자 채 옹이 고개를 저었다.

“늙은이가 다 그렇지 뭐.”

걱정하는 기색이 역력한 부부를 보며 채 옹이 큰소리로 웃었다.

"다음 주에 주화 예쁘게 해서 보내 주게나. 우리 진헌이 녀석하고 나란히 앉은 모습 좀 보게 말이야."

"아버님, 왜 그런 약한 말씀을 하세요. 주화 자주 내려보낼게요."

호준이 불안감을 감추지 못하고 말했지만 채 옹이 한사코 손을 저었다.

"예가 어디라고 자주 내려보내. 됐어, 괜찮아."

"아버님……."

"괜찮아, 괜찮아. 내가 괜한 소리를 했구먼. 기왕 이렇게 온 거 점심들 먹고 가게나. 준비해 뒀어."

"……."

"오늘 얘기 주화에겐 비밀이야. 좋은 소식은 내가 전해 주고 싶으니까."

그게 정말 좋은 소식인지 아닌지 호준과 미정은 감을 잡을 수 없었다. 그래도 저리 호언장담을 하니 두 사람은 어쩔 수 없이 고개를 끄덕였다.

"자, 이제 식당으로 가세나."

"네, 알겠습니다."

두 사람의 대답을 들은 채 옹이 자리를 털고 일어나 앞장서서 방을 나섰다.

근 13년 만에 만난 두 사람을 배웅하고 돌아서는 채 옹의 눈가엔 이슬이 맺혀 있었다.

　방으로 돌아온 채 옹은 좌식 책상에 붙어 있는 작은 서랍에서 작은 서류 봉투를 하나 꺼냈다. 그 속엔 꽤 여러 장의 사진이 들어 있었다. 모두 주화와 진헌이 함께 있는 사진들이었다. 채 옹은 그중 낡은 사진 하나를 손에 들었다. 진헌에게 던져 주었던 그 사진이었다. 주화의 다섯 살 적 모습.

　어느새 훌쩍 자라 버리긴 했지만 주화의 얼굴에서 그리운 친구의 모습을 볼 수 있었다. 이렇게 어여쁘게 자란 손녀도 못 보고 먼저 가 버린 친구에게 한없이 미안해진 채 옹은 조용히 눈물을 흘렸다.

　진헌의 할아버지 채문석과 호준의 아버지 민영우는 동업자였다. 처음엔 운송 회사를 운영하고 있었지만, 거래처 중 한 곳을 인수하게 되면서 본격적으로 생산업을 시작했다. 시행착오도 많았지만 두 사람은 잘 해결해 나갔고, 두 번째 공장까지 세울 수 있게 되었다. 첫 생산 라인을 돌리던 날, 너무 감격해서 서로 얼싸안고 눈물을 훌쩍이기도 했다.

　그날도 두 사람은 술잔을 기울이며 멀지 않은 미래를 설계하고 있었다. 회사를 어떻게 하면 조금 더 튼실한 기업으로 만들 수 있을까 하는 고민으로 시작된 두 사람의 대화는 꼭 사돈 맺자는 것으로 끝나곤 했었다.

　『자네나 나나 아들만 있으니 사돈은 물 건너간 건가?』

　얼큰하게 취한 문석이 술병을 기울이며 영우에게 안타깝다는 듯 물었다. 그러자 영우가 호탕하게 웃으며 아쉬워하는 친구의 어깨를 두드렸다.

　『뭐 어렵겠어? 그 녀석들 결혼해서 아이들 낳으면 그때 맺으면 되지.』

『허허. 그렇게 되는 건가? 그런데 너무 먼 얘기 같아. 자네가 딸을 하나 더 낳는 게 훨씬 빠를 것 같아.』

『멀긴! 아프지 말고 건강하게 살면 못 볼 일도 아니잖아.』

『그건 그렇다 치고. 호준이가 아들 낳고, 지훈이나 석훈이가 딸을 낳으면 어쩌지? 연상연하도 정도껏이어야지. 나이 차이가 너무 많이 나.』

문석의 차남인 지훈이가 호준이보다 다섯 살이 많았던 것이다.

『그래? 호준이 일찍 장가보내지 뭐. 그럼 어떻게 안 맞을까? 그러다 또 거꾸로 되면?』

『허허허. 이거 이거 간단한 문제가 아니구먼?』

아직 초등학교 중학교에 다니는 아이들의 미래 자녀 계획까지 세우며 웃음꽃을 피우고 있을 때, 날벼락이 떨어졌다.

선술집에 헐레벌떡 뛰어온 공장장의 얼굴은 사색이 되어 있었다. 두 사람이 처음으로 인수했던 공장에 화재가 난 것이다.

정신없이 달려간 공장은 이미 시뻘건 불길에 휩싸여 있었다. 두 사람의 생명과도 같은 공장이었다. 그 공장이 있었기에 미래를 꿈꿀 수 있었다. 그런 공장이 뜨거운 화마에 뒤덮여 숯 덩어리로 변하고 있었다.

반쯤 정신이 나간 두 사람은 아직 불길이 번지지 않은 곳에서 장비와 생산품을 꺼내기 위해 뛰어들었지만, 그리 만만하지 않았다. 건물이 무너질 수 있다며 소방관이 빨리 나가라고 소리쳤지만, 두 사람은 도저히 그냥 나갈 수 없었다.

마지막까지 남아 물건을 나르던 그때, 결국 사고가 터졌다. 불길을 견디지 못한 철재물이 문석에게로 빠르게 떨어지고 있었다.

『위험해!』

영우가 문석을 밀쳐 내면서 영우는 그대로 철재물에 깔려 버렸고, 구급대원들이 그를 어렵게 구해 내긴 했지만 병원으로 가던 중 숨을 거두었다.

문석의 손을 꼭 잡은 영우가 마지막으로 남긴 말은 아내와 아들을 잘 부탁한다는 말이었다. 그리고 웃으며 이런 말을 했다.

『우리…… 사돈 맺어야 하는데…….』

천천히 눈을 감는 친구를 얼싸안은 문석은 대성통곡을 했다.

그 후 자기 목숨 대신 가 버린 친구의 안타까운 죽음에 죄책감을 느끼며 오랜 시간 고통 속에서 허덕여야 했다. 그때마다 영우의 아내가 그를 위로했다. 남편의 꿈을 이뤄 달라는 말과 함께 회사를 꼭 다시 일으켜 달라고 했다. 문석은 이를 악물고 바닥부터 다시 시작했다. 그 결과물이 오늘의 진성 그룹이었다.

"이보게, 조금만 기다리게나."

눈을 지그시 감은 채 옹은 작은 목소리로 중얼거렸다.

10.

소풍

주화에게 주방은 어려운 공간이었다. 어머니의 식사 준비를 도운 적은 있지만 제 스스로 무언가를 만들어 먹기 위해 주방을 들어간 적은 거의 없었다. 요리에 서툰 것도 있었지만 흥미 자체도 그다지 없었다.

그런 주화가 어머니에게 유일하게 배운 것이 유부초밥이었다. 제대로 된 요리가 되려면 유부초밥에 들어가는 속 재료를 직접 만들어야 하지만, 주화가 수시로 만들어 달라며 떼를 쓰자 어머니가 임시방편으로 쉽게 만들 수 있는 방법을 알려 준 것이다.

그 이후 주화가 만들 수 있는 요리는 유부초밥, 계란말이, 라면이 되었다. 계란말이와 라면도 요리라 불릴 수 있다면.

그런데 주화는 오늘 꼭두새벽부터 일어나 샌드위치라는 걸 생전 처음 만들어 봤다. 그것도 어머니의 도움 없이 혼자 레시피만 보고 말이다.

계란과 감자를 삶아 으깨고, 양파의 모양을 살려 동그랗게 썬 것부터 볶아서 준비한 것까지. 양상추를 씻어 먹기 좋은 크기로 찢어 놓고, 평상시엔 잘 먹지도 않는 파프리카도 썰어 놓았다. 토마토는 모양대로 동그랗게 썰리지 않아 한참 애를 먹었다. 참치 캔을 따서 마요네즈에 버무리고, 슬라이드 햄과 베이컨도 준비했다.

살짝 구운 토스트 빵에 버터를 바르고 준비한 재료를 넣어 샌드위치를 완성했다.

계란 샌드위치, 감자 샌드위치, 참치 샌드위치, 야채 샌드위치, 종합 샌드위치.

혼자 이름도 붙여 가며 차곡차곡 줄 세워 놓으니 커다란 쟁반에 벌써 하나 가득이었다. 드디어 랩까지 씌워 찬합을 두 개나 채웠다. 비록 주방은 엉망이 되었지만 너무 감격스러워 눈물이 날 것 같았다.

내가 샌드위치를 만들었어!

주화는 제 무릎에 얌전히 올려져 있는 작은 찬합을 보며 빙그레 웃었다.

누군가를 위해 처음으로 만든 샌드위치. 그리고 누군가와 처음 떠나는 두근거리는 소풍.

"아까 형한테도 주던데 그건 뭐야?"

차가 막 전원주택 단지를 벗어나자 진헌이 물었다.

"샌드위치요."

주화가 자랑스럽게 대답했다.

"먹어 볼래요?"

주화가 까만 눈동자를 초롱초롱 빛내며 도시락을 들어 보였다.

싫다고 하면 큰일 날 눈빛.

진헌이 가볍게 고개를 끄덕이자 주화는 떨리는 마음으로 찬합을 펼쳤다.

샌드위치를 만들고 찬합에 차곡차곡 넣을 때까진 몰랐는데, 지금 보니 모양이 썩 마음에 들지 않았다. 게다가 어떤 건 속이 삐져나와 있었다. 그렇다고 이제 와서 안 준다고 할 수도 없고, 새벽부터 일어나 고생한 것이 있으니 당당하게 내놓자 싶어 그중에 제일 예뻐 보이는 것으로 집어 들었다.

랩을 벗기는 손끝이 미세하게 떨렸다. 들고 있는 샌드위치를 떨어뜨리기라도 할까 걱정된 주화는 눈에 힘을 주고 아랫입술을 꽉 깨물었다.

"자요."

운전을 하며 주화의 손을 힐긋 한 번 확인한 진헌이 손을 뻗어 샌드위치를 건네받았다. 진헌이 샌드위치를 한입 베어 물었다.

주화는 잔뜩 긴장한 눈으로 그의 표정을 살폈다.

'맛없으면 어쩌지?'

부모님은 맛있다며 칭찬을 해 주었지만, 정작 진헌이 무슨 말을 할지 불안하기만 했다.

얼마나 긴장을 했는지 심장이 몸 밖으로 튀어 나올 것 같았다.

그런 주화의 마음을 아는지 모르는지 조용히 샌드위치를 다 먹어 치운 진헌은 말없이 손을 내밀었다.

"아!"

그의 커다란 손을 멀뚱멀뚱 보고 있던 주화가 이번엔 다른 샌드위치를 진헌의 손에 들려 주었다. 이번에도 그는 말없이 샌드위치를 먹기만 했다. 그가 아무 반응이 없자 조바심이 난 주화가 물었다.

"맛 어때요?"

"네가 만들었어?"

주화가 고개를 끄덕였다.

"맛없어."

헉!

주화의 얼굴에 절망감이 서렸다.

언젠가 어머니가 해 준 닭갈비를 먹으며 이런 말을 한 적이 있었다.

『엄마가 해 준 게 이 세상에서 제일 맛있는 것 같아.』

그 말에 어머니가 빙그레 웃으며 이렇게 물었다.

『엄마 요리의 가장 중요한 밑간이 뭔지 아니?』

주화는 아주 심각하게 고민했다. 드라마 대장금에 나오는 것처럼 특별한 비법이 숨은 양념이 있는 걸까? 하고. 그러나 어머니의 대답은 의외로 간단했다.

『너랑 아빠를 사랑하는 엄마의 마음과 정성.』

사랑과 정성을 담아 준비했습니다, 라는 말은 상당히 흔한 말이지만 진리와도 같은 말이다.

그런데 맛이 없단다. 진헌이 맛있게 먹어 주는 모습을 상상하며 정말 열심히 만들었는데 맛이 없다고 한다.

사랑은 아니어도 정성은 정말 많이 들어갔는데. 역시 양념은 하나만 과하게 들어가선 안 되는 것일까?

주화는 입술을 삐죽이며 말했다.

"일부러 맛없게 만든 거예요."

"훗. 왜?"

"그래야 기억할 거 아니에요. 평생 못 잊을 거예요. 다른 샌드위치는 영영 입에도 못 댈 걸요?"

아주 많이 서운했지만 그 마음을 들키고 싶지 않았던 주화가 쌀쌀맞은 목소리로 대답했다.

'내가 다 먹어 치울 거야.'

코끝이 찡해지는 것을 참으며 샌드위치의 랩을 하나 벗겨 입에 우겨 넣었다.

'맛만 좋은데. 입이 삐꾸야.'

샌드위치를 꾸역꾸역 먹고 있는 주화를 보며 진헌이 걱정스럽게 말했다.

"그러다 체한다."

"……"

"혼자 다 먹으려고?"

"……"

"욕심꾸러기네."

눈을 부릅뜬 주화는 계속 앞만 보며 샌드위치를 먹어 댔다.

"나도 좀 줘 봐."

"맛없다면서요."

잔뜩 서운해하는 목소리였다.

"나더러 이제는 평생 샌드위치 못 먹을 거라면서? 그렇게 되기 전에 그거라도 먹자."

"……"

양 볼이 볼록해지도록 심술이 난 주화는 랩을 대충 벗긴 샌드위
치를 건성으로 내밀었다.

"마실 건 없어?"

맛없다는 사람이 별걸 다 찾는다는 생각을 하며 주화는 쇼핑백
을 뒤졌다. 괜히 챙겼어, 라는 후회를 하며 주화가 내민 건 오렌지
주스였다.

"빨대도 꽂아 줘야지."

샌드위치를 먹으며 당연하다는 듯 요구하는 진헌이 얄미워 주화
가 매섭게 노려보았다.

뚜껑을 따고 빨대를 꽂아 진헌에게 건넨 주화가 속으로 주문을
외웠다.

'배탈이나 나라!'

드디어 동물원에 도착.

주화는 차에 내려서야 서영과 서우를 제대로 대면할 수 있었다.

이렇게 예쁜 사람들이 있다니!

주화는 속으로 탄성을 내질렀다.

한 식구가 모이니 화보가 따로 없었다. 그 빛나는 외모가 얼마나
대단했으면 지나다니는 사람들까지 모두 그들에게서 시선을 떼지
못했다. 진우 가족에게 머물렀던 시선은 진헌에게로 옮겨 간 후 그
대로 사라져 버렸다. 그들과 함께 있는 주화는 투명인간이었다.

진헌과 나란히 걷던 주화는 슬금슬금 뒤로 빠졌다. 유쾌하지 않
은 비교를 당하고 싶지 않아서였지만, 자꾸 빨리 오라고 채근하는
진헌 때문에 주화의 심술은 더 커졌다.

서우는 엄마를 닮아 천생 여자였다. 동그랗고 커다란 눈동자와 뽀얀 얼굴, 야리야리한 작은 몸은 바람이 불면 훅 날아가 버릴 것 같았다.

그래서인지 진우는 서우의 주변을 좀처럼 떠나지 않았다. 서우가 이리 가면 졸졸졸, 저리 가면 졸졸졸. 저런 모습을 보고 딸바보라고 하는지도 모른다.

종합 안내소까지 가는 동안 샌드위치가 주제였다. 진우는 물론이고 서영까지 주화의 샌드위치를 극찬했다. 한껏 자신감이 살아난 주화가 어깨를 으쓱거리며 진헌을 힐끔거렸지만, 그는 무심한 얼굴이었다.

"아저씨, 어디 아픈 데 없어요?"

주화의 질문에 진헌이 어깨를 으쓱거리더니 "없는데?"라고 대답했다.

'어휴!'

주화는 제 손바닥에 주먹을 내리치며 아깝다는 표정을 지었다. 진헌을 상대해 봐야 약이 오르는 쪽은 항상 주화였다.

주화는 표를 사러 매표소로 향하는 진헌의 등에 대고 계속 주문을 외웠다.

배 아파라, 배 아파라.

주화에게 지금 절실히 필요한 것은 해리포터의 마술지팡이이리라.

패키지 이용권을 구입한 일행은 정문까지 가기 위해 코끼리 열차에 올랐다. 생각보다 빠른 속도에 서우는 신이 난 듯 손뼉을 치며 까깍, 소리를 질렀고, 주화 역시 시원한 바람에 콧노래를 흥얼거렸다.

정문에 도착해 동물원 안내 지도를 보며 코스를 정했다.

동물원에 들어서자마자 보인 것은 홍학이었다. 도망갈 줄을 모르는지, 아니면 날지를 못하는지 작은 물웅덩이를 중심으로 홍학들이 옹기종기 모여 있었다. 가끔은 커다란 날개를 퍼덕이며 뛰어다니기도 했다. 날면 좋을 것을.

"와아!"

기린을 보고 내려온 서우가 이번엔 커다란 바오밥나무 조형물을 발견했다.

주화는 서우를 데리고 안으로 들어갔다. 나무 안에 계단이 있어서 위까지 올라갈 수 있었는데, 조명이 어두워서인지 서우가 울어 댔다. 주화는 어쩔 수 없이 서우를 안고 내려올 수밖에 없었다.

훌쩍이는 서우를 데리고 밖으로 나오는 주화를 진우가 사진에 담았다.

"고생했어."

주화가 땀을 뻘뻘 흘리며 서우를 내려놓자 진헌이 주화의 등을 토닥였다.

캄캄해서 싫다던 서우는 근처에 있는 하마 동상에 호기심을 드러냈다.

"엄마! 땅에 묻혀써."

서우가 심각한 목소리로 사건을 제보하자 네 사람 모두 웃을 수밖에 없었다.

서우의 사진을 몇 장 더 찍은 일행은 다시 걸음을 재촉했다.

자그마한 아프리카 동물들을 보며 그들이 가고자 하는 곳은 인공포육장이었다. 가끔 TV동물농장에 나오는 동물원의 인공포육장 애기를 떠올린 주화가 꼭 가야 한다고 우긴 곳이었다.

인공포육장으로 가는 길은 오르막길이었다. 중간 중간 박물관에 들어가 전시되어 있는 자료와 조형물들을 구경하거나, 코스에 포함되어 있는 동물들을 구경하기도 했다.

그렇게 한참을 올라가던 주화는 유모차를 타고 편하게 가는 서우를 부러운 눈으로 바라보았다.

"서우는 좋겠다."

"제수씨……."

불쑥 튀어나온 말에 진우가 흠칫 놀라더니 서영의 눈치를 살피며 말을 이었다.

결혼도 하지 않은 고등학생에게 벌써부터 제수씨라고 부른다며 서영에게 잔뜩 혼이 난 탓이었다.

진우의 그런 모습이 낯설었지만 주화는 어쩐지 서영이 엄청 대단한 사람이라고 느꼈다. 진우의 버릇을 단번에 고쳐 버렸으니까 말이다.

"주화가 힘든가 보네?"

주화는 진우를 바라보며 불쌍한 표정으로 고개를 끄덕였다.

"들어온 지 얼마나 됐다고 벌써 힘들어?"

조금 뒤에서 뒷짐을 지며 따라오던 진헌이 매정하게 한마디 꺼내자 주화가 매섭게 뜬 눈으로 진헌을 흘겨보았다. 주화는 진헌이 얄미워서 옆차기라도 해 주고 싶었다.

"네가 손 좀 잡아 줘. 무슨 남자가 배려가 없어?"

진우가 짓궂게 말했지만 진헌은 들은 척도 하지 않았다. 토라진 주화도 턱을 치켜세우고 씩씩거리며 앞장섰지만 이내 먹을 것에 정신이 팔려 버렸다.

"츄러스다!"

외마디 소리를 외치며 노점 앞에 선 주화는 먹고 싶어, 라는 표정으로 츄러스를 바라보았다. 놀이공원의 별미는 츄러스야! 라고 생각하고 있던 주화는 몇 개 사서 나눠 먹으려고 메고 있던 가방을 뒤졌다.

"사 줄게. 츄러스 두 개 주세요."

바로 곁에서 들리는 진헌의 목소리에 주화가 고개를 들었다.

"아니에요. 내가 살 거예요. 엄마가 간식 사 먹으라고 용돈 주셨는데."

"됐어. 저기 가서 생수나 챙겨 와."

"괜찮은데……."라고 하면서도 주화는 슬금슬금 옆 걸음 쳐서 생수를 꺼내 왔다.

주화는 양손에 츄러스를 하나씩 들고 진우가 있는 곳으로 돌아왔다.

기다란 츄러스를 받아 든 진우는 작게 잘라서 서우에게 주고 나머지는 서영에게 건넸다.

"쩨쩨하게 두 개가 뭐냐? 누구 코에 붙이라고. 몇 개 더 사 와."

츄러스가 너무 길어서 반으로 자르려던 주화는 진우의 말에 힐끔 진헌을 쳐다보았다.

밉다는 표정으로 진우를 쏘아보던 진헌이 가서 하나를 더 사 와 진우에게 내밀었다.

"넌 안 먹어?"

“난 별로.”

진헌이 어깨를 으쓱거리고는 생수를 나눠 주었다.

얼떨결에 긴 츄러스 하나를 다 먹게 생긴 주화는 진헌에게 권해 보지도 못하고 묵묵히 츄러스를 먹었다.

츄러스를 먹으며 거의 꼭대기라고 할 수 있는 곳에 도착했다. 그곳엔 맹수사와 야외 테이블이 늘어선 매점이 있었다.

츄러스를 샀던 노점상 앞의 넓은 방사장에 있던 사자는 너무 작아서 장난감 같다던 서우가 좁은 우리를 왔다 갔다 하는 호랑이를 신기한 듯 쳐다보았다.

“호랑이.”

서우가 짧은 손을 뻗으며 호랑이를 보러 가자고 해서 모두들 우리 앞으로 이동했다.

“와아.”

생각보다 크고 용맹스러운 호랑이를 본 주화의 입에서 작은 탄성이 새어 나왔다. 그 늠름한 모습에 잠시 감탄을 하고 있는데, 옆에서 “어흥.” 하는 앳된 소리가 들렸다.

서우가 양손을 오므려 입에 대고 어흥, 하며 호랑이 울음소리를 흉내 내고 있었던 것이다. 조금 유치한 듯 보여도 상당히 중독성이 강한 행동이었다. 주화도 무의식적으로 서우처럼 입에 손을 대고 똑같이 “어흥.” 호랑이 울음소리를 흉내 내고 있었다. 그러자 서우가 주화를 바라보며 귀여운 목소리로 또 “어흥.”이라고 했다.

세 살과 열여덟 살의 두 꼬마는 제 놀이에 신이 난 듯 서로를 보고 ‘어흥’ 거렸고, 겁도 없이 호랑이에게도 ‘어흥’ 거렸다.

그때, 그런 두 사람이 가소로웠는지 두 사람을 향해 호랑이가 커다란 소리로 울부짖었다.

어흥!

"으앗!"

깜짝 놀란 건 서우와 주화뿐만이 아니었다. 주변에서 같이 구경을 하고 있던 사람들이 모두 놀라 흠칫 어깨를 떨었다. 우리에 갇혀 있는 호랑이가 뛰쳐나오지 못할 거라는 걸 알면서도 진우는 본능적으로 서우를 품에 안고 뒤로 물러섰다.

그런데 주화도 어느새 진헌의 품에 안겨 있었다. 너무 놀라서 주화는 몰랐는데, 진헌도 본능적으로 주화의 어깨를 감싸 품에 안고는 뒤로 물러났던 것이다.

"우아앙!"

서우의 울음소리가 터져 나온 후에야 주화는 자신이 진헌에게 안겨 있다는 것을 알아챘다.

쿵쿵쿵!

심장이 요란한 소리를 내며 뛰고 있었다. 이제는 익숙해져 버린 그의 은은한 향취가 심장을 더 강하게 자극했다.

울창한 나무 사이를 빠르게 빠져나온 가을바람이 여기까지 올라오면서 흘린 땀을 식혀 주었지만, 후끈 달아오른 열은 식혀 주지 못했다.

"우리 잠깐 쉬었다 갈까?"

우는 서우를 달래며 진우가 서영과 함께 매점으로 향하며 물었다. 분위기가 바뀌고, 진헌의 팔이 자연스럽게 주화의 어깨에서 떨어졌다.

"가자."

진헌은 어느새 주화에게서 멀어져 매점으로 향하고 있었다. 뜻밖의 상황에 당황한 주화는 잠시 머뭇거리다가 진헌의 뒤를 따랐다.

진우와 진헌이 먹을거리를 잔뜩 사 들고 왔지만 주화는 좀처럼 입에 댈 수가 없었다. 그 이유가 호랑이 때문인지, 진헌 때문인지 도통 감을 잡지 못하고 있었다.

"주화가 많이 놀랐나 봐요."

젓가락을 깨작거리고 있는 주화를 보며 서영이 걱정스럽게 말했다.

"배가 별로 안 고파서요."

말로는 이렇게 대답했지만 속에선 '심장이 떨려서 못 먹겠어요!' 라고 소리치고 있었다. 심장이 너무 빠르게 뛰어서 현기증이 돌고, 입맛이 싹 달아나 버렸다.

안 그래도 주화가 먹지 않는 것 같아 걱정스럽게 보고 있던 진헌이 물었다.

"다른 거 사다 줄까?"

주화는 얼른 고개를 저었다.

"츄러스 하나를 다 먹었더니 배가 별로 안 고파요."

"그래도. 벌써 점심 먹을 시간 훨씬 지났는데. 조금이라도 먹어."

진우도 떡볶이 접시를 밀어주며 권하자, 마지못해 주화는 떡볶이 하나를 찍어 입에 넣었다. 이후 주화는 끝내 아무것도 먹지 못했다.

"리프트 타자!"

돌고래 쇼까지 관람하고 집으로 돌아가려고 정문으로 향하던 진우가 위를 지나가고 있는 리프트를 가리키며 큰소리로 외쳤다.

허억.

주화는 저도 모르게 숨을 안으로 삼켰다.

아까 코끼리 열차를 타고 오면서 보았던 리프트는 강물 위를 가로지르고 있었다.

안전그물이 있다곤 하지만 발아래 흐르는 물이 지옥 같아 보였었다. 그런데 그걸 타자니. 주화는 고개를 마구 저었다.

"싫어요."

"왜? 패키지에 리프트도 포함되어 있단 말이야. 아깝잖아."

진우가 마치 투정이라도 부리듯 주화에게 표를 보여 주며 말했다.

돈도 많은 아저씨가 아깝긴!

"리프트는 너무 느려요. 그냥 코끼리 열차 타고 가요."

주화가 적극적으로 반대하고 나섰다.

"기왕 온 거 리프트 타고 가면 좋지 않나? 서우도 좋아할 것 같은데."

유모차에서 자고 있는 서우가 좋아해 봐야 얼마나 좋아할 거라고 그런 말을 하는지.

주화는 고개를 마구 저었다.

"안 돼요. 저건 위험해요. 그냥 코끼리 열차 타요."

이번엔 도움이라도 청하듯 진헌을 보자, 무심한 목소리로 "리프트 타."라고 대답했다.

진헌도 아무런 도움이 되지 못했다.

"무, 무섭단 말이에요."

잔뜩 겁에 질린 주화가 작은 목소리로 말했다.

"무섭긴 뭐가 무서워. 진헌이 있는데. 우리 리프트 타고 내려가자."

그러더니 진우는 서영의 팔을 잡아끌며 쌩하니 리프트 타는 곳으로 향했다.

"어떻게 해."

주화는 겁에 질려 발을 동동 굴렸다. 주화는 살려 달라는 표정으로 진헌을 올려다보며 안절부절했다.

"가."

피식 웃던 진헌이 주화의 손목을 잡고 걸음을 뗐다.

"무서워요."

"괜찮아."

"으형. 떨어지면 어떻게 해요."

"다치기밖에 더하겠어?"

그 말에 따라가던 주화가 몸을 힘껏 뒤로 뺐다. 그러자 진헌이 고개를 젖히며 큰소리로 웃었다. 진헌은 긴 팔을 주화의 어깨에 두르고 다정하게 토닥거렸다.

"안 떨어져."

"하지만……."

"내가 안 떨어지게 꼭 잡고 있을게."

진헌이 다정한 눈길로 겁에 질려 눈물이 고인 주화의 반짝이는 눈을 지그시 들여다보았다.

"정말이죠?"

진헌은 팔에 힘을 주어 주화의 어깨를 꼭 감싸 안으며 대답했다.

"그래."

그 말이 너무 포근하고 안심이 되어 주화는 그가 이끄는 대로 걸음을 옮겼다.

이 손을 꼭 잡고 있으면 롤러코스터도 탈 수 있을 것 같다는 자신감이 생겼다. 어쩌면 더 큰일도 다 이겨 낼 수 있으리라.

"으아악!!"

주화의 비명 소리가 허공을 갈랐다.

'낚였어, 낚였어.'

리프트 등받이에 몸을 바짝 붙이고 눈을 꼭 감은 주화는 공포에 질려 있었다.

아까 리프트를 타기 전 잠에서 덜 깬 서우를 품에 안은 진우가 '서우도 잘 타잖아.' 라는 말로 주화를 안심시켰었다.

먼저 떠나는 진우 가족을 보며 마른침을 꼴깍 삼킨 주화는 진헌의 팔을 꼭 잡았다. 진헌의 팔이 생명의 동아줄이라도 되는 듯 주화는 필사적으로 매달렸다.

'할 수 있어, 할 수 있어. 아저씨랑 같이 있잖아?'

주화는 벌벌 떨면서 진헌을 올려다보았다. 그런 주화를 안심시키기 위해 진헌이 웃어 주었다.

천천히 다가오는 리프트에 드디어 앉았다. 처음엔 괜찮았다. 눈도 뜨고 무섭긴 했지만 아래도 내려다보았다. 어린이 동물원 위를 지나가며 사람들도 보고, 동물들도 보았다. 그런데 문제는 강에 들어서면서 시작되었다.

리프트가 마치 고꾸라지듯 아래로 내려가자 그때부터 주화의 비명이 터져 나왔다.

"뭐가 무섭다고 그래!"

바로 앞에 앉은 진우가 큰소리로 놀렸지만 주화는 눈도 뜨지 못한 채 비명을 지르며 벌벌 떨고 있었다. 덜컹거리는 작은 소리에도 당장이라도 아래로 떨어질까 두려웠다.

"어떻게 해. 으어엉. 무서워."

여전히 진헌의 팔을 꼭 잡고 있었지만 너무 무서워서 꼼짝을 할 수 없었다. 속까지 울렁거려서 속에 있던 것이 밖으로 나올 것만 같았다.

끼익.

갑자기 리프트가 기우뚱거렸다. 주화의 비명이 더욱 높아졌다.

"꺄악!"

"괜찮아."

바로 귓가에서 진헌의 목소리가 들렸다. 그후 주화의 손을 바꿔 잡은 진헌이 주화의 어깨에 팔을 두르고 꼭 안아 주었다.

"괜찮아."

진헌이 주화를 안심시키기 위해 차분한 목소리로 타이르며 주화의 손을 허리에 둘렀다. 주화를 제 품에 담은 진헌이 양팔로 주화를 단단히 붙잡았다. 겁에 질려 있던 주화도 그제야 안정을 찾은 듯 천천히 눈을 뜨고 진헌의 점퍼를 꼭 움켜잡았다.

"이제 괜찮지?"

"……네."

"금방 도착할 거야."

"……."

진헌의 가슴에 얼굴을 묻은 주화가 고개를 끄덕였다.

쿵쿵.

진헌의 심장 소리가 주화의 귓속으로 흘러 들어왔다.

일정하게 울리는 심장 소리와 따뜻한 품.

좋다…….

주화는 마치 꿈속을 거닐고 있는 착각에 빠져들고 말았다.

도로를 조용히 달리던 차가 천천히 속도를 줄이다 멈췄다.

사거리의 신호등을 지켜보던 진헌은 곤히 잠들어 있는 주화에게로 시선을 돌렸다.

주화는 진헌 쪽으로 고개를 돌린 채 깊은 잠에 빠져 있었다. 가을 햇볕을 너무 쐬었는지 얼굴이 발그레해져 있었다. 단아하게 자리 잡은 눈썹에 작지만 오똑한 코는 앙증맞았고, 반쯤 열린 입술은 귀엽기까지 했다. 저 입술로 종알종알 잘도 떠들었는데. 세상에서 초코 우유가 제일 맛있다며 빨대를 빨아 대던 모습이 아지랑이처럼 피어올랐다.

이렇게 천천히 주화의 얼굴을 눈여겨본 적이 없던 진헌은 작게 헛기침을 한 번 하고는 몸을 바로 하고 앉았다.

다음 주 토요일이면 주화와 하는 마지막 외출이 된다. 주화는 할아버지에게 결혼하지 않겠다고 선언할 테고, 이젠 이렇게 개인적으로 만나게 될 일은 없는 것이다.

잘됐어.

속으로 이 말을 수십 번, 수백 번 반복했지만 잘된 것 같지 않은 찜찜함에 시달리고 있었다.

무엇이 잘된 것일까?

주화에게 진정한 남자친구가 생긴 것이? 아니면 주화와 결혼하지 않아도 되는 사실이? 도대체 무엇이 잘된 일이란 말인가.

갑자기 짜증이 밀려왔다. 집에 가서 시원한 맥주나 들이켜야겠다는 생각이 간절했다.

신호등의 불빛이 바뀌고 막 차를 출발시키는데 점퍼 안주머니에서 진동이 느껴졌다. 계기판 위에 올려놓았던 블루투스를 귀에 꽂고 버튼을 누르자 진우의 다급한 목소리가 흘러나왔다.

「지금 어디까지 갔어? 집에 도착했어?」

"주화 집 근처예요. 왜요?"

「할아버지 입원하셨어.」

입원?

순간 핸들을 잡고 있는 손에 힘이 몰렸다.

지금껏 할아버지가 꾀병을 반복하긴 했지만 병원 입원실까지 동원한 적은 없었다.

진헌은 일이 크게 잘못되어 가고 있다는 걸 직감했다.

"언제요?"

많이 놀라면 오히려 침착해지는 진헌이 낮은 목소리로 조용히 물었다.

「김 실장님이 수속 끝내고 전화 주셨으니까……. 하여튼 최대한 빨리 병원으로 와.」

"네."

통화를 끝낸 진헌의 얼굴에 두려움의 그늘이 서서히 번져 갔다.

진헌의 차는 주화의 집 앞에 무사히 도착을 했다. 경고등을 켠 진헌은 잠시간 핸들을 붙잡은 채 망부석처럼 앉아 있었다. 다시 병원까지 운전을 하려면 자꾸 날뛰려는 심장을 진정시켜야 했다. 상황이 다급해지면 냉정해지는 진헌이라도 할아버지의 일엔 냉정해질 수 없었기 때문이다.

꾀병이라고 티가 날 정도로 정정하던 분이 입원이라니. 진헌은 충격이 아닐 수 없었다.

기억도 나지 않는 부모님을 잃고 대학 진학을 하기 전까지 계속 할아버지와 한집에서 지냈다. 회사에서는 무서운 맹수였지만 진헌에겐 언제나 좋은 할아버지였다. 수시로 티격태격하지만 진헌은 누구보다 할아버지를 믿고 의지하고 있었다.

"후우."

길게 한숨을 쉰 진헌은 고개를 돌려 조수석을 바라보았다. 어느새 등을 돌리고 앉은 주화는 여전히 잠이 들어 있었다.

진헌은 안전벨트를 풀고 밖으로 나가 조수석의 문을 열었다. 은은한 실내등이 주화의 얼굴을 비췄다. 진헌은 몸을 숙여 주화의 안전벨트를 풀었다.

"민투."

벨트를 정리하고 주화의 가방을 챙기며 작은 소리로 주화를 깨웠지만 아무런 반응이 없었다. 깊이 잠들어 있는 주화의 얼굴을 들여다보던 진헌은 마치 뭐에라도 홀린 듯 손을 뻗어 주화의 흐트러진 앞머리를 스윽 쓸어 올렸다.

"민투, 일어나."

진헌이 다시 한 번 더 다정한 목소리로 속삭였다.

"으응?"

잠에서 깬 듯 주화는 눈을 비볐다.

"다 왔어."

진헌의 낮은 목소리에 주화가 서서히 눈을 떴다. 반쯤 감긴 눈으로 진헌을 물끄러미 바라보던 주화가 가라앉은 목소리로 물었다.

"무슨 일 있어요?"

"……꿈꿔?"

주화의 말에 흠칫 놀라긴 했지만 진헌은 이상한 소리 한다는 표정을 지어 보였다. 그러자 주화가 고개를 갸우뚱거리며 차에서 내리며 말했다.

"아저씨가 꼭 무슨 일 있는 사람처럼 쳐다보잖아요."

"……."

진헌은 아무 말도 하지 않았다. 차에서 내려 진헌이 건네주는 가방을 손에 든 주화가 하품을 하며 손을 흔들었다.

"안녕히 가세요."

"그래."

진헌은 그대로 몸을 돌려 차에 올라 천천히 그곳에서 벗어났다.

11.

이런 기분 처음이야

일요일에 동물원에 다녀온 여파인지 주화는 몸이 천근만근 무거웠다. 하루 종일 걸은데다 무서운 리프트까지 탔더니 몸이며 정신이며 남은 것이 없는 기분이었다.

오늘은 일찍 자야겠어, 라는 생각을 하며 학교에서 돌아온 주화는 부모님으로부터 뜻밖의 소식을 듣게 되었다.

"할아버지께서 네 뜻대로 해 주겠다는 연락을 주셨어."

아버지의 설명에 주화는 눈을 휘둥그레 떴다.

"그럼…… 결혼을 안 해도 된다는…… 그런 말이에요?"

"그래."

아버지가 웃으며 고개를 끄덕였지만 주화는 어리둥절하기만 했다.

어리둥절하기는 호준도 마찬가지였다. 좋은 소식은 직접 전하겠다던 것과 달리 석훈에게서 연락이 왔기 때문이다.

『진헌이 다른 사람과 결혼시키기로 결정했어.』

『네?』

『주화 이야기는 저번에 아버님께 직접 들었지?』

『네.』

『노인네가 이랬다저랬다 변덕 부린다고 흉보지 말아 달라고 하시네. 허허허허.』

석훈이 큰소리로 웃었지만 어딘지 모르게 공허하게 들리는 웃음이었다. 이미 결정 난 일이었고, 알고 있는 일이었지만 마음이 썩 개운하지 못했다.

『아버님이 주화에게 많이 미안해하셔. 자네한테도 마찬가지고. 그건 나도 마찬가지야. 오랜만에 연락해서는 집안을 발칵 뒤집어 놓았으니. 면목이 없네.』

『아닙니다. 왜 그런 말씀을 하세요. 전혀 그런 것 없습니다.』

호준이 정색까지 하며 말했지만 석훈은 그 후에도 미안하다는 말을 여러 번 반복했다. 호준이 어렵게 석훈의 말을 끊고 물었다.

『혹시…… 아버님께 무슨 일이라도…….』

아무리 주화의 일로 미안해서라지만 오늘의 석훈은 지난번 만났던 석훈과 많이 달랐던 것이다.

『일은 무슨.』

『아버님이 주화에게 직접 말씀하신다고 했거든요..』

『하하하. 그랬어?』

대충 얼버무리듯 석훈이 계속 웃기만 하더니 다른 말을 꺼냈다.

『아, 그리고. 꼭 비밀이랄 것까진 없지만 당분간 주화에게는 진헌이 결혼 얘기하지 않는 게 좋을 것 같아.』

『……?』

『할아버지 결정이 진헌이 결혼 때문이라고 오해하면 기분 많이 나쁠 테니까 진헌이 애기는 나중에 천천히 알려 줘.』

그 말을 끝으로 석훈은 나중에 또 연락하겠다는 말을 남기고 서둘러 전화를 끊었던 것이다.

역시 석훈의 우려대로 허탈한 웃음을 흘리던 주화가 물었다.

"아니, 그런데. 그럼 할아버지는 왜 그러셨대요?"

어떻게 설명해야 하나 잠시 고민을 한 호준이 입을 열었다.

"저번에 할아버지들 약속 애긴 들었지?"

잔뜩 흥분한 상태로 들은 이야기였지만 손자들을 결혼시켜 사돈을 맺기로 했다는 애기는 또렷하게 기억하기에 주화가 고개를 끄덕였다.

"처음엔 결혼시키려고 했는데 서로 싫다고 하니까 억지로는 시키지 말아야겠다고 생각하신 것 같아. 그래도 네 할아버지와 오래전에 했던 약속이라 두 사람이 같이 잘 지내는 모습은 보고 싶으셨다고 하시더라."

"우리가 언제 싸웠나?"

주화가 뾰로통한 표정을 지어 보였다.

"결혼 애기 나오기 전엔 진헌이랑 개인적으로 만난 적이 없었잖아. 할아버지들께서 워낙 가까우셨던 터라 네가 친손녀처럼 예쁘셨나 봐."

"피."

아버지의 설명에도 주화는 심술궂은 표정을 지어 보였다.

"이번 겨울방학 때 할아버지 뵈러 가자꾸나."

살기 바쁘다는 핑계로 걸음을 하지 않았으니, 지금이라도 자주 찾아뵈야 할 것 같다는 생각을 한 호준이 말했다. 주화가 웃으며 씩씩하게 고개를 끄덕이자 호준이 그런 딸의 머리를 다정하게 쓰다듬었다.

제 방으로 올라온 주화는 바로 진헌에게 전화를 걸었다. 이 놀라운 소식을 진헌이 모를 리는 없지만 그래도 직접 확인해 보고 싶었다.

침대에 대자로 누워 일정하게 울리는 벨소리를 하나둘 세고 있을 때, 휴대폰 특유의 소리와 함께 나직한 진헌의 목소리가 흘러나왔다.

"아저씨, 아저씨."

「왜?」

"그 얘기 들었어요?"

「…….」

"우리 결혼 안 해도 된대요."

「응.」

자기만큼이나 좋아할 줄 알았던 진헌의 반응이 시큰둥하자, 웃고 있던 주화의 입이 일자로 변했다.

"무슨 일 있어요?"

「없어.」

"그런데 아저씨 목소리가 왜 그래요?"

「민투.」

"네?"

「잘 살아라.」

그 말에 주화의 기분이 묘해졌다. 영영 못 만나게 될 사람과 헤어지는 것 같은 그런 기분 말이다.

주화는 애써 밝은 목소리로 말했다.

"뭐예요. 다시는 안 볼 사람처럼."

「특별히 볼일도 없잖아. 나도 너도 각자 생활이 있는데.」

"아빠가 할아버지 뵈러 자주 가자고 했어요. 그때 아저씨도 오면 보잖아요."

「안 가. 그리고 난 바빠.」

"왜요?"

「왜 그리 궁금한 게 많은지. 하여튼 바빠. 끊는다.」

"어?"

전화가 일방적으로 끊겨 버렸다.

주화는 통화하는 내내 거부당하는 기분을 느꼈다.

"이상한 아저씨네."

기쁨의 미소를 짓던 주화의 얼굴이 시무룩해졌다.

다음 날, 점심 식사를 끝내고 밖으로 나와 한가로이 운동장의 아이들을 보고 있던 아람이 눈을 휘둥그레 뜨고 주화를 쳐다보았다.

"뭐야? 그냥 그렇게 끝났다고?"

주화의 이야기를 들은 아람이 역시 어리둥절한 표정으로 반문했다.

할아버지와의 약속이 주화에게 많이 유리하긴 했지만, 정해 놓았던 기간이 끝나기도 전에 할아버지가 먼저 백기를 들었다는 것이 아람인 의아했던 것이다.

“아저씨는 뭐래?”

초코 우유를 먹고 있던 주화가 어깨를 으쓱거렸다.

“잘 살래.”

“뭐어?”

아람이 어처구니없다는 표정을 지어 보였다.

“그게 다야?”

“응.”

“그러고 끝이라고?”

“응.”

“넌 아무렇지도 않아?”

“그래.”

아람이가 귀찮게 캐묻자 주화가 신경질적인 태도를 보였다.

“너 은근히 매정하구나?”

“……!”

“뭔가 허전하고 그러지 않아? 나도 허전하고 서운하고 그런데, 넌 어쩜 아무렇지도 않아?”

아람이의 말이 마치 꾸지람처럼 들렸다. 그러나 이건 자신 있게 말할 수 있었다.

너보다 더 많이 허전하고 서운하고, 게다가 속상하다고.

서로가 원하던 결과였기 때문에 좋은 마음으로 진헌에게 전화를 걸었다가 상처만 받았다.

정말 쫑 나 버린 기분.

이렇게 끝내고 싶진 않았다. 아무리 서로 싫다고 아옹다옹거렸어도 미운 정도 정이니까 가끔 연락도 하며 지내고 싶었던 것이다.

그런데 하룻밤 새에 둘 사이에 끝도 보이지 않는 벽이 세워져 버렸다. 뚫을 수도, 넘을 수도 없는 그런 벽 말이다.

하늘에 떠 있는 리프트에서 두려움에 떨고 있을 때 안아 주던 따뜻한 품이 아직도 이렇게 온몸에 생생하게 남아 있는데, 그는 전혀 다른 사람인 것처럼 굴었다. 그 엄청난 차이에 주화는 위축되고 말았다.

자기는 채진헌이라는 남자를 또렷하게 기억하고 있는데, 그 사람만 처음 서로 이름도, 얼굴도 모르던 때로 되돌아간 기분이 들었다.

"아저씨가 나쁜 거야."

주화가 혼잣말처럼 중얼거렸다.

"……아저씨가?"

"그래. 내가 계속 연락해도 되냐고 물었었는데…… 대답도 안 했어."

"그러게. 아저씨 나쁘다."

아람이가 맞장구쳐 주었지만 주화는 고개를 끄덕일 수 없었다.

주화는 자기가 나쁘다고 생각하고 있었다. 입이 방정이라더니 괜히 마지막 데이트라는 말을 해서는 정말 마지막이 되어 버렸다.

"그런데 아저씨……. 너 아니어도 결혼해야 한다고 했다면서?"

"아……."

아람의 말에 기억이 되살아났다.

『좋긴 뭐가 좋아? 너와는 상관없이 난 어차피 결혼을 해야 하는 사람이야. 알아?』

그래서 그렇게 쌀쌀맞게 굴었던 걸까? 이젠 정말 결혼해야 하니까 옛 약혼녀 따위 기억하고 싶지 않아서. 그래서…… 그랬던 걸까?

그 생각에까지 미치자 더 우울해졌다.

그런데 만약 정말 그렇다면 괜히 자기 혼자 의기소침해할 필요가 없었다.

주화는 등을 꼿꼿하게 펴고 말했다.

"아저씨가 결혼하든 말든 그건 아저씨 사정이지. 나하곤 상관없는 일이야."

상관없는 일이라고 큰소리 떵떵 쳤지만 그의 사정이 너무 궁금해 하루 종일 미치는 줄 알았다. 진우에게 전화를 걸어서 물어볼까 고민하던 주화는 결국 포기하고, 지금은 계속 어머니 주위를 맴돌고 있었다.

말을 할 듯 말 듯 망설이는 것이 뻔히 눈에 보인 미정이 웃으며 딸에게 먼저 물었다.

"엄마한테 무슨 할 말 있니?"

"응? 아니?"

흠칫 놀란 주화가 얼굴을 붉히며 고개를 저었다.

"그래?"

미정은 모르는 척 고개를 돌렸다. 그러자 엉덩이를 들썩이던 주화가 결국 입을 열었다.

"엄마, 혹시요."

"응?"

"아저씨…… 결혼한다는 말 없어요?"

미정은 석훈이 했던 말이 떠올라 아주 잠깐 고민에 빠졌다. 그러나 이내 웃으며 대답했다.

"조만간 결혼하게 될 것 같다는 얘기는 있었어."

"아…… 그렇구나."

"왜?"

"으응. 그냥 궁금해서요."

주화는 쑥스럽게 웃으며 자리에서 일어나 제 방으로 올라왔다.

방에 불도 켜지 않은 채 침대에 누운 주화는 멀뚱멀뚱 어둠 속을 바라보았다.

그랬구나……. 그랬구나…….

계속 그 말만 반복했다. 왜 미처 그 생각을 못했을까? 나만 결혼 안 하면 된다는 생각에 빠져 진헌의 사정이 무엇인지 까맣게 잊고 있었다. 그래 놓고 아저씨가 나쁜 거라는 어리광만 늘어놓고 있었다는 것에 자신이 너무 실망스러웠다.

"그래도 그렇지."

투정 섞인 말 한마디가 주화의 입에서 툭 튀어나왔다.

주화는 엎드려 베개에 얼굴을 묻었다.

이젠 잊어야지. 결혼한다는 이유로 매정하게 돌아선 그가 야속하고 미워도 시간이 흐르면 그런 것쯤 아무것도 아닐 테니.

주화는 그렇게 스스로를 다독이며 머릿속에서 서서히 진헌을 지워 나갔다.

❋❋❋

사악, 사악 하는 소리가 기분 좋게 들려왔다. 단단한 나무를 매끄럽게 파고드는 감촉이 손에 착착 감겼다. 손때가 묻은 부분이 잘려 나가고 부끄러운 듯 살굿빛 속살을 드러낸 연필을 흐뭇하게 바라보던 진헌은 이번엔 흑심을 삭삭삭 갈았다.

적당한 굵기로 다듬어진 연필을 필통에 넣은 후 다른 연필을 손에 들었는데, 노크 소리와 함께 문이 열렸다. 고개를 들어 방문자를 확인한 진헌은 아는 척도 하지 않고 연필 깎기에 몰두했다.

"이젠 아는 척도 안 하냐?"

"전 심히 궁금합니다."

진우가 투덜거리자 진헌이 심각한 목소리로 말했다.

"툭하면 땡땡이나 치는 형님께 월급을 왜 주는지."

고개를 든 진헌이 빈정거리듯 한마디 하자 책상까지 다가온 진우가 삐딱하게 서서 비아냥거렸다.

"나야말로 네가 왜 생뚱맞게 연필을 깎고 있는지 심히 궁금해."

그러거나 말거나 진헌은 열심히 연필을 깎았다.

"형님도 연필 깎아 본 적 있습니까?"

"흠……. 저학년 때는 아버지가 연필을 직접 깎아 주셨지. 그 후엔 연필깎이를 사 주셨어. 일일이 깎아 주려니 귀찮으셨나?"

진우가 턱을 문지르며 피식 웃었다.

"연필 깎는 것도 은근히 재미있습니다."

정성스럽게 연필을 깎고 있는 진헌을 물끄러미 보고 있던 진우가 흥미롭다는 듯 바라보다 소파로 가서 앉았다. 그러곤 시치미를 뚝 떼고 말했다.

"조금 전에 누구한테 전화가 온 줄 알아?"

"글쎄요."

고개도 들지 않은 진헌이 건성으로 대꾸했다.

“제수씨.”

그 말에 진헌이 고개를 번쩍 들었다. 그 얼굴엔 의아함과 함께 그만 좀 하라는 경고가 담겨 있었다.

“언제 또 그렇게 서로 연락을 주고받는 사이가 되셨습니까?”

정작 그 말을 내뱉은 본인은 느끼지 못했으나 진우는 느낄 수 있었다. 감춰지지 않는 미묘한 질투심을.

진헌은 마치 제 감정을 숨기기라도 하려는 듯 고개를 숙이고 다시 연필을 깎기 시작했다.

“다음 주에 학교 축제라던데?”

“……”

“축제가 개방이라고, 시간 괜찮으면 와이프랑 놀러 오라고 하더라.”

“그래서 가시려구요?”

“당연하지. 우리 제수씨가 장기자랑을 하신다는데 꽃 사 들고 가야지.”

“아.”

“……?”

진우가 고개를 쭉 빼고 궁금한 듯 진헌을 바라보았다.

인상을 잔뜩 찡그린 진헌이 가까이에 있는 티슈를 뽑아 손가락에 감았다. 손에서 미끄러진 카터 칼날이 연필을 쥐고 있는 왼쪽 검지를 매섭게 긁고 지나간 것이다. 붉은 피는 하얀 티슈를 순식간에 물들였다.

“뭐야? 많이 다쳤어?”

진우가 걱정스러운 얼굴로 자리에서 일어나 책상으로 다가갔다.

“괜찮습니다.”

진헌은 대수롭지 않다는 표정으로 상처를 살폈다.

“안 하던 짓을 갑자기 하니까 그렇잖아.”

“후후. 그러게 말입니다.”

진헌이 멋쩍은 얼굴로 웃어 보였지만 어딘지 모르게 씁쓸해 보였다.

진우의 호출로 들어온 박 비서가 다친 손가락에 연고를 바르고 반창고를 붙이는 동안, 진헌은 멍한 표정으로 앉아 있었다.

매섭게 노려보자 뜨끔한 표정으로 입을 모아 상처에 ‘호오, 호오.’ 입김을 불던 주화의 자그마한 얼굴이 박 비서의 얼굴과 오버랩되었다.

전화를 받기 무섭게 ‘아저씨, 아저씨.’를 불러 대던 주화는 더 이상 없었다.

진헌은 결혼 안 해도 된다는 말에 신이 나서 전화를 걸었던 주화에게 서운함을 느꼈다. 축제에 오라고 진우에겐 전화도 걸었으면서 정작 자신에겐 아무런 연락도 없었다는 것이 불쾌하기까지 했다.

‘가끔 전화해도 되죠?’ 라고 묻지를 말던가. 어린것이 벌써부터 희망 고문을 즐기다니.

진헌은 유치한 심술에 젖어 있었다.

“이번엔 진짜 결혼하는 거야?”

치료를 끝낸 박 비서가 나가자 진우가 물었다.

진헌은 붕대에 칭칭 감겨 있는 손가락을 보며 짧게 “네.”라고 대답했다.

“전연희라고 했나?”

“……네.”

“……만나 보니 어때?”

진우가 어울리지 않게 한참을 망설이다 물었다.

진헌은 가볍게 피식 웃었다.

“예쁘더군요.”

“훗. 그게 다야?”

“좋은 사람이에요.”

진헌은 더는 길게 말하지 않았다. 왈가왈부 논할 시기는 이미 지났고, 그럴 필요도 없기 때문이다.

할아버지가 선택한 상대와 선을 보고 교제라는 것을 시작한 지 한 달 남짓 됐다. 손꼽히는 국내 언론사 회장의 딸로, 조용한 성격의 아름다운 여성이었다. 자신보다 세 살 아래로, 현재 대학원에서 공부 중이다.

결혼 후 두 사람은 미국으로 유학을 가기로 협의했다. 조금 더 공부하고 싶다는 연희의 희망도 있었지만 경영자 수업을 위해 유학을 가라는 할아버지의 권유도 있었다.

그의 결혼은 이렇게 마무리가 된 것이었다.

“축제, 너도 갈 거지?”

“꼬마들 재롱잔치엔 안 갑니다.”

연필 깎는 것을 포기한 진헌이 책상을 정리하며 시큰둥하게 대답했다.

“소녀는 눈 깜짝할 사이에 숙녀가 되는 법이지.”

“……”

의미심장한 말 한마디를 툭 던져 놓은 진우가 “나도 가서 재밌다는 연필 깎기나 해 볼까."라고 중얼거리며 집무실을 나갔다.

진헌은 필통에 가지런히 놓여 있는 연필을 물끄러미 바라볼 뿐이었다.

✽✽✽

축제가 일주일밖에 남지 않았다. 그래서인지 처음엔 표도 안 나던 학교가 시끄러워졌다. 각 반별로, CA 활동별로 축제 때 발표할 것들을 준비하느라 다들 분주했다.

주화도 마찬가지였다. 주화네 반은 가수 시크릿의 '별빛달빛'이라는 노래에 맞춰 춤을 추기로 했기 때문에 매일 틈틈이 연습을 하고 있었다.

자진한 주화와 달리 공포의 사다리로 뽑힌 아이들이라 처음엔 의욕이 없어 보였는데, 기왕 하기로 한 거 제대로 하자는 말에 아이들이 의기투합했다. 게다가 담임 선생님이 1등을 하면 학교에서 주는 시상금과는 별도로 영화 관람권을 주겠다고 했다. 꼭 1등을 하고야 말겠다는 의욕에 사로잡힌 아이들은 저녁 식사를 간단히 해결하고 강당으로 향했다.

"와아. 언제부터 우리 학교 사람들이 이렇게 축제에 열심이었어?"

강당에 꽉 들어찬 아이들을 보며 아람이 중얼거렸다.

날짜가 얼마 남지 않은 탓인지 강당은 물론이고 연습을 할 수 있는 곳은 모두 아이들로 꽉꽉 들어차 있었다.

"어쩌지?"

"운동장에서라도 할까?"

모두 고개를 끄덕이자 아람이가 주화의 팔짱을 끼고 앞장섰다.

운동장 한쪽에 자리를 잡은 아이들이 일렬로 나란히 서자 부반장이 휴대폰으로 음악을 플레이시켰다.

사뿐사뿐, 팔랑팔랑, 귀엽기 그지없는 손짓으로 춤을 추는 아이들은 그동안의 연습이 무색하지 않을 정도로 척척 맞았다.

양손을 위로 쭉 뻗어 흔들흔들, 다시 아래로 내려서 좌우로 흔들흔들거리는 손동작은 주화가 엄청나게 틀리던 부분이었는데, 지금은 능숙하게 해내고 있었다.

"와우! 너무 예쁘다."

친구들이 완벽하게 춤을 끝내자 보고 있던 부반장이 신나서 박수를 쳤다.

"그나저나 우리 빨리 의상 정해야 돼."

거친 숨을 몰아쉬며 아람이가 아이들에게 말했다.

일명 시크릿 소녀들은 아직 의상이 없었다.

"일요일에 옷 보러 동대문 시장이라도 가 볼까?"

마침 내일이 수업이 없는 토요일인지라 괜찮을 것 같았다. 아이들이 모두 그러자며 동의를 했고, 부반장은 마지막으로 한 번만 더 해 보자며 음악을 준비했다.

♬슈비두바 빠빠빠 슈비두바 빠빠빠 랄랄랄라라 라라리라
구름이 우릴 가려도 두둥실 흘러가듯이
언제나 샤랄라라라 (샤랄라라라)
오 내 사랑 사랑 오 내 사랑

춤을 추던 주화의 행동이 느려졌다. 지금껏 아무런 감흥도 없이 춤을 추었는데, 새삼스럽게 노래의 가사가 귓속을 타고 가슴 깊숙이 들어와 주화의 신경을 자극했다.

속에선 이상한 것이 치밀어 오르고, 눈에선 이유를 알 수 없는 눈물이 고였다.

음악은 계속 흘러나왔지만 주화는 계속 춤을 출 수 없었다. 북받치는 감정에 제 몸을 컨트롤할 수가 없게 된 것이다.

"주화야."

부반장의 말에 아이들이 춤을 멈추고 주화를 돌아보았다.

"미안해."

꽉 잠긴 목소리로 사과를 한 주화는 몸을 돌려 운동장을 가로질러 뛰었다.

주화는 아이들, 특히 아람에게 이런 모습을 보이고 싶지 않아 무작정 뛰었다. 학교 건물 뒤편으로 간 주화는 어느새 흠뻑 젖은 얼굴로 주변을 살폈다. 벽과 붙은, 잡다한 비품을 쌓아 놓는 창고 옆 작은 공간에 숨어든 주화는 무릎에 얼굴을 묻고 펑펑 울기 시작했다.

숨이 턱까지 차올라 가슴이 터져 버릴 것 같으면서도 깊은 곳은 텅 비어 버린 것 같았다. 주화는 작은 주먹으로 답답한 가슴을 마구 두드렸다. 눈물이 왜 이리 속절없이 흐르는지 이유를 알 수 없었다. 몸을 가누는 것조차 버거웠다. 온몸이 고통으로 욱신거리자 차라리 펑, 하고 터져 버렸으면 좋겠다는 생각마저 들었다.

이런 기분 정말 처음이다.

"주화야!"

멀리서 아람의 목소리가 들려오자 주화는 더욱 안으로 들어갔다. 지금은 아람이 얼굴을 보는 것도 힘들다.

그러나 아람인 금방 주화를 찾아냈다.

"주화야."

걱정이 가득한 목소리로 주화의 이름을 부르며 아람이가 훌쩍이고 있는 주화 앞에 쪼그리고 앉았다.

"가자. 조금 있으면 야자 시작이야."

"……."

"응? 주화야."

무릎 사이에 얼굴을 묻고 있는 주화의 몸을 가볍게 흔들며 아람이가 주화를 달랬다.

주화가 고개를 들어 새빨개진 눈으로 아람일 응시했다.

"기분이…… 너무 이상해, 아람아. 흑……. 너무 이상해서 내가 사라진 것 같아, 아람아."

주화의 어깨가 더 크게 들썩이기 시작했다.

아람인 양팔을 뻗어 슬퍼하는 친구의 어깨를 안았다. 그리고 다정하게 등을 토닥여 주었다.

늦은 저녁, 연희와 헤어지고 집에 돌아온 진헌은 답답한 듯 셔츠 단추를 풀며 주방으로 들어갔다.

차가운 물을 한 컵 가득 들이켠 후 거실로 나왔을 때, 재킷 안주머니에서 휴대폰의 진동이 느껴졌다. 주화의 문자 메시지였다.

[아저씨.]

아저씨라는 말 외엔 아무것도 없는 문자 메시지를 보며 진헌이 미간을 좁혔다. 휴대폰을 들고 한참을 서 있던 진헌은 답신을 보냈다.

[왜?]

침실의 드레스 룸으로 들어가 재킷을 벗은 후 시계를 푸는데, 다시 진동이 울렸다.

[뭐하세요?]

정말이지 의미를 알 수 없는 문자들이었다.

휴대폰을 화장대 위에 올려놓은 진헌은 욕조에 물을 받기 위해 욕실로 들어갔다. 뜨거운 물에 몸을 담그고 싶다는 마음만 간절했다. 머리까지 지끈거려서 만사 귀찮기만 했다.

목욕 준비를 하는 동안 진동음이 또 들렸지만 진헌은 일부러 확인하지 않았다.

주방에서 와인을 한 잔 챙겨 와 욕실로 들어간 진헌은 오랜 시간 밖으로 나오지 않았다.

[아저씨 이젠 정말 결혼해요?]

답을 듣지 못한 주화의 문자 메시지만 드레스 룸을 공허하게 울리고 있었다.

❋❋❋

일요일 오후.

한가롭게 커피를 마시며 책을 읽고 있을 때 휴대폰이 울렸다. 책에서 시선을 떼지 않은 채 책상을 더듬어 휴대폰을 집은 진헌은 무심한 눈으로 발신자를 확인했다.

놀라움에 진헌의 눈동자가 크게 흔들렸다. 엊그제 주화가 보낸 문자 메시지에 답신을 하지 않았는데, 이번엔 전화가 걸려 온 것이다. 받아야 할지 말아야 할지 혼란스러웠지만 피할 이유는 없다는 생각에 길게 심호흡을 하고 통화 버튼을 눌렀다.

「안녕하세요!」

수화기를 귀에 대기 무섭게 우렁찬 목소리가 쩌렁쩌렁 울렸다. 화들짝 놀란 진헌은 수화기를 떼고 발신자를 다시 확인했다. 분명 '민투' 라고 쓰여 있는데 목소리는 웬 장군 목소리였다.

"누구야?"

「저 아람이요.」

"무슨 일이야?"

진헌의 심드렁한 대꾸에도 흔들리지 않고 아람이가 당당하게 말했다.

「저희가 오늘 축제 때 입을 옷을 사러 나왔거든요.」

"그래서?"

「이번 주 목요일이 저희 학교 축제잖아요.」

"……."

「의상 입고 연습을 한 번 하려고 하는데 마땅한 곳이 없어요.」

진득하게 듣고 있던 진헌이 책장을 넘기며 말했다.

"학교에서 해. 학생들은 학교에서 다하는 거야."

「학교는 더워요. 아저씨 집은 넓고 에어컨도 있고 시원한 물도 있잖아요.」

"그럼 주화네 집에서 해. 주화네 집에는 푹신하고 넓은 정원도 있고 집 안엔 에어컨도 있고 시원한 물도 있을 거야."

「오빠앙.」

아람이의 과한 콧소리에 진헌의 미간이 움찔 좁아졌다.

"오빵은 어디서 파는 빵이야?"

「불쌍한 고딩들 구제 좀 해 주세요오~」

아람이가 애처롭게 부탁하자 진헌은 건성으로 넘기고 있던 책을 아예 덮고 등받이에 등을 기댔다. 어째 아람이에게 말려 들어가는 기분이었지만 진헌은 못 이기는 척 대답했다.

"딱 한 시간만 연습하고 가."

「고맙습니다!」

신이 난 아람이의 인사 뒤로 진헌이 매정하게 말했다.

"오렌지 주스 박스로 사 와."

이로써 주화의 얼굴을 볼 수 있는 적당한 이유가 생겼다.

30분도 되지 않아 울린 초인종 소리에 문을 열기 무섭게 아이들이 하이 소프라노로 "안녕하세요!"라고 합창을 했다.

흠칫 놀랐던 진헌은 점잖게 헛기침을 하곤 뒤로 물러나며 들어오라고 했다. 우루루 몰려온 아이들은 모두 다섯 명이었다. 진헌은 조잘조잘거리며 슬리퍼를 신고 거실로 들어서는 아이들을 바라보다 제일 마지막으로 들어온 주화와 눈이 마주쳤다.

"넌 인사 안 해?"

"안녕하세요?"

진헌의 말에 주화가 그의 눈을 피하며 기어 들어가는 목소리로 인사를 했다.

넓디넓은 고급 맨션에 시선을 빼앗긴 아이들은 여기저기 구경을 하기에 바빴다. '와아, 와아.' 소리를 반복하며 아이들은 구석구석을 헤집고 다녔다. 그런 친구들 때문에 난처한 표정을 지어 보이던 주화는 오렌지 주스 박스를 바닥에 내려놓고 아이들 꽁무니를 따라다니며 그만하라고 사정을 했다.

"딱 한 시간이야."

부반장이 가져온 MP3와 오디오 스피커를 연결해 준 진헌이 엄한 목소리로 시간을 상기시키자 그제야 아이들의 수다가 멈추었다. 아이들은 진헌이 내어 준 서재에 옷을 갈아입으러 들어갔다.

거실이 잠시 조용해지자 후우, 하고 한숨을 내쉰 진헌은 거실 한가운데 덩그러니 놓아져 있는 오렌지 주스 박스를 발견하곤 싱긋 웃었다.

오렌지 주스를 막 냉장고에 모두 넣었을 때 서재 문이 열리면서 아이들의 재잘거림이 다시 들려왔다.

주방에서 거실로 나와 아이들을 본 진헌의 얼굴이 못마땅하다는 듯 구겨졌다.

디자인은 모두 달랐지만 크림색으로 통일한 원피스의 길이가 너무 짧았던 것이다. 또한 어깨를 드러낸 디자인에 속치마가 겹겹이 들어간 스커트는 움직일 때마다 나풀거리는 통에 잘못하면 속이 훤히 보일 것 같았다.

영 마음에 들지 않는 옷차림에 진헌의 심기가 불편해졌지만 아이들은 눈치도 없이 주화 스커트가 너무 길다고 잔소리를 하고 있었다.

주화의 긴 머리카락을 손가락으로 비비 꼬며 아람이가 기대감에 부푼 얼굴로 물었다.

"머리는 이렇게 고불고불 웨이브를 넣을 거예요. 그럼 되게 귀엽겠죠?"

"연습들이나 해."

진헌은 들은 척도 하지 않고 침실로 들어갔다.

침실 문이 닫히자 아이들이 주화에게로 모여들었다.

"너네 오빠 화났나 봐."

소심한 부반장이 걱정이 가득한 얼굴로 물었다.

아람이가 진헌을 주화의 친척 오빠라고 속였기 때문에 아이들은 모두 그런 줄 알고 있었다.

"아니야. 원래 저래."

주화가 부반장을 안심시켰지만 그래도 안절부절했다.

"그런데 너네 오빠 잘생기긴 정말 잘생겼다. 도대체 키는 몇이야?"

"몸매 죽이지 않냐?"

아이들의 호기심에 신이 난 아람이가 엄지손가락을 치켜세워 보이며 말했다.

"응, 응. 나 이제부터 너네 오빠 팬 할래."

"나도, 나도."

연습을 해야 하는 것도 잊은 아이들은 진헌에게 푹 빠져 서로 팬을 하겠다고 아옹다옹이었다.

"연습하자."

주화가 정색을 하며 끼어들자 흠칫한 아이들이 알았다며 흩어졌다.

♬너는 내 별빛 내 마음의 별빛
넌 나만의 달빛 소중한 내 달빛
그저 바라만 보고 나를 위해
비춰 주는 그런 사람
너는 내 하늘 하나뿐인 하늘
넌 나만의 바다 소중한 내 바다
서로 바라만 봐도
변함없이 미소 짓는 그런 사람
OH MY LOVE♬

베개에 얼굴을 묻고 침대에 엎드려 있던 진헌은 귀를 틀어막았다.

이 노래를 거짓말 보태서 백만 번은 들은 것 같은 기분이 들었다. 간지럽다 못해 손발이 오그라들 것 같은 가사를 외울 지경이었다.

"아…… 미치겠어."

전혀 취향이 아닌 노래를 한 시간 가까이 듣고 있으려니 머리가 지끈거렸다. 뚱한 표정으로 벽시계를 보고 있던 진헌이 벌떡 일어났다. 약속한 한 시간이 지났으니 이젠 집으로 돌려보낼 참이었다.

비장한 얼굴로 침실 문을 열었는데, 그나마 작게 들려오던 노랫소리가 크게 들려왔다.

　침실과 등을 지고 선 아이들은 진헌이 나온 것도 모르고 춤에 열심이었다. 노래가 아직 끝나지 않은 탓이었다.

　노래가 끝나길 기다려야겠다는 생각에 벽에 기대 선 진헌은 아이들을 유심히 바라보았다.

　위아래로 물결을 그리던 손을 앞뒤로 흔들며 폴짝폴짝거릴 때마다 스커트가 위태롭게 펄럭였다. 마치 작은 날개처럼 양손을 엉덩이에 대고 하체를 앙증맞게 흔드는 주화의 모습을 보며 진헌이 저도 모르게 피식 웃었다.

　드디어 노래가 끝나자 진헌이 큰소리로 박수를 치고 시간이 끝났다는 걸 알렸다. 아이들이 아쉬움의 소리를 냈지만, 진헌은 매정한 목소리로 빨리 집에 갈 준비를 하라고 재촉했다.

　진헌이 간식으로 주문해 준 피자로 배를 채운 아이들이 현관으로 향했다. 아이들과 함께 신발을 신던 아람이 진헌에게 말했다.

　"축제 날 꼭 오셔야 해요."

　"네에. 꼭 오세요."

　다른 아이들도 합창을 하며 오라고 졸랐지만 주화는 진헌과 눈도 마주치지 못한 채 고개를 숙이고 있었다.

　"일하는 날이잖아. 시간 봐서."

　"에이, 그러지 말고 오세요."

　진헌은 성가시다는 표정으로 대충 고개를 끄덕이며 빨리 가라고 등을 떠밀었다.

　아이들이 차례로 인사를 하고 밖으로 나가고, 주화가 제일 마지막에 남았다. 신발을 신고 진헌에게로 돌아선 주화가 오랜만에 방긋 웃어 보였다.

"고맙습니다."

"틀리지 말고 잘해."

"네, 갈게요."

진헌이 고개를 끄덕이자 꾸벅 인사를 하고 밖으로 나가려던 주화가 무슨 할 말이 있는 사람처럼 갑자기 몸을 돌렸다. 진헌은 무슨 일이냐는 표정으로 주화를 바라보았다. 쉽게 입을 떼지 못하던 주화가 겨우 입을 열었다.

"아저씨…… 이번엔 정말 결혼해요?"

주화의 얼굴은 금방이라도 울 것 같은 표정이었지만 진헌은 그것이 자신의 착각일 것이라고 생각했다. 이제 와서 주화가 그런 표정을 지을 필요가 없다고 여겼기 때문이다.

진헌은 덤덤한 목소리로 대답했다.

"축의금 많이 준비해. 오렌지 주스론 안 받을 테니까."

12.

나의 별빛달빛

축제 첫날 아침, 학교 전체가 들썩거렸다. 학교의 공식 행사는 오전 10시부터 시작이었지만 준비해야 할 것이 많은 아이들은 시키지 않아도 일찍부터 학교로 등교를 했다.

게다가 오늘은 평상시라면 학생 주임 선생님에게 끌려갈 것이 뻔한 화장과 머리 스타일도 용서가 되는 날이었으니 아이들의 손놀림이 번개처럼 빨랐다.

"야! 고데기!"

"어떻게 해. 눈썹이 휘었어."

"왁스 있는 사람."

아이들의 고함 소리에 교실은 떠나갈 듯했다. 교실 한쪽에선 오후에 판매하게 될 간식 재료를 챙기고 있었고, 한쪽에선 장기자랑 마지막 연습이 한창이었다.

"얘들아, 이제 정리해야 할 것 같아."

교실의 소란함 속에서 부반장이 큰소리로 춤을 추고 있던 아이들에게 말했다. 행사 시작까지 대략 20분 정도가 남아 있었다. 갈아입을 옷을 챙기던 아람이가 주화에게 물었다.

"아저씨가 올까?"

아주 짧게 흠칫거리던 주화가 어깨를 으쓱거렸다.

창고 옆에서 쭈그리고 앉아 울고 있는 주화에게 아람인 이런 말을 했다.

『내가 보기엔 네가 태영이보다 아저씨를 좋아하는 것 같아.』

그런 일은 없다고 주화가 부정했지만 아람인 자기가 한 말이 맞다고 우겼다. 만약 그런 게 아니라면 시험해 보자고 했다. 그래서 진헌의 집으로 쳐들어간 것이다. 집으로 돌아가면서 아람이가 물었었다.

『보니까 어때?』

『네가 생각하는 그런 거 아니야.』

주화는 냉정한 목소리로 대답했다.

아람이가 하는 대로 못 이기는 척 따라간 이유는 그가 정말 결혼을 하는지 직접 확인하고 싶어서였다. 역시 결혼한다는 말을 직접 들으니 마음이 한결 편해졌다.

어른인 그는 더 어른이 되기 위해서 결혼을 하는 것이고, 꼬마인 주화는 마지막 꼬마의 날까지 보람차게 즐기면 되는 것이었다.

"주화야!"

자기를 부르는 소리에 눈을 동그랗게 뜬 주화가 소리가 들려온 곳으로 고개를 돌렸다. 주화를 가리키는 아이 뒤로 큰 키의 남자가 눈에 들어왔다. 회사에서 왔는지 슈트 차림의 진우가 서우를 안고 있었다. 그 옆엔 얼굴만 빠끔 내밀고 있는 서영도 있었다.

"언니!"

서영이 웃으며 손을 흔들자, 반가운 마음에 주화는 한달음에 뒷문으로 달렸다.

"뭐야. 왜 우리 여보부터 찾아?"

[방문객]이라는 명찰을 달고 있는 아이를 품에 안은 진우가 투덜거리자 주화가 미안한 표정을 지으며 혀를 삐죽 내밀었다.

"도련님은 바빠서 못 온다고 했어."

주화가 묻지도 않았는데 서영이 알려 주었다. 주화는 예상치 못했던 말에 얼굴을 붉히고야 말았다. 건성으로 대답했지만 그래도 와 주었으면 좋겠다는 생각을 했었다. 그런데 그가 오지 않는다니 많이 서운했다. 업무 중인 사람에게 축제에 오길 바란다는 것이 억지인 줄은 알지만 마음 한구석이 시큰거리는 건 어쩔 수 없었다.

"애들아! 강당에 가 봤어?"

어느 아이가 앞문으로 뛰어 들어오며 큰소리로 말하자 주화를 포함해 모든 사람들의 시선이 앞으로 쏠렸다.

무슨 일이냐는 어느 아이의 질문에 그 아이가 잔뜩 흥분한 목소리로 말했다.

"아까 담임 쌤이 그랬잖아. 오늘 비디오 촬영할 거라고."

"그런데?"

"그냥 비디오 촬영이 아니야."

"무슨 말이야?"

"방송 차량이라고. 버스가 두 대나 왔어. 그리고 카메라가, 그 왜 커다란 카메라 있잖아. 방송국에서 쓰는 거. 그것도 있고, 하여튼 스탭 조끼 입은 사람이 장난 아니게 왔어."

"정말?"

이구동성으로 묻던 아이들 몇몇이 그 아이를 따라 우루루 밖으로 나갔다.

아침 조회 시간에 선생님이 당부 사항이라며 전달한 사항이 있었다. 오늘과 내일, 축제 장면을 비디오로 촬영한다며 카메라가 지나가도 의식하지 말고 자연스럽게 행동하라는 주의 사항이었다.

그래서 다들 비디오카메라 몇 개 동원해서 찍나 보다, 라고 생각하고 있었는데, 어마어마한 인력이 동원되었다고 하니 누구 연예인이라도 오는 건가 싶어 소란스러워진 것이다.

뭐지? 하는 표정으로 아이들을 보고 있던 주화가 고개를 돌려 진우를 올려다보았다. 주화가 뭘 물어본 것도 아닌데 괜히 혼자 찔린 진우가 "난 아니야." 라고 말했다.

"뭐가 아닌데요?"

눈을 가늘게 뜬 주화가 의심의 눈초리를 날리자, 헛기침을 한 번 한 진우가 서우와 함께 꽁무니를 빼고 도망을 갔다. 멀뚱멀뚱 혼자 남은 서영은 "잘해." 라는 말을 남기고 커다란 유모차를 끌고 이미 사라지고 없는 진우를 찾으러 갔다.

시간이 늦은 주화는 바삐 옷을 갈아입고 아람이와 함께 강당까지 뛰었다.

강당 입구엔 늦은 아이들로 시끄럽고 복잡했다. 진행을 맡은 선생님과 선도부 학생들이 아이들을 통제하고 있었지만 소란스러움은 쉽게 가라앉지 않았다.

주화는 안으로 들어가지 못해 발을 동동 구르며 더디게 들어가는 아이들을 원망스럽게 둘러보았다. 그러다 아이들의 머리끝 너머에서 익숙한 사람의 얼굴을 발견했다. 아이들보다 머리 하나가 더 큰 진헌이 강당 벽 한쪽에 서 있었던 것이다.

"아저씨……."

주화는 저도 모르게 작게 중얼거렸다. 그 소리를 들은 아람이가 주화의 옆구리를 쿡 찔렀다.

"가 봐."

얼굴을 붉힌 주화는 머뭇거리다가 걸음을 진헌에게로 돌렸다. 진헌에게서 시선을 떼지 않고 천천히 그가 있는 곳으로 걸어갔다. 아이들 틈바구니에서 주화를 발견한 진헌 역시 주화가 다가올 때까지 한시도 시선을 떼지 않았다. 마치 주화가 오다가 길이라도 잃을까 끝까지 주화의 시선을 응시했다.

"인사 안 해?"

앞에 선 주화가 멀뚱멀뚱 바라만 보고 있자 진헌이 피식 웃으며 말했다.

주화는 고개를 숙여 꾸벅 인사를 했다.

"안 오는 줄 알았어요."

주화가 제 손가락을 만지작거리며 작게 말했다.

"잠깐 들른 거야. 지금 바로 회사 들어가야 해."

"아……."

너무 아쉬웠지만 티를 내는 것이 싫어 주화는 안간힘을 쓰며 활짝 웃었다.

"민투."

'민투'라는 말에 주화는 코끝이 찡해지는 걸 느꼈다.

장난처럼 붙여진 별명이 이토록 사무치게 그리운 별명이 되었다니.

겨우 잠재웠던 감정이 다시 꿈틀대며 움직이기 시작했다. 주화는 제멋대로 날뛰려는 감정을 제어하려고 아랫입술을 지그시 깨물며 스커트를 꽉 움켜잡았다.

부드러운 미소를 지으며 다정하게 바라보던 진헌이 커다란 손을 들어 머리를 쓰다듬자 주화의 시야가 뿌옇게 흐려지기 시작했다.

주화의 감정은 어느덧 통제 불가능으로 치닫고 있었다.

뒷머리를 쓰다듬던 손은 미세하게 떨고 있는 주화의 어깨 위에 내려앉았다. 잠시 말없이 주화의 정수리를 굽어보던 진헌이 상체를 숙여 주화의 귀에 대고 낮게 속삭였다.

"예쁘다."

그 말을 남긴 진헌은 주화의 어깨를 가볍게 두어 번 토닥이고는 주저 없이 몸을 돌려 주화의 시선에서 천천히 사라졌다.

강당은 재학생과 초대받은 관람객들로 만원이었다. 재학생의 3분의 1 정도는 간식 판매 때문에 각 교실 등에 남아 있었고, 나머지는 외부 관람객들 좌석을 제외한 1층과 2층에 자리를 잡고 앉아 있었다.

개교기념일을 겸하는 학교 축제의 시작을 알리는 개회사가 발표되었다. 학교 연혁을 소개하는 지루한 시간이 지나고 드디어 본격적으로 각 반 장기자랑이 시작되었다.

사회를 맡은 학생이 첫 번째 반을 소개하자 강당에 박수 소리가 터져 나왔다.

　리허설할 때까지만 해도 잘하던 아이들은 앞에 있는 카메라에 긴장한 듯 여러 번의 실수를 했다. 그건 다음 순서로 나오는 아이들도 마찬가지였다.

　드디어 2학년 2반, 주화의 순서가 되었다. 무대 아래에서 우왕좌왕하던 아이들은 자기네들이 호명되자 잔뜩 긴장한 얼굴로 무대에 올랐다.

　눈부신 조명이 쏟아지고, 많은 관람객이 지켜보는 가운데 시크릿의 '별빛달빛'이 스피커를 통해 강당으로 흘러나왔다. 노래의 첫 소절과 함께 아이들의 춤이 시작되자 남자아이들의 함성과 함께 박수 소리가 터져 나왔다.

♬슈비두바 빠빠빠 슈비두바 빠빠빠 랄랄랄라라 라라리라
장미꽃 한 송일 받고 너에게 고백을 받고
내 맘은 샤랄라라라 (샤랄라라라)
밤하늘의 별도 노래해
너는 내 어디가 좋아 나는 네 모든 게 좋아
니 맘도 샤랄라라라 (샤랄라라라)
세상 모든 게 다 아름다워
자꾸 생각나 몰래 가슴 떨려 와
어쩌면 좋아 어쩌면 좋아 정말 이런 기분 처음이야

너는 내 별빛 내 마음의 별빛
넌 나만의 달빛 소중한 내 달빛
그저 바라만 보고 나를 위해 비춰 주는 그런 사람

너는 내 하늘 하나뿐인 하늘
넌 나만의 바다 소중한 내 바다
서로 바라만 봐도 변함없이 미소 짓는 그런 사람
OH MY LOVE

슈비두바 빠빠빠 슈비두바 빠빠빠 랄랄랄라라 라라리라
구름이 우릴 가려도 두둥실 흘러가듯이
언제나 샤랄라라라 (샤랄라라라)
오 내 사랑 사랑 오 내 사랑
자꾸 생각나 몰래 가슴 떨려 와
어쩌면 좋아 어쩌면 좋아 정말 이런 기분 처음이야♫

엉거주춤 상체를 숙인 자세로 고개와 양팔을 왼쪽 오른쪽으로 저어 대는 부분에서 남자아이들이 휘파람을 불어 댔다. 일부는 춤을 따라 하는 아이들도 있었다.

노래의 중반부가 지나 후반부로 넘어가는 동안 주화의 작은 얼굴에 눈물이 흐르기 시작했다. 온몸이 떨려 춤을 춘다는 것이 버거웠지만 주화는 이를 악물고 버텼다.

♫너는 내 별빛 내 마음의 별빛
넌 나만의 달빛 소중한 내 달빛
그저 바라만 보고 나를 위해 비춰 주는 그런 사람
너는 내 하늘 하나뿐인 하늘
넌 나만의 바다 소중한 내 바다

서로 바라만 봐도 변함없이 미소 짓는 그런 사람
OH MY LOVE♬

　노래가 흐르면 흐를수록 주화는 아주 중요한 것이 순식간에 흔
적도 없이 사라진 기분을 느꼈다.
　주화의 의식 너머로 그와 지내면서 겪었던 일들이 주마등처럼
스쳐 지나갔다. 차에 손자국을 찍었다고 화를 내던 모습이나 쌀쌀
맞게 '민투.' 라고 부르던 모습도, 심각한 얼굴로 누룽지를 긁어 주
던 모습도 이젠 더 이상 볼 수 없다는 현실이 괴로웠다.
　그의 따뜻한 품은 영영 내 것이 될 수 없다는 사실이 주화를 고
통의 구렁텅이로 밀어 넣었다.

　　♬어두운 골목에 등불이 돼 줄게
　　어두운 바다에 등대가 돼 줄게
　　아침이 올 때까지 햇빛이 들 때까지
　　내 곁에서 날 비춰 줘 내 맘속에 있어 줘♬

　　너는 내 사랑 하나뿐인 사랑
　　넌 나만의 태양 하나뿐인 태양
　　그저 서로를 위해
　　아낌없이 줄 수 있는 그런 사람
　　너는 내 별빛 내 마음의 별빛
　　넌 나만의 달빛 소중한 내 달빛
　　그저 바라만 보고 나를 위해 비춰 주는 그런 사람

OH MY LOVE
슈비두바 빠빠빠 슈비두바 빠빠빠 랄랄랄라라 라라리라♫

힘든 시간이 끝나고 우레와 같은 박수를 받으며 아이들이 무대
에서 내려갔다.

"얘들아, 수고했어."

"어휴, 너무 떨렸어."

무대에서 내려온 아이들이 한마디씩 쏟아 냈지만 벽을 보고 선
주화는 말이 없었다.

"주화야."

걱정스러운 표정의 아람이 어깨에 손을 올리자, 눈물범벅이 된
얼굴로 주화가 고개를 돌렸다.

"아람아……."

아람이뿐만 아니라 무대에 올랐던 아이들이 모두 숨죽인 채 주
화를 바라보았다.

"나…… 마음이 너무…… 아파……."

결혼한다는 사실을 그에게서 직접 듣게 되면 괜찮을 줄 알았다.
이젠 훌훌 털어 버리고 내 갈 길 가면 된다고 생각했는데 마음이
너무 아팠다.

그 사람은 결혼을 해야 하는 사람이니 매정하게 돌아서도 서운
하지 않을 것이라고 생각했는데 그런 것들이 모두 착각이었던 것이
다.

그가 결혼한다는 사실이 이제는 내 옆에 그가 없을 거라는 사실
이 너무 괴로워서 숨을 쉴 수가 없었다. 그와 함께 지냈던 일들이

또렷하게 각인되면서 그가 없는 날들은 상상도 할 수 없게 되어 버렸다.

이 일을 어떻게 해야 하는 걸까.

주화는 아람의 품에서 서럽게 울었다.

✽✽✽

"미안해."

고개를 푹 숙인 주화가 기어 들어가는 목소리로 태영이에게 사과했다.

잔뜩 기대하는 얼굴로 서 있던 태영이의 표정이 점점 굳어져 갔다. 태영이의 그런 표정을 힐긋 확인한 주화는 두 손을 맞잡고 마른침을 꿀꺽 삼켰다.

상당히 어려운 순간이지만 그렇다고 계속 피할 순 없었다. 태영이는 대답을 기다리고 있었고, 주화는 제 마음을 제대로 전해야 했다.

"너와 특별한 친구가 될 수 있다는 사실이 너무 기쁘고 행복한데…… 미안해, 태영아. 우린 그냥 친구로 지내야 할 것 같아."

드디어 어렵고도 힘든 말을 태영이에게 털어놓았다.

주화는 저도 모르게 눈을 질끈 감았다. 태영이를 똑바로 쳐다보는 것이 너무 겁이 났기 때문이다. 그러나 태영이가 어떤 태도로 나오든 주화는 다 받아들일 준비가 되어 있었다. 이런 상황에 욕을 할 수도 있고, 화를 낼 수도 있으니까 더 나쁜 일만을 상상하고 마음의 준비를 단단히 하고 있었다.

‘그래도 욕은 하지 말아 줘.’

속으로 그런 주문을 외우고 있을 때, 태영이의 낮은 웃음소리가 들렸다. 주화는 감고 있던 눈을 슬며시 뜨고 태영일 힐끔 쳐다보았다.

“괜찮아.”

태영이의 말에 주화가 눈을 완전히 떴다.

“용서해…… 주는 거야?”

풀이 죽은 목소리로 주화가 묻자 태영이가 말했다.

“그런 말이 어디 있어. 네가 잘못한 게 뭐가 있다고. 내 마음 전했고, 네 마음 확인한 걸로 충분해. 네가 말한 특별한 사이가 될 순 없어서 많이 아쉽지만, 괜찮아. 괜히 이 일로 서로 피하는 일은 하지 말자.”

태영이 위로하듯 웃으며 그렇게 말해 주자 주화는 속으로 감동을 받았다.

“태영아…….”

“응?”

“너 정말 대인배구나.”

“풋.”

태영이 배를 움켜잡고 큰소리로 웃어 대자 주화의 얼굴에도 비로소 미소가 걸렸다.

태영이와 이야기를 잘 끝내고 교실로 돌아오자 책상엔 CD 케이스 하나가 올려져 있었다. 둘러보니 아이들 모두 CD 케이스를 하나씩 들고 있었다.

“이게 뭐야?”

잠깐 자리를 비웠던 아람이 제자리에 앉으며 주화에게 물었다.

"글쎄. 나도 와 보니까 있던데?"

"20XX년 가을 축제?"

아람이 케이스 표지에 쓰여 있는 문구를 읽었다.

"아! 축제 때 찍었다던 그 비디오 CD인가 본데?"

아람의 말이 맞다고 다른 친구가 확인을 해 주었다.

"우리 이거 전산실 가서 한 번 볼까?"

아람이 호기심을 드러내며 주화에게 물었다. 그때 이미 전산실을 다녀온 옆 분단 아이가 말했다.

"지금은 못 볼 거야. 전산실이 애들로 바글바글이야."

"넌 이거 봤어?"

아람이 물었다.

"응. 진짜 잘 찍었더라. 잘 찍은 건지 잘 만든 건지. 하여튼 절대 어설픈 동영상은 아니야."

"당연한 거 아니야? 그날 촬영한다고 돌아간 카메라가 몇 대고 스탭이라고 온 인원이 몇 명인데."

두 사람의 대화를 듣고 있던 다른 아이도 거들고 나섰다.

"그렇게 찍고 편집까지 하려면 돈 어마어마하게 깨졌을 거야."

평상시 방송 기술 쪽에 관심이 많던 아이까지 그런 말을 하자 아이들의 호기심은 더 높이 치솟았다.

점심시간이 끝나고 수업이 시작되었지만 축제의 가장 큰 이슈였던 동영상 촬영은 아이들의 관심사에서 쉽게 지워지지 않았다.

"이상해."

저녁을 먹다 말고 주화가 멍한 눈으로 혼잣말을 중얼거리자 아람이가 "뭐가?"라고 물었다. 그러나 주화는 대답을 하는 대신 수저를 내려놓고 어딘가로 전화를 걸었다.

전화기를 귀에 대고 잠시 기다리던 주화의 얼굴이 환해졌다.

"안녕하세요, 큰 아저씨."

「뭐야, 난 그 큰 아저씨라는 소리 정말 듣기 싫어. 난 이제 제수씨라고 안 부르니까 그 큰 아저씨 소리는 그만해야 하지 않아? 우리 와이프한테는 언니라고 하면서 나는 왜 아저씨야? 그것도 큰 아저씨는 또 뭐냐고. 오빠라는 소리 못하겠으면 차라리 형부라고 하던가.」

전화를 받은 진우가 쉬지도 않고 불만을 쏟아 냈다.

빙긋 웃던 주화는 그의 그런 투정은 아랑곳하지 않고 궁금한 것을 물었다.

"학교에서 비디오 찍어서 CD로 보낸 거 큰 아저씨예요?"

「아, 아니.」

부정하는 말 폼이 영 개운치 않았던 주화가 추궁하듯 다시 물었다.

"저 이미 다 알고 있으니까 거짓말해 봐야 소용없어요."

「어떻게 다 알아?」

그 말을 하고 아차 싶었는지 진우가 가만히 있었다.

"자꾸 숨기지 마시고 빨랑 말씀해 주세요용. 저 궁금해서 숨넘어가면 큰 아저씨가 책임지실 거예요? 그런 거예요?"

주화가 평상시엔 잘하지도 않던 애교까지 부리자, 그걸 지켜보던 아람이가 기겁을 했다.

「사실은 진헌이가 했어.」

“아저씨가요? 왜요?”

주화의 목소리가 잦아들었다.

「할아버지 부탁이 있기도 했고……. 하여튼 교장 선생님하고 협의해서 촬영한 거야.」

잠시 멍하니 있던 주화가 정신을 차린 건 진우가 여러 번 이름을 부른 뒤였다.

“아, 죄송해요. 헤헤. 할아버지도 그럼 이 동영상 보셨겠네요?”

「하하하. 할아버지도 벌써 받으셨지. 주화 춤추는 거 보고 너무 좋아하셨어. 예쁘다고 칭찬을 입이 마르도록 하셨어.」

그 말에 주화의 양 볼이 발그레해졌다.

「그런데 주화야.」

조금 전까지 장난기 가득하던 모습을 지운 진우가 진지한 목소리로 운을 떼자 주화는 바짝 긴장한 얼굴로 “네.”라고 대답했다.

주화가 다음 말을 기다리고 있었지만 진우는 막상 말을 꺼내지 못했다. 이제 와서 주화의 마음이 어떤지 확인하는 것이 좋은 것인지 확신하기가 어려웠다.

설령 주화가 처음과 달리 진헌에게 호의적이라고 해도 진헌은 다른 사람과 결혼하기로 이미 마음을 굳힌 상태였고 결혼 준비도 순조롭게 진행되고 있었기 때문이다. 괜히 나섰다가 주화의 마음에 상처만 주게 될 것 같아 진우는 하고 싶었던 말을 참기로 마음먹었다.

“아니야, 아무것도.”

「에이. 뭐예요, 아저씨. 싱겁게.」

주화의 김샌 투정이 수화기로 흘러나왔다.

"하하하. 미안. 난 이제 퇴근해야 하는데, 주화는?"

「저녁 먹고 있었어요. 야자해야 돼요.」

주화가 지겹다는 투로 말했다.

"후후. 그래, 맛있게 먹고. 졸지 말고 공부 열심히 해."

「네!」

몇 마디 더 간단히 대화를 나눈 주화가 전화를 끊자, 옆에서 주화의 통화를 훔쳐 듣고 있던 아람이가 물었다.

"아저씨가 한 거래?"

"응."

"와우."

아람이가 감탄을 하고 있을 때, 주화는 다짜고짜 진헌에게 메시지를 보냈다.

[아저씨, 할 말이 있는데요. 오늘 밤 아홉 시에 학교 앞에서 만나요.]

초조함을 감추지 못한 주화는 엄지손톱을 잘근잘근 씹으며 조명이 꺼진 휴대폰을 뚫어져라 바라보았다.

거절하면 어쩌지? 거절하려나?

손바닥에 흥건히 땀이 배어 나올 때쯤 진헌에게서 답신이 들어왔다.

[딱 아홉 시에 안 나오면 바로 가 버릴 줄 알아.]

"비켜!"

복도를 달리며 주화가 앞을 가로막고 있는 아이들을 향해 소리쳤다. 좀 더 여유 있게 시간을 정하지 못했던 제 머리를 탓하며 주화는 숨 가쁘게 운동장을 내달렸다.

막 교문 앞에 도착한 주화는 숨을 거칠게 몰아쉬며 휴대폰으로 시간을 확인했다. 입에선 절로 험한 소리가 튀어나왔다.

"아이씨."

딱 9시 2분이었다. 설마 하는 마음에 주화는 주변을 두리번거렸지만 진헌의 차는커녕 비슷한 승용차도 보이질 않았다.

"진짜 간 거야?"

이마에 맺힌 식은땀을 손등으로 닦아 내며 제자리를 맴돌고 있을 때, 누군가 어깨를 툭 쳤다.

"으아악!"

놀란 주화가 기겁을 하며 비명을 질렀다. 그 바람에 오늘도 진헌은 학교를 빠져나오는 아이들의 시선을 한 몸에 받았다.

"뭐, 뭐예요?"

가방에 미처 넣지 못한 실내화 가방을 가슴에 품고 놀란 가슴을 달래며 진헌에게 쌀쌀맞게 물었다.

"지각한 주제에 웬 난동이야?"

"아저씨가 갑자기 나타나서 그런 거잖아요."

주화가 가슴을 쓸어내리며 볼멘소리로 말했다.

"차가 멀리 있어. 조금 걷자."

진헌은 길을 건너기 위해 횡단보도로 향했다. 주화가 진헌을 열심히 따라가며 물었다.

"축제 날 왜 그냥 갔어요?"

"난 회사 일로 바쁜 사람이야."

"그래도 큰 아저씨는 끝날 때까지 계셨는데."

"그 양반은 회사 돈을 날로 먹어."

"풋. 그런데 아저씨, 오늘도 술 마셨어요?"

"개코군."

"피. 우리 아빠는 술을 잘 안 마시니까 술 냄새에 민감한 것뿐이에요."

"그 말이 그 말이지."

"쳇."

진헌의 반응에 기분이 상한 듯 툴툴거렸지만 내심 기분이 좋은 주화였다. 만났을 때 어색하면 어쩌나, 쌀쌀맞게 대하면 어쩌나 걱정을 많이 했었다. 그런데 얼마나 다행인지 모른다. 예전처럼 편하게 대해 주어서 말이다.

횡단보도에서 침묵을 지키며 신호등을 뚫어져라 쳐다보고 있던 두 사람은 파란 불이 들어오자마자 동시에 도로로 내려섰다.

"그런데 왜 보자고 했어?"

횡단보도를 거의 건넜을 무렵 진헌이 물었다.

"아! CD 고맙다는 인사하려구요. 큰 아저씨가 알려 줬어요. 비디오 찍은 거 아저씨가 한 거라고."

"별거 아니야. 할아버지가 부탁하셔서 진행한 것뿐이니까."

진헌이 대수롭지 않다는 투로 말했다.

"학교에서 쉽게 허락이 났나 봐요."

"모든 비용 우리 쪽에서 부담하고 학생들에게 무상으로 나눠 주겠다는데, 학교에서 굳이 반대할 이유가 있었겠어?"

"그렇구나. 애들이 너무 좋아해요. 생전 그런 거 손에 쥐어 볼 기회가 없으니까요. 아람이도 고맙다고 전해 달랬어요."

“…….”

“그런데 아저씨, 결혼식은 언제예요?”

앞서 걷던 진헌이 멈춰 서서 매서운 눈으로 돌아보자 종알종알 떠들며 따라가던 주화가 멈칫 걸음을 멈추었다.

“그거 물어보려고 보자고 했어?”

“에?”

“할 말 있다면서?”

그의 냉담한 목소리에 주화는 순간 몸을 굳혔다. 진헌이 빤히 쳐다보자 주화는 어쩔 줄 몰라 했다.

“아니…… 그게 아니라…… CD 고맙다는 인사도 하고 싶었고…….”

당황한 주화가 말을 제대로 잇지 못하자 진헌은 그대로 몸을 돌려 뚜벅뚜벅 차로 향해 걸었다.

다른 사람 같아.

쌀쌀맞긴 했어도 저렇게까지 냉담한 모습을 보이는 건 처음이었다. 주화는 너무 놀라서 심장이 멈추는 줄 알았다. 주화는 저도 모르게 고인 눈물을 재빨리 닦아 내며 걸음을 재촉했다.

진헌과 헤어지고 집으로 돌아온 주화는 짐짓 아무렇지 않은 모습으로 부모님을 대했다. 평상시처럼 배가 고프다는 말로 어머니를 귀찮게 만들었고, 오늘 학교에서 받은 CD를 아버지에게 보이며 신나게 떠들어 댔다.

그러나 주화는 알지 못했다. 그런 제 모습이 얼마나 낯설게 보이는지 말이다.

하하호호 웃으며 제 방으로 올라온 주화의 얼굴은 금세 슬픔으로 일그러졌다.

주화의 커다란 눈동자에서 맑은 물방울이 툭툭 떨어져 내렸다.

주화는 그를 생각할 때마다 가슴 언저리가 찌릿하게 쓰려 오고 목구멍이 타들어가는 것 같은 고통을 느꼈다. 얼마 전까지도 태영이가 좋다고 했는데, 어느덧 마음은 그에게로 몽땅 가 버렸다.

그에 대해 좋은 마음을 가져 보려고 노력도 하지 않았고, 오히려 태영이와 잘해 보겠다고 진헌을 괴롭혔던 것이 미안한 주화였다. 그래 놓고 이제 와서 좋아한다는 고백을 하기엔 너무 늦은 듯했다.

주화는 찢어질 듯 아픈 가슴을 부여잡고 바닥에 엎으려 펑펑 눈물을 쏟았다.

주화를 집에 데려다 주고 돌아온 진헌은 주방으로 들어갔다. 재킷을 벗어 식탁 위에 대충 던져 놓은 진헌은 맥주를 꺼내기 위해 냉장고를 열었다. 그런데 눈에 먼저 보인 건 맥주가 아니라 지난번에 주화가 사 온 오렌지 주스였다. 작은 병 열 개가 나란히 줄 지어 서 있었다.

주먹을 꼭 쥐었다 편 진헌은 맥주를 집어 들고 냉장고를 거칠게 닫았다. 뚜껑을 따서 차가운 맥주를 단숨에 들이켰다. 목구멍을 타고 흘러 들어간 맥주는 식도를 지나 위까지 순식간에 알싸한 느낌을 전달했다.

금방 캔 하나를 비워 낸 진헌은 쓰레기통에 빈 캔을 버리고, 맥주를 하나 더 꺼내 들고는 소파로 가서 털썩 주저앉았다.

『아저씨, 이젠 정말 결혼해요? 결혼식은 언제예요?』

주화가 했던 말들을 떠올린 진헌은 냉소를 흘리며 맥주를 입에 털어 넣었다.

결혼을 생각하면 속이 답답하고, 주화를 생각하면 가슴이 욱신거렸다. 진헌에게 있어 주화는 거치적거리는 애물단지였다. 결혼하게 된 것만으로도 속 터지겠는데 꼬마를 데리고 연애라니, 하늘이 무너지고 땅이 꺼지는 기분이 들었었다.

그런데 이제 와서 마음이 이렇게까지 흔들리다니.

처음의 시작은 분명 강요였는데 어느덧 주화에게 익숙해져 버렸다.

한마디도 지지 않고 톡톡 쏘아붙이던 주화의 당돌한 모습과 사과하라는 말에 사과 주스를 내밀던 모습, 아저씨, 아저씨를 불러 대던 작은 재잘거림, 심각한 얼굴로 연필을 깎던 모습 등이 밤낮으로 진헌을 괴롭혔다. 이 괴로움은 새로운 만남과 결혼으로도 밀어 낼 수 없었다.

이제 와서 결혼을 거부할 수도 없었다. 할아버지의 생애 마지막 소원이 될지도 모르기 때문이었다. 알량한 이기심만으로 자유롭게 훨훨 날고 싶은 꿈 많은 어린 소녀에게 원하지 않는 족쇄를 채울 순 없었다.

소녀는 아직 숙녀가 되지 않았고, 어른에겐 시간이 없다.

괴롭다. 그 사실이 너무 괴로워서 숨이 끊어져 버릴 것 같다.

한참 동안 고통의 신음을 흘리던 진헌은 흐느적거리는 몸짓으로 소파에서 일어나 재킷을 던져 놓은 주방으로 들어갔다. 재킷 안주머니를 뒤져 휴대폰을 꺼낸 진헌은 어딘가로 전화를 걸었다. 상대편에서 전화를 받았는지 진헌이 입을 열었다.

"연희 씨, 괜찮으면 잠깐 다시 볼 수 있을까요?"

13.

고백

늦은 밤, 주방에서 물을 마시고 있던 주화는 외출에서 돌아온 부모님의 인기척을 느끼고 들고 있던 컵을 싱크대에 올려놓았다.

"엄……."

반가운 마음으로 주방을 나서려던 주화는 심각한 표정으로 대화를 나누는 부모님을 발견하곤 얼떨결에 걸음을 멈추었다. 바로 어머니의 목소리가 들려왔다.

"몸이 많이 나아지셔서 다행이에요."

"응. 그동안 김 실장님이 건강관리를 철저히 한 덕분이라잖아. 역시 평소에 꾸준한 관리를 해야 한다니까?"

아버지가 지친 모습으로 소파에 털썩 주저앉자 어머니도 따라 앉았다.

"진헌이가 많이 놀라긴 했나 봐요. 당장 결혼하겠다고 나선 걸 보면.”

“지난번 아버님 눈치가 이상하긴 했어. 그런 걸 숨기고 계실지 누가 알았겠어.”

“아무리 그래도 그런 핑계로 주화에게 결혼을 하라고 강요하는 건 역시 무리였겠죠?”

“당신 혹시, 진헌이가 아직도 아까워?”

“아깝다기보다는…… 그래요, 아까워요.”

어머니가 새침한 목소리로 톡 쏘아붙이자 아버지가 너털웃음을 지었다.

부모님의 대화를 듣고 있던 주화는 마치 귀신에라도 홀린 사람처럼 멍한 표정으로 주방을 나섰다.

“주화야.”

주화의 존재를 먼저 확인한 아버지가 당황한 목소리로 주화를 불렀다.

“어머, 너 언제부터 거기 있었어?”

어머니 역시 당황한 기색이 역력했다.

주화는 혼란스러웠다.

할아버지가 아파서 그가 결혼을 한다는 이야기인 것 같았지만 부모님들의 대화만으론 정리가 되질 않았다. 궁금한 것들이 많아 부모님에게 더 물어봐야 했지만 쉽게 입이 떨어지질 않았다. 입에서 엄마, 라는 말 한마디만 겨우 뱉어 낼 수 있었다.

❋❋❋

토요일 오후.

진헌은 머물고 있던 맨션을 정리하느라 정신이 없었다. 맡고 있던 업무도 후임 이사에게 대부분 인수인계를 끝낸 상태였고, 그동안 쌓아 놓고 사용하지 못했던 휴가를 보내며 막바지 마무리를 할 생각이었다.

4년을 예상하고 떠나는 유학이었다. 게다가 무시무시한 감시자인 할아버지와 함께 미국으로 가는 것이다. 할아버지와 아옹다옹 싸우기만 하던 진헌이 할아버지와 함께 미국으로 가겠다고 했을 때 가족들 모두 놀란 눈치였다. 그렇다고 말리고 나설 일도 아니었다. 진헌은 경영 공부가 목적이고, 채 옹은 요양이 목적이었기 때문이다.

동물원에 다녀온 날, 주화와 헤어져 병원으로 달려가니 채 옹은 중환자실에 있었고, 대기실에 모인 가족들의 얼굴엔 참담한 그늘이 드리워져 있었다. 만만치 않은 인원이 모인 대기실은 조용하다 못해 적막하기까지 했다. 장난기 다분한 진우마저도 입을 다문 가운데 모두들 침울한 표정으로 각자의 생각에 빠져 있었다.

답답한 한숨을 밖으로 몰아내던 진우와 김 실장의 눈이 마주쳤다. 김 실장은 허리를 숙이고는 '죄송합니다.' 라는 사과를 했다. 그러나 김 실장이 어떤 인물인지 다들 알고 있었기에 아무도 김 실장을 탓하지 않았다.

채 옹의 성격을 잘 알고 있던 김 실장은 가족에게 알리지 않는 조건으로 채 옹에게 병원 치료 등에 전념할 것을 약속받았다. 집에선 채 옹의 운동과 식단을 관리하고, 정기적으로 정밀 검사를 받으며 건강관리에 심혈을 기울여 왔던 것이다. 그 덕에 잠시 호전을 보이는가 싶던 심장이 예사롭지 않다는 걸 깨달은 채 옹이 마지막으로 꾸민 일이 주화와 진헌의 결혼 소동이었다.

한때는 병을 핑계로 두 사람을 강제 결혼까지 시킬 생각도 했었다. 그러나 그런 생각은 금세 접었다. 아무리 친구와의 오랜 소망이었다곤 하지만 그건 먼저 간 친구도 원치 않을 거라는 생각에서였다. 살날이 얼마 남지 않은 늙은이의 욕심으로 아이들을 곤란에 빠뜨리고 싶진 않았던 것이다.

그런데 주화를 그렇게 포기하고 보니 마음이 많이 약해진 듯 몸도 한꺼번에 중심을 잃어버렸던 것이다.

김 실장의 설명을 들은 석훈은 호준에게 연락을 하려고까지 했었다. 그런 석훈을 말린 건 진헌이었다. 할아버지의 건강이 걱정되는 건 마찬가지였지만 그렇다고 결혼을 원치 않는 어린 주화를 억지로 묶어 놓을 수 없다는 생각에서였다. 대신 자신이 결혼을 서두르기로 결정했다.

다행히 의식을 금방 회복한 채 옹이 처음으로 꺼낸 말도 이런 말이었다.

『주화는 그냥 두거라.』

지난 생각을 떠올린 진헌은 정리하던 것을 멈추고 잠시 소파에 앉았다.

4년 후엔 꼬마도 숙녀가 되어 있을까?

덧없는 웃음이 흘러나오려고 할 때, 휴대폰이 울렸다. 며칠 동안 짐 정리만 했더니 허리가 지끈 아파 왔다. 노인네마냥 어이쿠, 라는 소리를 내며 자리에서 일어난 진헌은 바닥에서 뒹굴고 있는 휴대폰을 들었다. 주화였다. 놀란 눈으로 발신자를 확인하던 진헌은 긴장된 표정으로 전화를 받았다.

"민……."

「아저씨, 아저씨.」

얼마 만에 듣는 주화의 재잘거림인가. 벅찬 감동에 잠시 가슴이
뻐근하게 아파 오는 걸 느낀 진헌은 떨어지지 않는 입을 열었다.

"왜?"

「아저씨, 오늘 뭐해요?」

"바빠."

「아저씨야 매일 바쁘죠. 지금 집에 있어요?」

"집이면 어쩌게?"

퉁명스럽게 물어도 주화의 목소리는 한결 같았다.

「저 다음 달에 기말고사 봐요.」

"그런데?"

「아저씨 집에서 공부하려구요.」

어수선한 집 안을 둘러보던 진헌이 말했다.

"내가 누누이 말하지만, 우리 집은 네 개인 도서관이 아니야."

그러면서도 진헌은 부랴부랴 어질러진 물건들을 챙기고 있었다.

「저도 누누이 말하지만, 수학은 아저씨가 저보다 나은 것 같아요.」

"너……."

「제가 먹을 건 싸 가지고 갈게요. 덤으로 아저씨 먹을 것도 제가
챙겨 갈게요.」

주화는 단단히 벼른 사람처럼 말할 틈도 주지 않고 거침없이 말
했다.

진헌은 망설이고 있었다. 전화를 받지 말 걸 그랬나? 하는 후회

도 하고 있었다. 주화를 만나고 싶으면서도 두렵기도 했다. 주화에 대한 기억이 희미해지지 않고 더 뚜렷해질까 봐, 그래서 미국 생활이 피폐해질까 봐 두려웠다. 그래도 언제 다시 보게 될지 기약할 수 없으니 지금의 기회를 놓치고 싶지 않았다.

진헌이 웃으며 말했다.

"초코 우유도 사 와."

「오렌지 주스 아니고 초코 우유요?」

의외의 주문에 놀란 듯 주화가 되물었다.

"그래, 초코 우유. 오늘은 초코 우유가 먹고 싶네."

주화는 대략 한 시간이 지나서 진헌의 집에 도착했다. 교복을 입은 주화는 등엔 가방을 메고 한 손엔 비닐봉투를 들고 있었다.

"안녕하세요."

집 안으로 들어온 주화가 진헌에게 깍듯이 인사를 했다.

"뭐 사 가지고 왔어?"

진헌은 주화에겐 관심도 없는 척 괜히 비닐봉투만 힐끔거렸다.

"초코 우유랑 새콤달콤 유……."

"유부초밥?"

불만 가득한 표정의 진헌이 주화의 말을 자르며 말했다.

"왜요? 유부초밥이 얼마나 맛있는데요."

주화는 입술을 삐죽거리며 진헌을 지나 주방으로 들어갔다.

"오늘은 아람이가 없으니까 아저씨도 유부초밥 싸야 해요."

"그걸 내가 왜 해?"

"그럼 그 많은 걸 혼자 다 어떻게 싸요? 난 공부하러 왔단 말이에요.”

“내가 유부초밥 먹겠다고 한 거 아니잖아.”

채진헌 勝.

양 볼에 바람을 잔뜩 넣은 주화가 억울하다는 듯 진헌을 바라보았다.

“알았어, 알았어. 같이해. 얼굴이 완전 터지겠네.”

알았다며 진헌이 싱크대로 가서 손을 씻자, 얼굴을 편 주화가 방글방글 웃으며 진헌의 옆에 섰다.

두 사람은 식탁에 마주 보고 앉아 유부초밥 만들기 경연대회를 시작했다. 손이 큰 진헌은 밥을 너무 많이 넣어서 유부를 터뜨리기 바빴고, 주화는 그 실패작을 입에 쏙쏙 넣느라 바빴다.

얼마 후 소쿠리에 유부초밥이 가득 담기자 주화가 먼저 식탁에서 일어났다.

“뭐야, 너 설거지 안 해?”

위생장갑을 손에 낀 진헌이 주화에게 손가락을 뻗어 보이며 말했다.

“설거지는 참…… 귀찮은 일 같아요.”

입안에 유부초밥을 가득 담은 채 웅얼거리던 주화는 소쿠리를 들고 잽싸게 거실로 나가 버렸다.

진헌은 구시렁거리며 자리에서 일어나 주화가 어질러 놓은 주방을 청소하기 시작했다. 청소를 끝내고 밖으로 나가니 주화는 소파에 위에 있던 방석을 바닥에 깔고 응접 테이블에서 문제집을 풀고 있었다.

진헌이 소파에 앉자, 문제집에서 시선을 떼지 않은 주화가 말했다.

"그런데요, 아저씨."

"……?"

"할아버지 많이 아프세요?"

"……."

"결혼하면…… 이사 가요?"

"……."

"아저씨 결혼하면 이젠 못 봐요?"

"……."

주화는 지금 자기가 문제집에 뭘 끼적이고 있는지도 잘 몰랐다. 단지 지금 주화의 간절한 마음은 몇 날 며칠 준비했던 말들을 하나도 빠뜨리지 않고 진헌에게 전달하는 것이다. 철없이 진헌을 놓쳤지만, 그래서 이렇게 후회를 하고 있지만 마음속에 자리 잡고 있는 그 마음은 꼭 알리고 싶었다.

이미 보내 버린 사람이니 이젠 잊어야 한다고 수십 번, 수백 번 스스로를 달랬었다. 얼마 남지 않은 수능을 망치지 않기 위해 독한 마음을 먹고자 했었다. 그러나 그런 노력도 소용없었다. 밤낮 없이 떠오르는 진헌의 잔상에 주화는 눈물 떨어뜨리는 날이 더 많았던 것이다.

어차피 이렇게 된 거, 용기를 내보기로 했다. 비록 그를 되찾지 못하더라도 내가 얼마나 아프고 힘든지, 그리고 얼마나 후회하고 있는지는 알려야 할 것 같았다. 비록 그가 치기 어린 행동이라고 치부하더라도 말이다.

주화는 파르르 떨리는 손을 아래로 내려 꼭 맞잡고, 소파에 앉아 물끄러미 자신을 바라보고 있는 진헌을 올려다보았다.

"아저씨……."

"……."

"조금만 기다려 주면 안 돼요?"

드디어 말을 꺼냈는데 다음 말은 더 어렵게 느껴졌다. 그건 아마도 진헌이 주화의 질문에 대답도, 그렇다고 다른 질문도 하지 않기 때문일 것이다.

주화는 마른침을 꿀꺽 삼키고 다시 입을 열었다.

"제가 어른이 될 때까지…… 그래서 제가 아저씨 신부가 될 수 있을 때까지 기다려 주면 안 돼요?"

뜻밖의 말을 들은 진헌은 아무 말도 못한 채 울고 있는 주화를 바라보기만 했다. 어떤 말을 하는 것이 옳은 것인지 진헌은 통 알 수가 없었다. 그런 진헌의 마음을 모르는 주화는 굵은 눈물을 흘리고 있었다.

"나…… 조금만, 흑, 기다려 주고…… 결혼 안 하면, 안 돼요? 나…… 조금 있으면…… 졸업도 하는데……. 흑……."

"민투."

진헌이 부르는 소리가 더 이상 아무 말도 하지 말라는 사인인 줄 안 주화가 다급하게 다음 말을 이었다.

"아저씨가 좋아요."

"……."

"아저씨가 좋은데…… 어떻게 해야 하는지, 하나도 모르겠어요. 그냥 아저씨를 생각하면 마음이 막…… 찌, 찢어질 것 같아요."

예쁜 얼굴이 망가지도록 인상을 쓰고 파르르 떨리는 입술을 꼭 깨문 채 훌쩍이는 어린 소녀. 그런 소녀에게 아무런 말도 해 주지 못하는 바보 같은 어른.

손에 잡는 것조차 아까워 망설이고만 있었다. 품에 안으면 부서지기라도 할까 조심스럽고 두려웠다. 보이지 않으니 그 작은 소녀의 실체는 더욱 커다랗고 뚜렷해졌다.

연희를 만나며 자신에게 수도 없이 물었었다.

주화를 놓아줄 수 있어? 주화를 보지 않고도 숨을 쉴 수 있겠어? 주화 없이 이 세상을 살아갈 수 있겠어? 주화를 두고…… 다른 여자와 결혼을 할 수 있겠어?

무슨 질문을 하든지 답은 하나였다.

그럴 수 없다!

주화를 대신할 수 있는 사람은 어디에도 없었다. 그 사람이 할아버지가 찾고 찾은 상대라 해도 주화가 아니었기 때문에 진헌에겐 아무런 의미가 없었다.

이런 마음으로 연희와 결혼을 할 순 없었다. 그건 상대에 대한 예의가 아니라 결론 내렸다. 그래서 연희를 만나 진심을 담아 사과했다. 할아버지가 많이 위독해서 결혼을 서둘렀던 것이라고 솔직히 고백했다. 그런데 마음에 담은 이가 있어 도저히 결혼을 감행할 수 없다며 고개 숙여 사과했다.

잠시 떠나 있으려고 했다. 꼬마가 커서 어른이 될 때까지. 눈에서 멀어지는 것에 대한 두려움 따위는 없었다. 멀어지면 다시 가까워지면 되는 것이니까. 만약 주화가 자신의 반쪽, 운명이라면 멀어지더라도 서로의 존재를 충분히 느낄 수 있을 것이라는 막연한 믿음도 있었다.

사랑하는 사람과 결혼하고 싶다던 주화의 그 마음을 진헌은 지켜 주고 싶었다. 그래서 어른과 어른으로 다시 만나 사랑이라는 것을 할 수 있게 되었을 때, 주화를 만나러 올 생각이었다. 주화의 사랑하는 사람이 되기 위해.

진헌은 소파에서 내려와 주화처럼 바닥에 앉아 훌쩍이고 있는 주화의 얼굴을 바라보았다. 양 볼은 물론이고 코끝, 입술까지 새빨갛게 물들어 있었다. 눈물을 얼마나 흘리는지 자칫하면 콧물도 떨어질 기세였다.

진헌은 응접 테이블 위에 있는 티슈를 몇 장 뽑았다.

"지지."

진헌은 주화의 작은 머리통을 가볍게 잡고 눈물을 닦았다. 그런데 닦아도 닦아도 계속 눈물이 흘러내렸다. 진헌은 젖은 티슈를 버리고 새 티슈를 주화의 코에 댔다.

"코 풀자."

진헌의 태도에 주화는 불만스럽게 그를 바라보았다. 주화가 그렇게 쳐다보거나 말거나 무심한 표정의 진헌은 '흥.' 이라는 말을 하며 코를 풀게 했다. 결국 주화는 진헌에 의해 코를 풀어야 했다.

주화는 아무 반응이 없는 진헌이 야속했다. 있는 용기 없는 용기 모두 짜서 고백을 했는데, 그의 표정에선 아무런 변화도 느껴지지 않았기 때문이다. 오늘 이곳에 오기 전까지 '아저씨가 어떤 말을 해도 난 괜찮아.' 라는 말을 되뇌며 단단히 무장했다고 생각했는데, 막상 어떤 말도 듣지 못하게 되자 서럽기까지 했다.

"초, 초, 초……."

얼마나 울었던지 말이 제대로 이어지질 않았다. 그런 주화를 보며 진헌이 장난기 다분한 표정으로 "뭐?" 라고 물었다.

“초, 코 우유, 안 줄 거예요.”

“허.”

“나, 나 혼자, 다 먹을 거야.”

주화가 냉장고에 있는 우유를 챙기려고 자리에서 벌떡 일어났는데, 진헌이 주화의 손을 잡아당겼다.

“엄마야.”

중심을 잃은 주화가 방석 위로 털썩 주저앉기 무섭게 진헌이 주화의 작은 어깨를 단단한 팔에 가두고 품에 안았다. 당황한 주화는 일어나려고 몸을 움직였지만 주화의 뒷머리를 꼭 안은 진헌은 꿈쩍도 하지 않았다.

“어우. 왜 그래요.”

품에 갇힌 주화가 바둥대며 항의를 하자 진헌이 주화의 귀에 대고 다정하게 말했다.

“민투, 어서 자라라.”

진헌은 연희와의 일을 완전히 정리한 다음 날, 할아버지에게 전화를 걸었다. 연희의 집으로부터 연락을 이미 받은 할아버지는 전화를 받자마자 불같이 화를 냈다.

『이놈! 결례도 이런 결례가 없다. 결혼하겠다고 날짜까지 다 잡아 놓고 이게 무슨 짓이냐!』

할아버지의 노기가 이만저만 아니었지만 진헌은 차분한 목소리로 말했다.

『할아버지, 손부로 주화 데려올 테니까 빨리 건강해지세요.』

그 말을 들은 할아버지는 한동안 말이 없었다. 어쩌면 헛것을 들었다고 생각하고 있었는지도 모른다.

『지금 뭐라고 한 게야?』

『할아버지 손부로 주화 데려오겠다고 했습니다.』

『……허허허…… 허허허…….』

기쁨의 웃음인지, 허탈한 웃음인지 모를 것이 채 옹의 입에서 흘러나왔다.

『연희 씨에겐 사과했고, 부모님께도 찾아뵙고 정중히 사과드렸습니다. 그러니 걱정 마시고 저랑 같이 미국 가세요. 그곳에서 요양도 하시면서 저랑 지네요.』

『흠! 주화도 같이 가나?』

채 옹의 목소리가 한결 부드러워졌다.

『주화는 공부해야죠. 그리고 아직 어려요. 좀 더 크면 제가 정식으로 프러포즈해서 데리고 올게요.』

『……주화도 네 마음 알고 있는 게냐?』

『아직 몰라요.』

『그러다 누가 채 가면 어쩌누!』

『절대 그런 일 없게 할 겁니다. 할아버지도 약한 마음먹지 말고 빨리 건강해지세요.』

마지막 말이 약이었는지 할아버지의 기력이 눈에 띄게 나아졌다. 그만큼 두 사람의 결혼을 누구보다 원하고 있었는지도 모른다.

진헌은 크게 기뻐할 할아버지의 모습을 상상하며 피식 웃었다.

'할아버지가 이기셨습니다.'

진헌은 꼼짝도 하지 않고 품에 안겨 있는 주화를 더욱 끌어안으며 속으로 중얼거렸다.

채 옹이 머물고 있는 본가는 그야말로 잔칫집 분위기였다. 채 옹의 오랜 숙원 사업(?)이던 채진헌 장가보내기와 민주화 손부 삼기가 윤곽을 드러내었기 때문이다.

주화의 마음을 확인한 진헌은 다음 날 바로 가족들에게 알리고 주화의 부모님을 찾아 정식으로 인사를 드렸다. 주화의 마음을 몰랐을 땐 기다리는 마음으로 조용히 미국으로 가려고 했지만 이젠 그럴 필요가 없어졌기 때문이다.

진헌은 주화에게 예쁜 반지도 선물했다. 아직은 고등학생이기에 평상시엔 손가락에 끼지도 못하지만 주화의 마음은 구름 위를 걸어 다니는 듯 행복했다.

매일매일 목소리를 듣고 수시로 문자메시지를 보내며 서로의 마음을 확인하고 또 확인했지만, 오랜 시간 떨어져 지내야 하는 두 사람에겐 부족하기만 했다. 지금도 주화는 본가 대청마루에 앉아 그가 오길 목 놓아 기다리고 있었다.

채 옹이 미국으로 떠나기 전 가족들과 식사를 하고 싶다고 해 만들어진 자리였다. 당연한 일이었지만 주화네 가족도 초대를 받았다. 그러나 기말고사가 얼마 남지 않은 주화는 하마터면 못 내려올 뻔했다. 힘들게 내려와서 컨디션 망가뜨리면 안 된다고 모두들 말렸지만 주화는 같이 오겠다고 고집을 부렸다. 떠나면 4년 동안 만날 수 없는데 어떻게 해서든 하루라도 더 보고 싶은 욕심이 있기 때문이다.

대청마루에 앉아 목이 기린 목이 되도록 한 시간 가까이 기다리고 있던 주화의 얼굴에 웃음꽃이 활짝 피었다. 대청마루에서 폴짝 뛰어내린 주화는 한달음에 마당을 가로질렀다.

기다리고 기다리던 진헌이 차에서 내려섰다.

"아저씨!"

주화의 부름에 고개를 돌린 진헌의 얼굴에도 반가운 미소가 걸렸다. 차를 잠그고 주화가 서 있는 곳으로 걸어오며 진헌이 물었다.

"오지 말라고 했더니 기어이 왔어?"

주화는 얼굴을 붉히며 깡충깡충 뛰어 진헌의 옆에 바짝 붙어 섰다. 진헌이 주화의 머리를 가볍게 헝클어뜨렸다. 싫다는 듯 얼굴을 찡그리며 머리카락을 정리하던 주화가 물었다.

"나 안 보고 싶었어요?"

예전 같으면 놀려 먹었을 테지만 진헌은 기대감에 찬 얼굴로 올려다보고 있는 주화의 어깨를 가볍게 끌어당겨 안았다. 그러자 주화가 뻘쭘하게 안겨 왔다. 잠시 망설이는 것 같던 주화의 팔이 진헌의 옷자락을 쥐었다.

쑥스럽지만 행복한 기분.

주화는 콩닥콩닥거리는 제 심장 소리에 기분이 좋아졌다.

잠시 그렇게 주화를 안고 있던 진헌이 팔을 풀고 걸음을 떼자, 종종걸음으로 진헌을 따르던 주화가 팔짱을 꼈다. 서로를 바라보며 빙그레 웃고 있는 두 사람을 멀리서 지켜보던 진우는 조금은 놀란 표정으로 서영을 쳐다보았다.

"보기 좋은데요?"

서영의 말에 진우가 투덜거렸다.

"누가 보기 안 좋데? 보고 있으니까 약 올라서 그렇지."

"왜 심술이에요?"

서영이 가볍게 웃으며 나무랐다.

"심술이 아니라 주차해야 하는데 길을 막고 있잖아."

아니라던 진우는 정말 심술이라도 난 사람처럼 세차게 경적을 눌렀다. 그 소리에 화들짝 놀란 주화가 얼른 팔을 빼고 두 걸음 뒤로 물러났다. 가까이 다가온 차에서 진우가 내리자 얼굴을 붉힌 주화가 쏜살같이 도망을 가 버리고 진헌만 남았다.

"참 눈치도 없습니다."

진헌의 말에 진우가 삐죽거렸다.

"네 눈치보다 내 눈치가 더 좋다고 자신할 수 있어."

"그럼 눈치껏 아무 말씀도 하지 마십시오."

"너 언……."

"안녕하세요, 형수님?"

진우의 말을 톡 자르며 진헌이 서영에게 인사를 건넸다.

"안녕하세요."

서영이 반갑게 인사를 하자 진헌은 서영의 품에 있는 서우를 제 품에 안았다.

"채진헌, 설명 좀 해 봐. 일이 어떻게 된 거야?"

진우는 진헌에게서 주화와 결혼한다는 말만 들었지 그동안 어떤 일이 있었는지에 대해선 아는 바가 없었다. 궁금해서 안달이 난 진우가 물었지만, 진헌은 아무 말도 해 주지 않고 서우를 안고 쌩하니 안으로 들어가 버렸다.

벌써 결혼식이라도 끝낸 것 같은 분위기가 가족들 사이에 퍼져 있었다. 석훈과 호준은 이미 거하게 술에 취한 상태였고, 그 외 나머지 가족들은 분위기에 취해 있었다.

쑥스러운 얼굴로 어른들 틈에 앉아 있던 주화는 문득 진헌이 없다는 걸 알게 되었다.

'어디 갔지?'

조금 전까지도 어른들에게 술을 따르고 있던 진헌이었지만 지금은 보이질 않았던 것이다. 주화는 눈치를 살피며 얌전히 자리에서 일어나 밖으로 나갔다.

밖은 가을의 냉기로 쌀쌀했다.

오소소 소름이 돋는 팔을 문지르며 마당으로 나간 주화는 여기저기 기웃거렸다. 집 구조를 잘 모르는 주화는 그가 어디로 갔을지 통 알 길이 없었다. 아는 길이라곤 하나밖에 없는 주화는 무작정 마당을 가로질렀다.

"민투."

어둑한 곳에서 들려오는 목소리에 깜짝 놀란 주화가 휙 몸을 돌렸다. 아까 서영과 함께 된장을 푸던 장독대 근처에서 낯익은 그림자가 나타났다.

"아저씨?"

주화가 얼굴을 잔뜩 찡그린 채 물었다. 점점 가까워진 그림자는 진헌이었다.

"겁도 없이 어딜 돌아다녀? 여기 귀신 있다."

"거……짓말."

어깨를 움츠린 주화가 주변을 두리번거렸다. 가볍게 웃던 진헌이 주화의 손을 잡았다. 그러곤 어딘가로 주화를 이끌었다. 주화는 말 없이 그의 뒤를 따랐다.

진헌은 밝은 달이 보이는 어느 작은 정자로 주화를 데리고 갔다.

정자에 앉은 주화가 으스스 몸을 떨자 진헌이 입고 있던 재킷을 벗어 주화의 어깨에 둘러주었다.

"아저씨, 보고 싶으면 어떻게 해요?"

진헌이 옆에 앉자 주화가 우울한 목소리로 물었다.

"사진 있잖아."

진헌이 덤덤하게 대답하자 주화는 심술이 났다.

"그건 사진이잖아요."

"그럼 참아."

"못됐어."

"나도 참잖아."

4년이라는 시간은 너무 길었다. 가지 말라고 투정도 부렸지만 진헌은 매정하게 고개를 저었다.

진성 그룹에 진우가 있긴 하지만 진헌도 그를 도와 진성 그룹을 이끌어야 했다. 그러려면 더 많은 걸 배우고 익혀야 했기 때문에 진헌에게 유학은 꼭 필요하다는 설명이었다.

주화는 그러면 데려가라고 했다. 그것도 진헌은 안 된다고 했다. 올 때 오더라도 대학 진학을 하고, 충분히 준비해서 오라고 했다. 진헌은 주화에게 이렇게 말했다. '기다릴 테니까 조급해하지 말자.' 라고.

뚱한 표정으로 제 발끝을 보고 있던 주화가 고개를 들어 진헌을 바라보았다. 진헌은 하늘에 떠 있는 달을 보고 있었다. 진헌에게서 시선을 뗀 주화가 하늘을 올려다보자 진헌이 팔을 뻗어 주화의 어깨에 두르고 가볍게 끌어당겼다. 주화가 그의 허리를 안자, 주화의 어깨를 안고 있는 진헌의 팔에 힘이 들어갔다.

"우선 네가 대학에 붙고, 대학 생활에 어느 정도 익숙해지면 그때 미국으로 같이 가자."

"익숙해지면?"

품에 안겨 있는 주화가 고개를 들어 진헌의 반듯한 이마를 바라보며 물었다.

"그래, 결혼하고 같이 미국에서 지내자. 잔소리꾼 할아버지랑."

결혼이라는 말에 부끄러운 듯 주화가 얼굴을 붉혔다.

"대학 떨어지면 국물도 없어."

슬쩍 시선을 내린 진헌이 무서운 얼굴로 말하자 주화는 침을 꼴깍 삼켰다.

"그런데요……."

잔뜩 기가 죽은 목소리로 주화가 운을 뗐다.

"그래도 난 아저씨가 좋아요."

그 말이 그렇게 쑥스러웠는지 주화는 얼굴을 푹 숙여 진헌의 품에 묻더니 양팔로 그의 허리를 꼭 껴안았다.

너무 예쁘다. 너무 예뻐서 어디 그냥 콕 넣어서 데리고 다니고 싶다.

진헌은 주화의 어깨를 꼭 껴안고는 고개를 젖혀 큰소리로 웃었다. 그러다 중심을 잃은 진헌은 주화를 안은 채 뒤로 벌렁 넘어졌다.

"아야!"

바닥에 주화의 머리가 부딪힐까 팔로 기껏 받쳐 줬더니 엄살은 주화 혼자 부렸다. 정자에 누워 주화를 품에 안은 진헌의 웃음소리가 잦아들었다. 진헌은 주화의 작은 몸을 끌어당겨 꼭 안았다.

주화는 진헌의 심장에서 쿵쿵 소리가 들려오는 걸 느꼈다. 주화는 조물조물 진헌의 셔츠 자락을 만지작거렸다. 이렇게 안겨 있겨 있으면 마음이 너무 편했다. 당장 잠에라도 빠져들 것 같은 노곤함마저 느껴졌다.

일정하게 울리는 진헌의 심장 고동 소리를 들으며 슬쩍 잠이 들려 할 때, 주화는 정수리에 묵직한 것이 닿았다 떨어지는 걸 느꼈다. 궁금한 마음에 고개를 들자 주화를 내려다보던 진헌이 빙그레 웃더니 이번엔 주화의 이마에 긴 입맞춤을 했다.

주화는 온몸이 화끈거리는 걸 느꼈다. 심장도 미친 듯이 뛰어 댔다. 부끄럽고 쑥스러운데 내려다보고 있는 진헌의 눈을 피할 수가 없었다.

"음……."

주화는 어색하기 짝이 없는 이 분위기를 조금 바꿔 보려고 시도를 했지만 크게 바꿀 순 없었다. 피식 웃는 그의 품에 폭 안겨 버렸기 때문에.

주화는 행복한 미소를 지으며 진헌의 허리를 꼭 껴안았다.

14.
기다려, 민투

미성년자인 주화가 혼자서는 절대 출입할 수 없는 이곳, 고급 와인바엔 선남선녀들이 나직한 목소리로 대화를 나누고 있었다. 말끔한 슈트에 긴 기럭지와 멋진 이목구비를 자랑하는 남자들과 꽃향기를 뽐내며 고상하게 웃고 있는 여자들이 붉은 빛의 와인과 멋지게 어우러진 곳.

주화는 마치 별세계에 온 것 같은 기분이 들었다. 온몸을 압박하는 엄청난 괴리감에 잔뜩 주눅이 든 주화는 양손으로 쥐고 있는 오렌지 주스의 빨대를 입에 물었다. 괜히 따라왔나? 하는 후회를 하며……

"민주화라고 했죠?"

갑자기 들려온 남자 목소리에 화들짝 놀란 주화가 빨대를 입에서 놓고 작게 기침을 했다. 남자는 주화의 등을 가볍게 두드리며 바텐더에게 물을 주문했다.

남자는 물을 받아 주화에게 내밀었다. 주화는 기침이 어느 정도 가라앉긴 했지만 놀란 가슴을 진정시키기 위해 몇 모금 조심스럽게 들이켰다.

"미안해요, 놀라게 하려던 건 아닌데."

남자의 사과에 주화가 수줍은 미소를 지으며 고개를 저었다.

오늘 이곳은 조만간 미국으로 떠나는 진헌을 위해 친구들이 송별회를 준비했기 때문에 외부 손님을 받지 않는다. 그러니 지금 옆에 앉아 있는 이 낯선 남자는 진헌의 친구라는 말이 된다.

남자는 상당한 호남이었다. 바 의자에 앉아 있어서 키는 가늠할 수 없었지만 어깨가 떡 벌어진 것이 운동을 많이 한 사람으로 짐작되었다. 잘 모르는 주화의 눈에도 고급스러워 보이는 슈트를 차려입은 남자는 꽤나 좋은 집안의 자제 같았다.

주화가 물 잔을 내려놓자 남자가 빙긋 웃으며 말했다.

"진헌이 미국 가도 외로워하지 말아요."

"……?"

"그 녀석은 미국에서 아주 잘 먹고 잘 살……."

퍽!

"아야!"

능글맞은 목소리로 진헌의 험담을 늘어놓던 남자가 뒷머리를 감싸더니 휙 뒤를 돌아보았다.

"또 수작이지?"

언제 왔는지 진헌이 한 대 더 때릴 기세로 뒤에 서 있었다.

"내가 무슨 수작을 부렸다고 그래?"

"시끄러워."

진헌은 친구의 항의를 깔끔하게 묵살하고 주화의 옆에 바짝 붙어 있는 친구를 옆으로 밀쳐 내며 가운데 자리를 잡고 앉았다.

"넌 누가 오라고 했어?"

"서운하게 왜 이래? 장소 내가 섭외했거든?"

진헌의 말에 남자가 잔뜩 억울하다는 표정을 지어 보이며 엄살을 떨었다.

"소개도 안 시켜 줘?"

남자를 못마땅한 표정으로 보고 있던 진헌이 주화에게 무성의하게 소개를 했다.

"대학 동창, 박명수."

"풋!"

갑자기 터진 웃음에 주화는 얼른 손으로 입을 가렸다.

"고맙습니다, 웃어 주셔서."

박명수라고 소개된 남자가 바텐더가 건네준 칵테일 잔을 들어 보이며 마음 상한 얼굴로 웃었다.

"죄송해요."

주화가 미안한 얼굴로 진헌의 표정을 살피며 사과했다.

"괜찮습니다. 하루 이틀 겪는 일도 아니고. 덕분에 제 이름은 아무도 잊지 않습니다."

모든 것을 통달한 도인의 표정으로 명수가 술을 홀짝였다. 명수는 명함을 꺼내 주화에게 내밀었다.

"진헌이 가고 혹시 외로우면……."

다시 살 떨리게 무서운 퍽! 소리가 나고, 고개를 푹 숙인 명수는 뒷머리를 움켜잡고 신음을 흘렸다.

“아야……. 넌 진짜 친구도 아니다.”

얼굴이 빨갛게 물든 명수가 고개를 들어 진헌을 무섭게 노려보았다.

“내 약혼녀에게 엉뚱한 수작 부리지 말고 은정이나 제대로 잡지?”

진헌의 조언에 명수가 콧방귀를 꼈다.

“잡힐 녀석이었으면 벌써 잡혔지.”

주화에게 주려다 실패한 명함을 바에 툭, 올려놓은 명수가 칵테일 잔을 비우고 바텐더에게 한 잔 더 주문했다.

“평생 후회할 일은 만들지 마.”

“훗. 경험에서 우러나온 말이냐?”

멀뚱멀뚱 두 사람을 보고 있는 주화를 힐끔 쳐다보며 명수가 말했다.

“그래, 형님 말 새겨들어라.”

진헌이 피식 웃자 명수도 따라 웃었다.

어딘지 모르게 무겁게 느껴지는 두 사람의 대화를 듣고 있던 주화는 슬슬 손을 뻗어 명수가 꺼내 놓은 명함을 재빨리 손에 넣었다. 딱히 그 명함이 필요했다기보다는 박명수라는 인물이 어떤 사람인지 궁금해서였다.

그런데 명함을 확인도 하기 전에 간지러운 목소리의 한 여성이 주화의 어깨에 팔을 둘렀다.

“귀여운 약혼녀님이 심심해 보여.”

그 말에 세 사람 모두 여자에게로 시선을 돌렸다. 굵은 웨이브의 머리카락을 길게 늘어뜨린 여자는 속눈썹이 길고 입술이 탐스럽게 반짝거렸다.

'예쁘다…….'

달콤한 향수에 취한 듯 주화는 넋이 나간 얼굴로 그 여자를 바라보았다.

"너희가 심심한 게 아니고?"

진헌이 그만하라는 표정으로 여자에게 한마디 툭 던졌다.

"여자는 여자들끼리 놀아야지. 안 그래요?"

그러더니 주화의 팔을 잡아끌었다. 얼떨결에 의자에서 내려온 주화가 어떻게 하냐는 표정으로 진헌을 바라보았다.

"이상한 농담하면 가만 안 둔다."

"걱정하지 마. 네 흉은 안 볼게."

걱정스럽게 바라보는 주화를 주며 진헌이 싱긋 웃었다.

"괜찮아. 이 녀석보다는 훨씬 천사들이니까."

옆에 앉아 있는 명수를 가리키며 진헌이 주화를 안심시켰지만 명수의 얼굴엔 불만이 가득했다.

주화는 여자를 따라갔다.

진헌은 괜찮다고 했지만 주화는 하나도 괜찮지 못했다. 이곳에 모인 사람들은 모두 진헌의 친구였고, 몇몇은 진헌보다 나이가 많았다. 다들 쟁쟁한 집안의 자녀들로, 어린 주화가 상대하기엔 버거운 인물들이었다. 다행히 그들 모두 주화에게 호의적이었지만 주화는 긴장을 늦출 수 없었다.

주화는 마른침을 꼴깍 삼키며 여자의 손을 잡고 어느 테이블에 도착했다. 주화를 본 여자들이 모두 반가운 얼굴로 주화에게 인사를 건넸다.

주화를 데리고 온 여자까지 포함해 모두 다섯 명의 여자들이 둥글게 모여 있었다. 여자들은 모두 매혹적인 드레스를 입고 있었다. 몸매도 예쁘고 공들여 한 티가 확 나는 화장은 작은 얼굴을 더욱 돋보이게 했다. 하나같이 모두 여성스럽고 고상해 보였다. 그런 여자들과 함께 있자니 주화는 자신이 너무 초라하게 느껴졌다.

진헌과 모임에 참석해야 한다는 말에 어머니는 심혈을 기울여 주화를 곱게 단장시켰다. 생각 같아서야 여기 있는 여자들처럼 어깨가 훤히 드러난 미니 원피스를 입고 싶었지만 어린 주화에겐 무리가 있었다. 자칫하면 언니 옷 빌려 입은 꼴이 될 수 있기 때문이었다. 어른 흉내를 낸다고 해서 어른이 되는 것은 아니니까 말이다.

연보라색 시폰 원피스에 긴 생머리를 예쁘게 늘어뜨리고 여러 개의 큐빅이 박힌 나비 모양의 머리띠를 한 주화는 충분히 예뻤다. 주화를 데리러 왔던 진헌이 예쁘다며 여러 번 칭찬을 했지만 지금은 그 칭찬의 효력이 몽땅 바닥이 나 버렸다.

대화는 즐거웠지만 마음은 우울했다. 그건 사람들이 싫어서가 절대 아니었다. 그저 그들이 너무 예쁘고 어른스러운 탓이었다.

그날 이후 주화는 갑자기 우울해졌다. 교복을 입을 때마다 짜증이 났고, 진헌과 함께 있을 땐 주변 사람들의 시선이 신경 쓰였다. 주화의 그런 변화를 눈치챈 진헌이 여러 번 대화를 시도했지만 주화의 마음을 쉽게 열진 못했다.

그렇게 시간이 흘러 어느새 진헌이 미국으로 떠나는 날이 다가오고 말았다.

"핸드폰 뚫어지겠다."

화장실을 다녀온 아람이 자리에 앉으며 놀렸지만 주화는 우울한 표정으로 계속 휴대폰만 뚫어져라 쳐다보았다.

"너 요즘 많이 이상한 거 알아?"

책상에 얼굴을 괸 아람이 우울한 표정의 주화를 올려다보며 말했다.

"뭐가?"

"계속 사진만 들여다보고 있잖아."

"……."

아람의 말대로 주화는 계속 휴대폰 속의 사진을 보고 있었다.

휴대폰엔 진헌과 함께 찍은 사진들이 가득 들어 있었다. 틈만 나면 주화는 진헌과 사진을 찍었다. 그는 당분간 한국에 없을 테니 사진이라도 많이 남겨야겠다는 생각에서였다.

그런데 요즘 들어 너무도 어울리지 않는 한 쌍이라는 생각이 들었다. 교복을 입고 있는 꼬마와 슈트 차림의 어른 남자는 어색해 보이기까지 했다. 같이 캐주얼하게 입은 날도 꼬마와 어른의 차이는 감출 수 없었다.

"나…… 아저씨랑 있으면 너무 애 같지 않아?"

드디어 휴대폰에서 시선을 뗀 주화가 아람에게 물었다.

"고2가 그럼 애지 어른이야?"

친구에게 그런 뻔한 대답이나 들으려고 물어본 것이 아니었는데, 아람인 전혀 모르는 눈치였다.

"아저씨 친구들은 하나같이 예쁘더라."

"……."

"거기 있으니까 난 완전 유치원생인 거 있지."

"뭐 그런 걸로 자학까지 해?"

"그렇게 예쁘고 어른스러운 사람들이 많은데…… 아저씬 내가
왜 좋다는 거지?"

"허."

아람이 어이없다는 표정을 지었지만 주화는 한숨을 폭 내쉬었다.

띠리릭, 덜컥.

무거운 현관문이 열리고 다급한 발소리가 복도를 울렸다. 그 발
소리는 엘리베이터 앞에서 멈추었다. 1층에서 올라오는 엘리베이터
를 초조하게 기다리던 진헌은 문이 열리자 얼른 안을 들여다보았
다. 안엔 주화가 서 있었다.

"민투! 너 지금 시간이 몇 신 줄 알아?"

크게 나무라는 진헌의 목소리는 잔뜩 화가 나 있었다.

새벽 2시가 훌쩍 넘은 시간에 태연하게 1층 출입문을 열어 달라
니, 진헌은 머리를 한 대 얻어맞은 기분이었다.

"화났으면 그냥 갈게요."

시무룩한 표정을 지어 보이던 주화가 문을 닫으려고 하자 진헌
이 닫히는 문을 급히 막았다.

"아니야, 화 안 났어."

진헌은 주화를 달래며 엘리베이터에서 내리게 했다. 보낼 땐 보
내더라도 이 밤에 혼자는 절대로 보낼 수 없었다.

"일단 들어가서 얘기하자."

진헌은 주화의 손을 꼭 잡고 집으로 향했다.

진헌의 집에 들어온 주화는 더 우울해졌다. 집을 완전히 비우진
않기로 했다지만 중요한 물건들이 이미 미국으로 건너간 집 안은

너무 쓸쓸해 보였다. 주화는 말없이 집 안을 둘러보며 소파에 앉았다. 주화의 태도가 걱정스러웠던 진헌이 조심스럽게 물었다.

"무슨 일 있었어?"

"……아저씨는 내가 어디가 좋아요?"

"뭐?"

진헌은 제 귀로 들은 말이 의심스러워 되물었다.

"아저씨가 그랬잖아요. 난 꼬마라고. 꼬마랑은 결혼 안 한다고."

"……."

"그런데 갑자기 내가 왜 좋아졌어요? 왜 결혼하고 싶어졌어요?"

할 말을 잃은 듯 멍하니 서 있던 진헌이 훗, 하고 허탈한 미소를 짓더니 1인용 소파에 털썩 몸을 묻었다.

"그게 궁금해서 새벽에 자다 말고 집을 뛰쳐나왔어?"

그의 질문에 주화는 고개를 떨어뜨렸다.

가족들 앞에서 정식으로 약혼식도 했고, 사랑의 증표로 반지도 받았다. 진헌의 마음을 모르는 것도 아니고 의심하는 것도 아니지만 자꾸 불안한 마음이 커졌던 주화는 가만히 잠만 잘 수 없었다. 그러나 진헌의 얼굴을 보고 바로 후회했다. 자신의 이런 철없는 행동이 서로에게 좋지 못하다는 걸 잘 알고 있기 때문이었다.

"이상한 말해서 미안해요."

주화가 사과하자 진헌은 손을 뻗어 주화의 작은 손을 꼭 쥐었다.

"주화야."

"네."

"누군가를 사랑하는 덴 이유가 없어. 그냥 사랑하는 거야."

"……."

"난 널 사랑하고, 널 사랑하는 것에 이유 따윈, 조건 따윈 없어. 그냥 사랑해. 민주화라는 꼬맹이를 사랑한다고."

"미안해요."

"미안하다고 하지 말고 사랑한다고 말해."

"미안해요."

사랑하는 만큼 미안한 마음도 커서 지금은 미안하다는 말밖엔 할 수가 없었다. 주화는 하염없이 미안하다는 말만을 반복했다.

진헌은 주화의 어깨를 가볍게 토닥이고는 자리에서 일어났다.

"가자, 집에 데려다 줄게."

"아저씨랑 있으면 안 돼요?"

고개를 든 주화가 순진하게 묻자 진헌은 순간 얼굴을 붉히고 말았다.

이런 야심한 밤에 집에 안 가고 같이 있겠다니, 이건 고문이다.

"안 돼. 집에 가."

"싫어요. 그냥 여기 있을래요."

자리에서 벌떡 일어난 주화는 진헌이 붙잡을 새도 없이 쪼로록 침실로 들어가 버렸다.

"민주화."

화들짝 놀란 진헌이 침실로 따라 들어갔지만 주화는 잽싸게 침대 한가운데 올라가 자리를 잡고 누웠다.

"빨리 내려와."

팔짱을 낀 진헌이 엄한 표정을 지으며 경고했지만 주화는 눈을 꼭 감은 채 못 들은 척 누워 있었다. 진헌은 어쩔 수 없이 침대에 반쯤 몸을 기대고 이불을 걷어 주화의 팔을 잡았다.

“말도 없이 나왔을 거 아니야. 아침에 너 없어진 거 알면 부모님이 얼마나 놀라시겠어. 그러니까 어서 일어나서 집에 가.”

“싫어요. 안 가요.”

싫다며 팔을 잡아 뺀 주화는 데구르 몸을 굴려 벽에 바짝 붙어 버렸다.

“‘싫어요, 안 가요.’는 유괴범한테나 하는 소리고.”

주화가 어이없다는 표정으로 진헌을 바라보았다. 주화의 표정에 민망했던 진헌은 흠, 하고 헛기침을 한 번 하고는 주화의 팔을 잡으려고 침대 위로 올라갔다. 진헌에게서 도망가려고 몸을 일으키던 주화는 결국 진헌에게 팔이 붙잡히고 말았다.

“도망가긴 어딜 가.”

승리의 미소를 지으며 주화의 팔을 낚아챈 진헌은 갑자기 얼음이 되어 버렸다. 끌려오는가 싶던 주화가 그의 힘을 받아 덥석 허리를 끌어안았기 때문이다. 순간 심장이 덜컥, 하고 내려앉은 진헌은 멍해지는 정신을 가다듬으며 길게 심호흡을 했다.

“이거 안 놓으면…….”

“안 놓으면요?”

“……확 잡아먹어 버린다.”

“까아!”

이젠 그런 협박도 통하질 않는지 주화는 그의 허리를 더욱 강하게 끌어안을 뿐이었다. 진헌은 고집스럽게 품을 파고드는 주화의 등을 가볍게 두드렸다.

“장난 그만하고 이제 집에 가자.”

“……아저씨.”

“응?”

“오늘이 마지막 밤이에요.”

“……”

“그러니까 오늘은 아저씨랑 있을래요.”

그랬다. 내일이면 그는 주화를 두고 멀리 미국으로 떠난다. 그 생각 때문에 주화의 전화를 받기 전까지 진헌도 뜬눈으로 침대에 누워 있었다. 늦은 시간에 혼자 택시를 타고 여기까지 온 것을 두고 크게 나무라긴 했지만 주화의 얼굴을 본 순간 복잡했던 머릿속이 환해진 기분을 느꼈다. 이런 주화를 두고 미국을 가야 한다는 사실이 끔찍하기만 했다.

“민투.”

“아저씨랑 같이 있을 거예요.”

주화는 진헌의 허리에 두른 팔을 더 꽉 죄었다.

“알았어. 알았으니까 이 팔 좀 놓자.”

진헌의 항복 선언에 주화가 빠끔 고개를 들어 진헌을 올려다보았다.

“정말이죠?”

“그래.”

의심스럽긴 했지만 주화는 조심스럽게 팔을 풀었다. 몸이 자유로워진 진헌은 침대에서 내려왔다. 주화는 침대 한가운데 앉아 말똥말똥한 눈으로 진헌을 바라보았다. 난 아무것도 몰라요, 라는 표정으로.

진헌은 속으로 주문을 외웠다. 민주화는 고등학생이다! 라고.

“자요?”

진헌과 나란히 누워 멀뚱멀뚱 천장을 보고 있던 주화가 물었다.

“잘까 생각 중이야.”

“풋.”

진헌의 대답에 주화가 낮게 웃음을 터뜨렸다.

“빨리 자.”

“……언니들이 너무 예뻤어요.”

주화의 엉뚱한 말에 진헌이 고개를 돌렸다.

“언니들?”

“아저씨 친구들 있잖아요. 아저씨 송별회에 왔던 언니들.”

“걔들은 왜 언니야? 아줌마라고 불러.”

심술이 난 진헌이 투덜거리며 다시 고개를 똑바로 하고 누웠다. 잠시 가만히 있던 주화가 다시 말을 꺼냈다.

“조금 우울했어요.”

“뭐가?”

“그 언니들이랑 내가 너무…… 비교가 되어서요.”

이게 무슨 말인가 싶었던 진헌이 다시 고개를 돌려 주화를 바라보았다. 주화는 똑바로 누워 천장을 올려다보고 있었다.

“아저씨 말대로 난 아직 꼬만데…… 아저씨 주변에 있는 사람들은 다 어른이잖아요. 게다가 그 언니들은 너무 예쁘고, 자기 일도 하고 있고. 언니들이 너무 멋져서 내가 너무 작아 보였어요.”

진헌은 주화를 향해 팔을 괴고 누워 진지한 목소리로 말했다.

“네가 하나 놓친 것이 있어.”

주화가 고개를 돌려 진헌을 바라보았다.

“걔네들이 그만큼 늙었다는 소리야.”

“……!”

“넌 이미 충분히 예뻐. 그리고 그 나이가 되면 넌 더 예뻐질 거야. 때가 되면 너도 네가 좋아하는 일을 하게 될 거고. 지금 그 애들보다 더 멋있어질 수 있는 기회가 적어도 10년은 더 있는 거잖아. 그때가 되면 남자들이 네 앞에 줄을 설 거야.”

“…….”

“그렇게 되기 전에 내가 냉큼 업어 왔으니 난 행운아야.”

“피.”

별말 아니었지만 기분이 금세 좋아진 주화가 피식 웃으며 진헌을 향해 돌아누웠다.

“미국 가면 매일매일 전화할 거예요?”

“매일은 못할 것 같은데?”

기분 좋게 웃고 있던 주화의 얼굴이 심각하게 구겨지자 진헌이 가볍게 웃으며 말을 이었다.

“네가 그랬잖아. 지키지 못할 약속은 하고 싶지 않다고. 약속 못 지키는 것만큼 나쁜 건 없다고.”

“…….”

“매일 전화하는 건 힘들 거야. 한국이랑 시차 차이도 있고, 미국에 놀러 가는 게 아니잖아. 대신 매일 이메일 보낼게.”

“알았어요.”

삐친 듯 주화가 몸을 바로 하고 눕자 진헌이 말했다.

“화났어?”

“화 안 났어요.”

말은 그랬지만 목소리는 화가 잔뜩 나 있었다.

"그럼 나 보고 누워야지."

"난 이게 편해요."

"심술쟁이."

"……."

"욕심쟁이."

"……."

주화가 계속 아무런 대꾸가 없자 부스럭 소리를 내며 몸을 바로 하고 누운 진헌이 말했다.

"그런데 어쩌나?"

호기심에 주화가 힐끔 그를 쳐다보았다.

"그래도 채진헌은 민주화가 좋단다."

"……."

"중증도 이런 중증이 없네. 세상엔 약도 없어. 불쌍해서 어쩌나. 쯧쯧."

가슴이 간질간질하고 코끝이 찡해진다.

주화는 방 안이 캄캄한 것이 새삼 감사했다. 붉어진 눈시울을, 파르르 떨리는 입술을 그에게 들키지 않을 테니까. 그런데 그의 눈은 가릴 수 있어도 귀는 가릴 수 없었다. 작게 훌쩍이는 소리를 들키고 만 것이다.

"울보."

"……."

진헌은 이불을 꼭 움켜쥐고 울지 않으려고 안간힘을 쓰는 주화를 안쓰럽게 바라보았다. 진헌은 손을 뻗어 주화의 목 뒤로 손을 끼우고 제 품에 끌어당겼다. 주화의 작은 몸이 힘없이 딸려 와 품에 폭 안겼다.

"조금 있으면 해 뜬다. 자자."

진헌은 갓난쟁이를 재우듯 주화의 등을 가볍게 두드렸다. 주화는 어미 품을 찾는 아기 고양이처럼 그의 가슴에 얼굴을 묻었다. 그리고 작게 중얼거렸다. "사랑해요."라고.

그 소리가 너무 작아서 잘 들리진 않았지만 진헌은 만족스러운 미소를 지으며 주화를 더 꼭 안았다. 부디 시간이 천천히 지나가길 기도하며……

15.
민주화, 사랑해!

주화는 진헌과 같은 차를 타고 인천공항으로 향했다. 차가 공항으로 출발하기 무섭게 주화의 울음이 시작되었다. 진헌이 옆에서 아무리 달래도 소용이 없었다. 자꾸 울면 미국에 못 간다고 하자 더 울어 버릴 기세였다.

공항에 도착을 해서도 주화의 눈물은 좀처럼 멈출 기미가 없어 보였다. 채 옹이 서운하다는 말까지 하며 놀렸지만 주화는 훌쩍이며 죄송해요, 라는 말만 반복했다.

주화가 그렇게 울어 대니 진헌은 주화의 부모님에게 눈치가 보였다. 귀한 딸 진을 다 빼고 가는 나쁜 예비 사위가 된 것이 너무 죄송스러웠다.

주화를 안쓰럽게 바라보던 진헌이 주화를 데리고 조금 떨어진 커피숍으로 갔다. 시원한 주스를 주문해 주화의 손에 들려 주고, 가까운 테이블에 마주 보고 앉았다.

주화는 빨대에 입도 대지 않고 계속 훌쩍였다.

"민투."

"흑. 네."

울면서 대답하는 꼬마, 민주화.

진지하게 타이르려던 진헌은 끝내 피식 웃고 말았다.

"네 눈 얼마나 웃긴지 알아?"

"……."

"창피해서 같이 있을 수가 없어."

그 말에 주화는 고개를 푹 숙여 버렸다.

울지 않으려고 했는데 눈물이 주책없이 흐르는 걸 어쩌란 말인지. 이젠 쓰라리기까지 한 눈을 손등으로 닦아 내며 울지 않으려고 입술을 꼭 깨물었다. 그런다고 멈출 눈물이었으면 아주 예전에 멈추었겠지. 눈물은 계속 하염없이 흘러내렸다.

진헌은 컵을 감싸고 있는 주화의 왼손을 꼭 쥐었다. 엄지손가락으로 보드라운 손등을 쓰윽 문지르던 진헌은 주화의 반지를 만지작거렸다.

"주화야."

고개를 든 주화가 어렵사리 진헌과 눈을 맞추었다. 진헌은 주화의 흔들리는 눈동자를 바라보다 주화의 왼손을 잡은 채 주화의 곁에 바짝 다가가 앉았다. 주화의 작은 어깨를 한 팔로 감싸 안은 진헌은 주화의 귀에 대고 낮은 목소리로 노래를 부르기 시작했다.

그대 사랑하오 아직도 사랑을 알지 못하지만 이 나이 되도록
그대 사랑하오 그대의 눈빛은 영원히 빛나오 날 믿어 주오

그대가 나를 모른다 해도 그러다 날 버린다 해도

나 어제처럼 그 자리에서 사랑하오

나는 약속하오 우리의 사랑이 영롱한 빛으로 물들 것임을

그대가 나를 모른다 해도 그러다 날 버린다 해도

바보처럼 그 자리에서 사랑하오

그대 사랑하오 말로 다 이 맘을 표현 못하지만 난 사랑하오

그대가 이 맘을 허락해 준다면

이 세상 끝까지 함께하겠소

(사랑하오 - 김현철, 윤상)

"흐윽."

주화의 울음이 더 커졌다.

"이런, 더 우네?"

장난스럽게 중얼거리던 진헌이 주화를 꼭 안고 눈물로 젖어 버린 얼굴에 길게 입을 맞췄다.

"채진헌은 민주화를 사랑해."

❋ ❋ ❋

"세상에…… 맹꽁이가 따로 없네."

다음 날, 아침에 등교를 한 주화를 보자마자 아람이 중얼거렸다.

어제 집에 돌아온 후 계속 얼음찜질을 했지만 주화의 부운 눈은 쉽게 가라앉질 않았다. 게다가 진헌을 생각할 때마다 자동으로 눈물이 흘러내리는 통에 얼음찜질 자체가 소용이 없었다.

"그렇게 좋으면서 왜 결혼은 안 한다고 버텼을까?"

진헌과 정식으로 약혼을 하게 되면서 주화는 아람이의 놀림감이 되었다. 태영이의 일부터 주화의 모든 것을 샅샅이 알고 있는 아람이었기 때문에 주화는 아니라고 발뺌도 할 수 없었다.

"그만해."

주화의 갈라진 목소리를 들은 아람이 깜짝 놀란 얼굴로 말했다.

"어머, 목도 쉬었어."

"……."

"너 혹시 공항에서 떼쓰고 대성통곡한 거 아니야? 아저씨 따라간다고."

"자꾸 그러지마. 나 우울해."

주화가 울먹거리자 아람이 얼른 미안하다며 사과를 하고 주화의 등을 토닥였다.

"그런데 너 그건 왜 끼고 왔어? 그러다가 선생님한테 뺏기면 어쩌려고."

아람의 말에 주화는 왼손 약지에 끼워져 있는 커플링을 쳐다보았다. 작은 다이아가 박혀 있는 반지는 상당히 심플한 디자인이었다.

"구경해도 돼?"

주화는 진헌이 준 반지를 자랑하고 싶어 고개를 끄덕이며 반지를 아람에게 보여 주었다.

"이건 뭐야? 나사?"

"그 반지 보여 준 언니가 그러는데 러브 브레이슬릿이래."

"브레이슬릿?"

"응. 스큐……."

단어가 바로 기억나지 않은 주화가 인상을 찌푸리며 말을 이었
다.

"하여튼 무슨 드라이버로 한 번 채우면 절대로 못 연대."

"그런데 넌 뺐잖아."

"그건 반지라 그런 거고. 원래는 팔찌가 있나 봐. 절대 못 여는
팔찌. 그런데 그건 하고 싶어도 못하잖아. 선생님한테 걸리니까."

"잘 아네."

공포의 담임 선생님 목소리가 들리는가 싶더니 커다란 손이 아
람이의 손에서 반지를 휙 낚아채 갔다.

"선생님!"

놀란 주화가 자리에서 벌떡 일어났다.

"걸릴 줄 알면서 학교엔 왜 들고 와? 압수."

"선생님, 죄송해요. 다시는 안 가지고 올게요."

사색이 된 주화가 손을 싹싹 빌며 사정했지만 선생님은 매정한
얼굴로 교탁에 서서는 아이들을 조용히 시켰다.

절망한 주화는 자리에 털썩 주저앉았고, 미안한 아람인 죽고 싶
다는 표정으로 주화를 바라보았다.

교칙에 어긋난다는 걸 알면서도 학교까지 반지를 끼고 온 것이
잘못이었다. 어제 진헌이 미국으로 떠난 후 남은 것이 이 반지 하
나라 주화는 좀처럼 반지를 뺄 수 없었다. 조금이라도 더 그를 느
끼고 싶었던 욕심이 화를 불러온 것이다.

슬픔에 잠긴 주화는 조회 시간 내내 눈물을 흘렸고, 1교시 수업
전에 아람인 교무실로 달려갔다. 자기 때문에 반지를 뺏긴 것이니

꼭 되찾아 줘야 했다. 그러나 담임 선생님은 쉽게 반지를 되돌려 주지 않았다. 아람이 싹싹 빌며 벌을 받겠다고 해도 선생님은 요지부동이었다. 결국 수업종이 울려 아람인 다시 교실로 돌아가야 했다.

아람이 교실로 돌아가고, 다음 수업이 없어 책상에 앉아 있던 선생님은 주화의 반지를 요리조리 한참 살폈다. 맞는 드라이버가 있긴 한 건지 작은 나사들이 일정한 간격으로 늘어서 있고, 그중에 반짝이는 보석이 있었다.

"최 선생님."

담임 선생님은 마찬가지로 수업이 없어 책상에서 업무를 보고 있는 영어 선생님을 불렀다.

"왜요, 김 선생님?"

"이거…… 설마 다이아 아니겠죠?"

그 말에 바짝 다가앉은 최 선생님이 반짝이는 것을 한참 동안 들여다보았다.

"다이아…… 일까요?"

서로 멀뚱멀뚱 바라보다 반지로 시선을 돌린 최 선생님이 반지 안쪽에 새겨진 마크를 찾아냈다.

"어? 잠깐. 이거…… 까르……띠……에…… 라고 쓰여 있는 거예요. 지금?"

"에?"

놀라긴 김 선생님도 마찬가지였다. 최 선생님은 재빨리 인터넷 검색을 시작했다. 해당 브랜드의 사이트를 찾아 반지 디자인을 검색하던 선생님이 벌어진 입을 다물지 못하고 김 선생님을 바라보

있다.

"이거…… 진짠가 본데요?"

"엑?"

점심시간이 되었지만 밥 먹는 것도 거른 주화는 진우에게 전화를 걸어 울고 있었다.

"반지를 뺏겼어요. 엉엉."

「그만 울어.」

"어떻게 해요. 흑흑. 그거, 우리 아저씨가…… 엉엉."

「괜찮아. 선생님이 나중에 다시 되돌려 주시겠지.」

"엉엉. 아니에요. 우리 쌤 악질이란 말이에요. 흑흑. 한 번도, 그런 거 돌려준 적 없어요. 어엉."

「알면서 그걸 학교까지 왜 가져갔어?」

"어어엉!"

서러움에 북받친 주화의 울음소리가 화장실에 쩌렁쩌렁하게 울렸다.

"어떻게 하면, 좋아요. 엉엉. 그거, 절대 잃어버리지 말라고 했는데. 어엉어엉!"

문을 꼭 걸어 잠그고 변기 뚜껑 위에 올라앉은 주화는 코까지 풀며 계속 대성통곡이었다.

「그냥…… 내가 똑같은 걸로 하나 다시…….」

"어어어엉!!!!"

서럽게 울려 퍼지는 울음소리를 들으며 진우가 인상을 찌푸렸다.

민주화의 눈물샘은 마르지도 않는 옹달샘인가 보다. 어제도 종일 울고, 오늘도 종일 울고. 진우는 저러다 눈물 멈추게 병원이라도 가야 하는 건가 싶은 고민에 빠졌다.

반지가 보통 가격이 아니니 만약 그 반지가 어떤 반지인 줄 알게 되면 선생님이 되돌려 줄 수도 있지 않을까 하는 막연한 기대를 해 보았다. 그렇다고 학교까지 찾아가서 비싼 반지니까 내놓으시오, 라고 윽박지를 수도 없으니 난감하기만 했다.

"주화야."

진우가 엉엉 울고 있는 주화의 이름을 다정하게 불렀다.

"선생님께 가서 다시 부탁을 드려 봐. 약혼반지라고 말씀드리고, 다시는 안 들고 오겠다고 싹싹 빌어."

「흐윽. 안 주시면 어떻게, 해요.」

"아니야. 주실 거야."

무슨 자신감에서 그런 말이 나오는지, 원.

"가서 무조건 잘못했다고 빌고 돌려 달라고 말씀드려."

「흑, 흑.」

"그래도 안 주시면…… 그때는 뭐…… 부모님이 학교에 찾아가 셔야지."

「어떻게 해!」

야간 자율 학습이 시작되기 직전, 주화는 아람이와 함께 교무실 문 앞에 서서 심호흡을 하고 있었다.

"미안해, 주화야."

아람이가 핼쑥해진 주화의 얼굴을 쓰다듬으며 울 것 같은 표정 으로 사과했다.

"괜찮아. 내가 잘못한 건데 뭐."

"미안해."

"금방 다녀올게."

후우, 하고 깊은 심호흡을 한 번 한 주화가 교무실 문을 열고 안으로 들어가며 큰소리로 안녕하세요! 라고 인사를 했다. 그 소리에 놀란 선생님들이 일제히 주화를 돌아보았다. 주화는 당당한 걸음으로 담임 선생님이 있는 자리까지 걸어갔다.

"야자 준비 안 하고 여긴 왜 왔어?"

선생님이 엄한 표정을 지으며 묻자 주화는 울컥 눈물부터 나려고 했다. 그러나 울기만 해서 해결될 문제가 아니라는 걸 알기에 눈물을 참기 위해 주먹을 꼭 쥐고는 입을 열었다.

"선생님, 반지 가지고 온 건 정말 죄송해요."

"……."

"다른 거라면 돌라 달라는 말씀도 안 드릴 텐데…… 그 반지, 커플링이 아니고…… 제 약혼반지예요."

숨죽인 얼굴로 주화와 김 선생님을 지켜보던 다른 선생님들이 작게 웅성거렸다.

"저 4년 동안 아저씨 얼굴도 못 봐요. 그래서 그 반지 없으면…… 안 돼요."

김 선생님도 난감하긴 마찬가지였다. 주화의 약혼 사실을 아예 몰랐던 것도 아니었고, 게다가 반지가 호락호락한 가격이 아니었기에 무조건 압수를 할 수도 없었다.

"죄송해요, 선생님. 잘못했어요. 다시는 안 가져올게요."

준비했던 마지막 말까지 털어놓은 주화의 눈에서 눈물이 주루룩 흘러내렸다.

사랑하는 사람은 미국으로 떠나 오랜 시간 동안 얼굴을 볼 수 없고, 그가 남겨 두고 간 반지는 빼앗기고 말았으니 서러움이 북받쳐 올랐다.

"이런 울보가 시집은 어떻게 간다고. 쯧쯧."

선생님이 티슈를 뽑아 주화의 눈물을 닦아 주며 혀를 찼다.

"잘못했어요, 선생님."

주화의 눈물을 닦아 주던 선생님은 잠갔던 서랍을 열쇠로 열고 손수건에 고이 싸 두었던 반지를 주화에게 내밀었다. 주화는 떨리는 손으로 반지를 받아 들었다.

"다음엔 결혼반지라고 해도 안 돌려줄 거야, 알았어?"

선생님의 악의 없는 호통에 주화가 고개를 끄덕였다.

"울다가 웃으면 엉덩이에 털 난다."

지금까지 말없이 지켜보던 교감 선생님의 유치한 농담에 주화의 얼굴이 우는 건지 웃는 건지 요상하게 일그러졌고, 덕분에 교무실은 웃음바다가 되었다.

"이젠 집에 갈 기운도 없어."

야간 자율 학습이 끝나고 잔뜩 지친 표정의 주화가 책상에 엎드리며 중얼거렸다.

"밥도 제대로 안 먹고 울기만 해서 그래."

주화만큼이나 속을 끓였던 아람이 주화의 등을 토닥였다.

"우리 뭐라도 먹고 갈까?"

"먹을 기운도 없어."

책상에서 몸을 일으킨 주화가 힘없는 목소리로 대답했다.

"아, 맞다. 반지 찾았다고 알려 줘야 하는데."

10분을 붙잡고 하소연을 늘어놓았던 진우가 떠올라 주화는 가방을 뒤졌다. 휴대폰을 꺼내 전화번호를 막 찾고 있는데, 드르륵, 하고 진동이 울렸다.

처음 보는 번호에 주화는 긴장한 얼굴로 전화를 받았다.

"여보세요?"

「민투.」

"아저씨!"

착 가라앉아 있던 주화의 목소리가 하이 소프라노로 높아졌다.

「잘 있었어?」

잘 있긴! 그러나 주화는 반지를 빼앗겼다 찾았다는 모험담은 말하지 않기로 했다.

"아저씬 왜 이제 전화해요? 24시간도 훨씬 지났잖아요. 거긴 전화도 없어요? 아저씨 전화 망가졌어요? 뭐예요, 정말."

아람인 주화가 진헌에게 화풀이를 하고 있다고 생각했다. 그렇지 않고서야 저런 심술이 어디 있단 말인가.

그러나 채진헌은 다정하게 대답해 주었다.

「미안해. 오자마자 할아버지 건강 체크한다고 병원엘 좀 들렀어. 집에 와서는 짐 정리 하느라 바빴고. 화났어?」

화가 나긴 무슨.

보이지도 않는데 고개를 마구 젓던 주화가 아람이의 눈치를 살피며 작은 목소리로 말했다.

"아저씨, 보고 싶어요."

「나도 민투 보고 싶어..」

두 사람의 장거리 연애가 시작된 첫날이다.

＊＊＊

겨울방학이 시작되었다. 그와 동시에 진우의 고충도 함께 시작되었다.

"난 정말 궁금해. 네가 왜 내 사무실에서 이러고 있는지."

한참 서류 검토를 하던 진우가 집무실 한쪽의 작은 회의 테이블에서 연필을 깎고 있는 주화를 보며 투덜거렸다.

"전 다음 달부터 고3이에요."

"그거랑 여기 있는 거랑 무슨 상관인데?"

"우리 아저씨가 대학 떨어지면 국물도 없다고 했어요."

"허. 우리 아저씨?"

우리 아저씨라는 말이 이렇게 남세스럽고 민망한 말이었는지 처음 알았다.

연필심을 삭삭삭 긁어내던 주화가 연필에 후, 하고 입김을 한 번 불어 먼지를 털어 내더니 필통에 얌전히 눕혀 놓았다.

진우에게로 고개를 돌린 주화가 초롱초롱 빛나는 눈동자로 바라보며 천진난만하게 말했다.

"아저씨가 우리 아저씨랑 닮았어요."

"허허. 엄밀히 말해서 내가 진헌일 닮은 게 아니라 진헌이가 날 닮은 거야."

"그거나 그거나죠."

“뭐?”

“아저씨 보고 있으면 우리 아저씨 보고 있는 것 같아서 기분이 좋아요.”

“뭐야, 내가 꿩 대신 닭이야?”

진우가 분통을 터뜨렸지만 주화는 어깨를 한 번 들썩거리더니 다시 연필 깎는 것에 열중했다.

“아저씨는 수학 잘하세요?”

진우가 씩씩거리며 부채질을 하고 있는데, 주화가 생뚱맞은 질문을 던졌다. 진우가 아무런 대답을 하지 않자 주화가 진우를 바라보며 생긋 웃었다.

“우리 아저씨는 수학도 잘하는데.”

Oh, My God!

분노의 화신이 된 진우는 주화의 짐을 챙겨 서영에게로 내쫓아 버렸다.

그리고 원망의 이메일을 진헌에게 보냈다.

원수 같은 진헌 보거라.

네가 남겨 놓고 간 민주화가 드디어 나에게 욕구불만을 표출하기 시작했다.

방학이 되자마자 내 사무실로 등교를 하며 내 업무를 방해하고 있고, 심지어 내 약점인 수학을 들먹이며 나를 괴롭히고 있다.

하루 빨리 민주화를 데려가지 않으면 내가 민주화를 다른 곳으로 시집보내 버릴지도 모른다.

너를 지극히 사랑하는 형, 채진우.

진헌이 떠나고 어느덧 훌쩍 일 년이 지났다.

힘들고 고단했던 3학년 수험생 생활의 첫 번째 고비인 수능시험이 딱 일주일 앞으로 다가왔다. 공부가 힘들어지고, 경쟁이 치열해질수록 아이들의 신경은 예민해졌다. 작은 일에도 쉽게 분노했고, 억눌린 스트레스를 감당하지 못해 결국 수능시험을 포기한 아이들도 있었다. 그래도 주화는 착실히 공부했다.

주화에게 반감을 가지고 있는 아이들은 부잣집에 시집가면 그만인데 공부는 왜 하냐며 비아냥거렸지만, 주화는 거기에 휘말리지 않는 대범함도 보였다.

아람인 그사이 1학년 때부터 사귀던 남자친구와 헤어진 후 잠시 방황하기도 했지만 잘 이겨 냈고, 태영이와도 서로 좋은 영향력을 끼치는 친구로 사이좋게 잘 지냈다.

진우는 얼마 전 부회장으로 승진을 했고, 서영은 둘째 아이를 임신했다. 서영의 임신 소식을 들은 주화는 한달음에 집으로 달려갔다. 주화는 서영의 초음파 사진을 신기한 표정으로 한참 동안이나 바라보았다. 까맣기만 한 그 검은 공간에 아기가 있다는데, 도저히 찾을 수가 없어 속이 상했다.

"언니는 보여요?"

주화가 볼멘소리로 묻자 서영이 빙그레 웃었다.

"응, 다 보여."

"말도 안 돼. 이렇게 까만데?"

"후후. 지금은 그래도 나중에 엄마가 되면 다 알아볼 수 있어."

엄마가 된다는 말이 도저히 실감이 나지 않았던 주화는 멀뚱멀뚱 서영을 바라보았다.

"저번부터 궁금했는데요, 서우 이름은 누가 지었어요?"

다른 것으로 주제를 돌린 주화가 옆에서 서우와 놀고 있는 진우에게 물었다.

"내가. 이름 예쁘지?"

"네. 무슨 뜻이에요?"

"깃들일 서(栖)에 넉넉할 우(優). 한자는 그런데, 사실은 서영이랑 내 이름에서 한 자씩 합쳐서 만들었어."

"와아. 아저씨 되게 낭만적이시다."

"그치, 그치?"

주화의 칭찬에 진우가 어린아이처럼 신나 했다.

그날 저녁, 그 이야기를 진헌에게 했다.

"큰 아저씨랑 언니 이름에서 한 글자씩 따서 만들었대요. 되게 멋있지 않아요?"

「그게 멋있는 거야?」

"멋있지 않아요? 되게 낭만적이잖아요. 사랑하는 사람과의 이름으로 지어 준 아이의 이름. 난 멋진데."

「그건 멋있는 게 아니고, 창의력 부족에 게으른 거야.」

"어머, 무슨 말이 그래요? 나중에 서우한테 다 일러 줄 거야."

「왜 이래? 서우 이름이 안 좋다는 뜻은 아니잖아.」

"어쨌든. 이름도 예쁘고 멋있기만 한데 무슨 심술이에요?"

「허.」

“그런데요…… 우리 애들 이름은 어떤 걸로 지을 거예요?”

귀까지 새빨갛게 물든 주화가 수줍은 목소리로 물었지만 진헌의 대답은 시큰둥했다.

「작명소에 부탁할 건데?」

“작……명소?”

너무 어이가 없어서 말이 제대로 나오질 않았다.

「무엇이든 전문가에게 맡겨야 제대로 된 결과물을 얻을 수 있는 거야. 그만한 가치가 있기 때문에 비용을 지불하는 거고.」

“아저씨야말로 성의라곤 개뿔도 없잖아요.”

화가 난 주화가 성질을 부렸다.

「왜 화를 내?」

당황한 듯 진헌이 한껏 목소리를 낮추고 물었다.

“됐어요. 나 피곤해요.”

「어? 민투.」

주화는 바로 전화를 끊어 버렸다.

그날 이후 수능 일까지 주화는 진헌과 통화를 하지 못했다.

화가 난 건 자긴데 진헌이 왜 전화를 안 하는지 주화는 도통 이해를 할 수 없었다.

‘시험 못 보기만 해 봐라. 다 아저씨 책임이야.’

주화는 투덜거리며 목도리를 목에 칭칭 감고 집을 나섰다. 어머니가 같이 가자고 했으나 그러면 더 부담된다며 혼자 가겠다고 고집을 부렸다.

지각이라도 하게 되면 큰일이었기 때문에 주화는 이른 새벽부터 길을 나섰다. 새벽이라 차가운 밤바람이 아직까지 골목을 맴돌고 있었다. 오늘은 예년에 비해 덜 추울 거라더니 너무 추워서 이가 따다닥 부딪치기까지 했다.

수험장으로 지정된 학교에 도착을 하니 학교 후배들이 응원을 나와 있었다. 그리 많은 인원은 아니었지만 추운 날씨에 선배를 위해 따뜻한 차를 준비하고 있는 모습이 대견하고 고마웠다.

'작년엔 나도 그랬는데.'

문득 자기도 그랬다는 걸 떠올린 주화는 따뜻한 커피로 몸을 녹이고 잠을 좀 깨워 보려고 총총걸음으로 다가갔다.

"안녕."

"언니! 시험 잘 보세요!"

주화가 다가가자 아이들이 큰소리로 응원을 했다.

"커피 드릴까요?"

"응. 찐하게."

주화의 주문에 아이들이 뜨거운 물을 따르고 커피를 타기 시작했다. 주화는 휴대폰을 꺼내 시간을 확인했다. 아람이가 올 시간이 된 것 같은데 통 보이질 않아서였다. 어차피 수험장 들어가면 볼 시간이 있을 테니 얼른 커피를 받아 들고 학교로 들어가기로 했다. 너무 추워서 기다리고 있을 기력이 없었다.

"언니, 여기요."

"응. 고마워."

"떨지 말고 차분히 보세요!"

아이들의 응원을 받은 주화는 뜨거운 커피를 호호 불며 조금씩 마셨다. 뜨거운 것이 들어가고서야 몸이 좀 녹는 것 같은 기분이 들었다.

요란한 응원 소리를 들으며 다른 아이들과 막 교문으로 들어가려고 했는데, 문득 자기를 부르는 소리를 들었다. 주화는 컵을 입에 물고 뒤를 돌았다. 아람인가 싶어 올라오는 아이들 사이를 살폈지만 눈에 익은 사람은 없었다.

'뭐지? 잘못 들었나?'

고개를 갸우뚱거리며 다시 걸음을 옮기는데, 이번엔 좀 더 크게 들렸다.

"민투!"

급히 몸을 돌린 주화의 눈동자가 커다래졌다. 그리 멀지 않은 곳에 검은색 코트를 입은 한 남자가 서 있었다.

뼈에 사무치도록 보고 싶던 사람. 꿈에서 깰 때마다 화가 나도록 보고 싶던 사람.

감미로운 목소리로 사랑한다고 노래를 불러 주던 사람. 내 마음의 별빛달빛인 그 사람.

나만을 비춰 주는 나만의 달빛, 채진헌이 웃으며 서 있었다.

막상 눈앞에서 진헌을 보고도 믿을 수 없었던 주화는 선뜻 발을 뗄 수 없었다. 지금 이 순간이 모두 꿈이 되어 버릴까 봐, 물거품처럼 흔적도 없이 사라져 버릴까 봐 무서워서 움직일 수가 없었다.

그런데 마치 신기루처럼 서 있던 진헌이 서서히 움직이기 시작했다. 검은 코트 주머니에 손을 찔러 넣은 채 어제도 만나고 그저께도 만났던 사람처럼 그렇게 바로 코앞까지 걸어왔다.

"커피 남았어?"

주화가 들고 있는 종이컵을 힐긋 바라보던 진헌이 컵을 가져가더니 남은 커피를 홀짝 다 마셔 버렸다.

"누구세요?"

그가 정말 채진헌인지 확인하고 싶은 마음에 주화는 얼떨결에 그렇게 묻고 말았다. 그러자 진헌이 피식 웃더니 끼고 있던 장갑을 벗고 주화의 차가워진 양 볼을 따뜻한 손으로 감쌌다.

"아직도 화났어?"

"아……."

"얼굴이 다 얼었네?"

"……."

"장갑은 또 왜 안 꼈어?"

그러더니 주화의 손을 잡고 호오, 하고 따뜻한 입김으로 녹여 준 후 제 장갑을 꼼꼼하게 끼웠다.

"뭐예요……?"

주화의 목소리가 불규칙하게 떨렸다.

"너 못 만날까 봐 꼭두새벽부터 기다리고 있었어."

진헌의 투정에 주화의 눈시울이 붉어졌다.

"바보. 우리 집으로 오면 되지."

"아하. 그런 방법이 있었구나."

"여기까지 오는데 얼마나 추웠는지 알아요! 집에 와서 나 데려왔으면 하나도 안 얼었잖아요! 아저씨는 따뜻하게 저 차에서 기다려 놓고 새벽부터 기다렸다고 불만인 거예요, 지금?"

주화가 버럭버럭 화를 내자 진헌은 당황했다. 놀래 주려고 일부러 여기서 기다렸던 것인데 어째 요점에서 한참 멀어진 기분이 들었다.

"화 많이 났구나? 미안해, 화 풀어."

진헌이 절절매며 사과를 하자 주화가 팔을 들어 작은 주먹으로 그의 가슴을 힘없이 때렸다.

"아저씨 나쁘잖아요."

"그래, 내가 나빴어."

탁.

주화의 주먹이 다시 그의 가슴을 때렸다.

"아저씨 미워요."

"난 그래도 주화 사랑해."

"흐윽."

들고 있던 주화의 작은 주먹이 파르르 떨리더니 아래로 떨어졌다. 진헌은 주화를 넓은 가슴에 안았다.

얼마나 보고 싶었는지는 말로는 설명할 수 없다. 매 시간마다 주화의 얼굴을 떠올리고 또 떠올리며 그리움을 달랬지만 그건 착각이었다. 떠올리면 떠올릴수록 그리움은 깊어지고 고통스럽기까지 했다.

웃는 모습을 보는 것만으로도 시간이 부족한데, 잔뜩 화가 난 주화는 도저히 견딜 수 없었다. 그래서 이곳까지 날아왔다.

직접 눈으로 확인하고, 직접 품에 안아 체온을 확인하고 사랑한다는 걸 말해 주려고. 그리고 예쁜 모습만 보자는 말을 하려고 급하게 표를 구해 여기까지 온 것이다.

떨리는 마음으로 주화를 기다리고, 이렇게 만나게 되니 너무 가슴이 벅찼다. 진헌은 주화의 몸을 더욱 꽉 끌어안았다.

그렇게 서로의 존재를 확인하며 부둥켜안고 있는데, 주화가 몸을 비틀더니 진헌의 팔에서 빠져나갔다.

진헌이 의아한 표정으로 쳐다보자 주화가 커다란 장갑을 낀 손으로 제 입술을 가리켰다.

"뭐?"

눈치라고는 눈곱만큼도 없는 남자.

주화는 발을 동동 구르며 제 입술을 가리켰다.

"뽀뽀."

"뭐?"

주화의 난데없는 요구에 진헌은 당황했다.

지금까지 주화와는 짧은 입맞춤조차 해 본 적이 없었다. 하기 싫었다기보다는 참은 것이었다. 주화는 아직 어린 학생인데 키스라니 가당치도 않은 일이라 여겼다.

그런데 주화가 뽀뽀를 해 달라고 발까지 구르며 조른다. 그다음 일을 어떻게 감당하라고.

"뽀뽀하는 거 허락할게요. 그러니까 빨리 뽀뽀해요."

진헌은 '언제는 네가 허락 안 해서 안 했냐?' 라는 생각을 하며 속으로 실소를 흘렸다.

"빨리빨리. 시간 다 됐어요."

시간을 넉넉하게 두고 도착하긴 했지만 빨리 들어가서 화장실도 가야 하고 언 몸도 녹여야 했다. 어젯밤에 준비한 물건들이 제대로 있는지 확인도 해야 했기 때문에 마음이 초조했다.

주화는 코트 주머니에서 휴대폰을 꺼내며 빨리하라고 재촉했다.

그런데 고개를 들기도 전에 따뜻하고 포근한 커다란 손이 꽁꽁 언 얼굴을 부드럽게 감싸더니 천천히 들어 올렸다. 기대에 찬 주화의 커다란 눈망울이 사랑스럽게 바라보는 진헌의 다정한 까만 눈동자와 마주했다.

쪽!

아주 짧은 순간 스쳐 지나간 감질 나는 입맞춤이었다.

주화의 얼굴엔 실망감이 스쳐 지나갔고, 진헌의 얼굴엔 민망함이 번졌다.

주화가 항의를 하려고 입을 여는데, 진헌의 촉촉한 입술이 다시 닿았다 떨어졌다. 이번엔 진헌의 입술을 제대로 느낀 주화의 양 볼이 새빨갛게 달아올랐다.

"또 해 줘?"

진헌이 능청스럽게 물으며 얼굴을 내리자, 당황한 주화가 얼른 그의 몸을 밀치고 뒤로 물러났다.

"가, 갈 거예요."

주화는 진헌과 시선도 맞추지 못한 채 서둘러 몸을 돌리고는 교문을 향해 달음박질 쳤다.

"민주화, 사랑해!"

등 뒤에서 들려오는 사랑 고백에 주화가 잠시 비틀거렸다. 내일이면 학교에 소문이 쫙 날 것이다. 교문 앞에서 뽀뽀했다고.

'창피해서 학교를 어떻게 가!'

그러나 운동장을 가로지르는 주화의 얼굴엔 뿌듯함과 사랑이 넘쳐흐르고 있었다.

에필로그 1

입국장의 문이 스르륵 열렸다. 채 옹의 휠체어를 밀며 밖으로 나서는 진헌의 얼굴엔 긴장과 설렘이 함께 공존했다.

만 3년 만의 귀국. 주화가 수능시험을 치르던 날 일시 귀국했던 것 이후로도 만 2년 만이다. 이제는 들어올 때도 되었다는 석훈과 진우의 설득도 있었지만 채 옹의 건강이 많이 호전된 것이 유효했다. 몸이 건강해지니 빨리 한국 들어가자고 채 옹이 더 성화였기 때문이다.

언제는 공부하라면서요! 라는 말로 빨리 들어가자는 채 옹을 약 올리기도 했지만 그건 예의상 한 말이었다. 진헌의 속마음은 한국을 들어와도 벌써 들어왔어야 했다.

주화가 너무 보고 싶어서 수능시험일에 맞춰 잠깐 한국에 왔었지만 미국으로 돌아가면서 얼마나 후회했는지 모른다. 주화에 대한 갈증은 더 깊어졌기 때문이다. 그리고도 2년을 버텼으니 정말 초인이라 할 수 있다.

어떻게 변했을까?

그 생각에 진헌의 입이 귀밑까지 찢어졌다.

바로 이틀 전에도 한 시간 가까이 영상통화를 했지만, 주화를 직접 만나고, 안을 수 있다는 생각에 잠도 오질 않았다. 비행기 안에서조차 잠을 이룰 수 없었지만, 정신은 점점 또렷해지고 있었다.

드디어 완전히 밖으로 빠져나온 진헌은 자꾸 벌어지는 입을 다물지 못하고 마중 나오겠다고 한 주화를 찾기 위해 고개를 분주히 돌렸다.

"아, 이사님. 저쪽입니다."

미국에 함께 갔던 김 실장이 주화를 먼저 찾았는지 진헌에게 알렸다. 번쩍 정신이 든 진헌은 김 실장이 손가락으로 가리키는 곳으로 고개를 돌렸다.

찾았다!

많이 성숙해진 주화가 활짝 웃는 얼굴로 뛰어오는 것이 보였다. 그 뒤에 진우와 서영이 따라오고 있었지만 진헌의 눈엔 오로지 주화만 보였다. 당장이라도 달려가 확 품에 안고 싶었지만 혼자가 아니라는 이성이 진헌의 감정을 꾹 눌렀다. 그래도 달려오면 당장 안아 줄 생각에 잡고 있던 휠체어를 놓고 조금 옆으로 물러났다.

우리 주화, 빨리 안아 보자.

그런데! 주화는 진헌에겐 눈길도 주지 않고 채 옹에게 덥석 안겨들었다.

"할아버지이!"

꿀을 발라 놓은 듯 살살 녹는 주화의 애교에 채 옹의 웃음이 높이 치솟았다. 주화의 돌발 행동에 진헌은 당황하고 말았다. 주화의 무관심에 충격을 받은 진헌은 뻘쭘한 자세로 이산가족 상봉을 하고 있는 두 사람을 멍하니 바라보았다.

"자식, 버림받았구나. 크크크크."

진우의 얄미운 목소리를 듣고서도 진헌은 정신을 차릴 수 없었다.

"삼촌."

아래쪽에서 들리는 작고 귀여운 목소리에 진헌이 고개를 돌렸다. 어느새 여섯 살이 된 서우가 진헌의 바짓가랑이를 붙잡고 있었다.

"그래, 너밖에 없구나."

슬픈 목소리로 웅얼거리던 진헌은 서우를 안아 올리고 뺨에 무한 뽀뽀 세례를 퍼부었다.

"할아버지, 보고 싶었어요."

가족 상봉은 끝나지도 않았는지 주화의 애달픈 목소리가 옆에서 들려왔다.

"허허허허. 진헌이가 아니고?"

"아니에요. 할아버지가 제일 보고 싶었어요."

할아버지의 말에도 주화는 능청스럽게 대답하며 그제야 진헌일 올려다보았다. 마치 "거기 있었네요?" 하는 표정으로.

요란스러운 상봉을 끝낸 가족들은 주차장으로 향했다. 채 옹은 주화의 손을 꼭 잡은 채로 주차장까지 왔다. 진헌은 채 옹의 휠체어를 밀며 계속 구시렁거리고 있었다.

주차장엔 진우의 은회색 세단과 소형 승용차가 나란히 주차되어 있었다.

“뭐야? 이 딱정벌레는.”

주화가 리모컨으로 딱정벌레의 문을 여는 것을 뻔히 보면서도 진헌이 심술 맞게 한마디 했다. 주화는 주먹을 불끈 쥐며 이를 바드득 갈았다.

“할아버지랑 김 실장님은 저희 차에 타시고, 넌 제수씨 차에 타.”

“차를 왜 한 대만 끌고 와? 짐도 있는데 두 대는 끌고 와야지.”

진헌이 계속 심술을 부리자 진우가 그의 등을 한 대 아프게 때렸다.

“헛소리하지 말고 어서 출발해. 식구들 집에서 기다리셔.”

“빨리 안 타면 두고 갈 거예요.”

주화가 운전석에 앉으며 냉담하게 말했다.

생각 같아서는 그냥 택시라도 타고 싶었지만 할아버지 앞에서 그럴 수도 없어 진헌은 작은 차 조수석에 몸을 구겨 넣었다.

진우의 차가 먼저 출발하고, 주화의 차가 뒤를 따랐다. 주화는 운전을 하는 내내 주변을 두리번거리느라 바빴다. 운전석에 앉아 있는 폼이 딱 초보운전자의 전형적인 모습이었다. 게다가 차는 속도를 제대로 내지 못하고 있었다. 앞에 차가 끼어들면 친절하게 다 양보하고 정작 주화는 끼어들기 없이 열심히 직진만 하고 있었다.

“그래서 어느 세월에 집엘 가?”

“시끄러워요.”

“운전도 제대로 못하면서 차는 왜 끌고 나왔어?”

“어휴, 조용히 해요. 정신 하나도 없잖아요.”

전방에 시선을 고정한 채 주화가 진헌에게 핀잔을 주었다. 거기에 화가 난 진헌이 한마디 톡 쏘아붙였다.

"차 세워. 내가 운전할 테니까."

"됐어요."

"도로에서 밤샐 일 있어? 빨리 세워. 내가 운전……."

"일부러 천천히 가는 거잖아요."

주화가 뚱한 목소리로 진헌의 말을 잘랐다. 심술을 부리고 있던 진헌이 의아한 눈으로 주화를 바라보았다.

"……일부러 천천히 가는 거라구요. 아저씨랑 오래 있으려고."

화가 잔뜩 난 얼굴로 정면을 보고 있는 주화는 눈에 힘을 잔뜩 주고 있었다.

"아는 척도 안 할 땐 언제고……."

"할아버지 계셨잖아요. 그런데 어떻게 아저씨한테 먼저 아는 척을 해요?"

"……."

진헌이 아무 말도 하지 않자 주화가 작은 소리로 중얼거렸다.

"아저씨야말로 먼저 달려오지도 않은 주제에."

수많은 사람들 속에서 진헌을 보았을 때 얼마나 감격했는지 모른다. 처음엔 할아버지가 보이지도 않을 만큼 주화의 모든 신경은 진헌에게로 쏠려 있었다. 진헌과 눈이 마주치자 주화는 무작정 달렸다. 여전히 진헌을 찾고 있는 진우를 뒤에 남겨 놓은 채.

너무 기뻤다. 작은 컴퓨터 화면으로 그리움을 달래야 했던 고통의 시간이 끝났다는 사실이, 이제 매일 사랑하는 사람을 만날 수 있다는 사실이 가슴을 벅차게 했다.

그런데 막상 그는 망설이는 듯 보였다. 자신처럼 뛰어오지도 않았고, 두 팔 벌려 반겨 주지도 않았다. 극심한 실망감에 빠진 주화는 할아버지를 택할 수밖에 없었다. 물론 할아버지에겐 많이 죄송하지만, 그때는 어쩔 수 없는 선택이었다. 반겨 주지 않는 사람에게 가기 싫은 건 누구나 마찬가지니까 말이다.

그래 놓고 그가 자꾸 심술을 부리니 주화는 화가 났다. 그가 한국에 오면 직접 데려오고 싶은 마음에 힘들게 운전면허를 따고, 일 년 넘게 아버지에게 졸라 차를 샀다. 물론 운전이 서툰 건 인정하지만 그렇다고 저리 매정하게 구박을 하니 주화는 서러웠다. 진헌을 만난다는 사실에 잔뜩 들떠 있었는데, 지금은 그가 너무 얄미워 쳐다보기도 싫었다.

주화는 당장 유리창이라도 뜯어서 씹어 먹어 버릴 것 같은 표정으로 앞을 쏘아보았다.

주화의 말을 잠자코 듣고 있던 진헌이 미안함을 담아 부드럽게 말했다.

"나도 할아버지 계셔서 그랬어."

"……."

"당장이라도 달려가고 싶은 거 참느라고 얼마나 고생한 줄 알아? 그래도 너 오면 안아 주려고 소심하게 팔도 벌리고 있었는데."

"……."

부끄러움에 진헌이 흠, 흠거렸다.

"너한테 버림받았다고 형이 놀렸다."

"치."

기분이 조금 나아진 듯 주화가 피식 웃었다.

"차 세워 봐. 우리 주화 안아 보자."

얼굴을 붉힌 주화가 힐긋 진헌을 쳐다보았다.

"빨리."

"기, 기다려 봐요. 나 운전, 서툴, 서툴단 말이에요."

진헌의 재촉에 주화가 말을 더듬었다. 주화의 그 모습이 너무 사랑스러워 진헌의 얼굴에 웃음이 진하게 배어났다.

드디어 작은 딱정벌레 차가 갓길에 정차했다. 주화는 떨리는 손으로 핸드브레이크를 잡아당겨 차를 단단히 정차시켰다.

"자."

막 차의 시동을 끄는데, 진헌의 목소리가 들렸다. 주화가 고개를 드니 진헌이 양팔을 활짝 벌리고 있었다.

"빨리 뛰어와."

"풋."

진헌의 능청에 짧게 웃음을 터뜨린 주화가 팔을 뻗어 진헌의 목을 감았다.

넓고 포근한 품. 너무 따뜻해서 절대 잊을 수 없었던 품. 그립고 그리워서 매일 밤이 고통스러웠던 품에 주화가 몸을 맡겼다.

"민투, 보고 싶었어."

"나두. 나두 보고 싶었어요."

진헌은 주화의 어깨가 으스러져라 꽉 껴안았다.

"할아버지에게 질투하게 만들지 마. 난 효심 깊은 손자가 되고 싶어."

"아저씨야말로 서우한테 질투하게 만들지 미요. 난 좋은 숙모가 되고 싶단 말이에요."

서로 한마디씩 주고받은 두 사람은 피식 웃으며 포옹을 풀고 양

손을 맞잡았다.

"그래도 난 널 더 많이 사랑해."

"나도 아저씰 더 많이 사랑해요."

수없이 주고받은 말이지만 기계를 통하지 않고 이렇게 직접 들으니 너무 기쁘고 행복했다.

진헌은 주화의 옆머리를 귀 뒤로 쓸어 넘기며 다정하게 말했다.

"너무 예쁘다."

"당연히 그래야죠. 비싼 돈 들여서 새벽부터 머리한 건데."

주화의 생뚱맞은 대꾸에 진헌은 고개를 돌리고 피식 웃고 말았다.

쪽!

진헌의 볼에 도둑키스를 한 주화가 얼굴을 붉히며 부랴부랴 차를 출발시키려고 하자 진헌이 주화의 팔을 강하게 잡아당겼다.

"어딜 도망가?"

"빠, 빨리 집에 가야 해요. 할아버지, 기다……!"

다음 말은 진헌의 입안으로 사라져 버렸다.

화려한 결혼식도 좋지만 주화는 피곤하기만 했다. 드레스를 세 번이나 갈아입었고, 어른들께 인사를 드리느라 허리가 끊어질 것 같았다. 그건 익숙하지 않은 하이힐 때문이기도 했다. 발바닥부터 시작된 고통이 온몸을 괴롭혔지만 얼굴 한 번 찡그리지 못하고 오랜 시간을 버텨 내야 했다.

장시간 비행이 내일이기에 망정이지 이 몸으로 비행기를 탔다간 행복해야 할 신혼여행이 끔찍한 여행으로 바뀔 가능성이 더 높았다.

가족들과 저녁 식사를 끝낸 두 사람은 지친 모습으로 호텔 로비에 들어섰다. 드디어 다 끝났다는 생각에 긴장이 풀린 주화가 비틀거리자 진헌이 재빨리 주화를 붙잡았다.

"괜찮아?"

"히잉. 발이 너무 아파요."

아픈 발을 주무르며 주화가 신음하자 진헌이 주화 앞에 몸을 낮춰 앉았다.

"왜요?"

놀란 주화가 물었지만 진헌은 아무런 말없이 주화의 발에서 힐을 벗겼다. 진헌의 갑작스러운 행동에 당황한 주화가 진헌의 어깨를 잡으며 주변을 두리번거렸다. 지나다니던 사람들이 로비 한가운데서 벌어지는 구경거리를 흥미롭게 바라보고 있었다.

"아저씨."

작은 목소리로 항의했지만 힐을 벗어 던진 발바닥의 뜨거운 열기가 대리석의 차가운 냉기로 시원해지자 저도 모르게 안도의 한숨을 쉬었다. 아픈 것을 참으며 조금만 더 버텼다간 쓰러졌을지도 모른다.

주화의 힐을 모두 벗긴 진헌이 주화의 양손에 힐을 하나씩 들려 주더니 피식 웃었다.

"이러고 가라구요?"

"설마."

그러더니 진헌이 주화의 앞에 등을 보이며 앉았다.

"업혀."

"네?"

"사람들 쳐다봐. 빨리 업혀."

진헌의 말에 슬쩍 주변을 살핀 주화는 후다닥 진헌의 등에 올랐다. 주화를 등에 업은 진헌이 가뿐하게 자리에서 일어났다.

진헌이 걷기 시작하자, 주변의 시선도 잊은 주화는 빙그레 미소를 지으며 진헌의 목을 가볍게 감았다.

"무겁죠?"

"응."

예전 같으면 발끈했겠지만 주화는 그의 목을 더 꽉 껴안았다.

"그래도 안 내려."

"후후. 그래."

사람들의 시기와 부러운 시선을 받으며 두 사람은 엘리베이터에 올랐다.

신혼의 첫날을 맞이하게 될 스위트룸에 들어선 주화는 입을 쩍 벌렸다. 바로 보이는 화려하고 고급스러운 넓은 응접실은 할 말을 잃게 만들었다. 주화를 등에 업은 진헌은 안락해 보이는 소파에 주화를 내려 주었다.

"이런 곳이 정말 있었네요?"

감탄사를 쏟아 내며 주화가 자리에서 일어났지만 진헌은 주화를 그대로 다시 소파에 앉히고는 재킷을 벗으며 어딘가로 향했다.

"어디 가요?"

"기다려 봐."

진헌이 셔츠 소매를 걷어 올리며 화려한 문양이 그려진 커다란 문을 열고 안으로 들어갔다. 그가 사라지고 없는 곳을 물끄러미 보고 있던 주화는 객실에 대한 호기심을 누르지 못하고 소파에서 일어났다.

진헌과 반대 방향으로 걸음을 옮기자 아담한 크기의 홈 바가 보였다. 그곳엔 가격이 만만치 않을 것 같은 와인이 깔끔하게 정리되어 있었다. 그곳을 지나 조금 더 안으로 들어가니 이번엔 다이닝 테이블이 나타났다. 한켠엔 크기는 작지만 모든 것이 완벽하게 갖

춰진 주방도 있었다.

"세상에……."

조심스러운 손길로 테이블을 만져 보고 있을 때 진헌의 목소리가 들렸다.

"민투!"

"네!"

주화는 몸을 돌려 응접실로 폴짝폴짝 뛰어갔다. 발밑의 카펫은 부드럽고 포근했다.

아까 앉아 있었던 소파에서 소매를 둘둘 말아 올린 진헌이 주화를 기다리고 있었다.

"여기 앉아 봐."

주화를 본 진헌이 소파를 두드렸다. 응접 테이블엔 세숫대야처럼 생긴 하얀색 통이 올려져 있었다. 호기심이 가득한 얼굴로 주화가 소파에 앉자 진헌이 바닥에 무릎을 대고 앉았다. 진헌의 행동에 주화는 당황했다.

"왜 그래요?"

"마사지하자."

진헌은 주화의 발을 가볍게 잡고는 따뜻한 물이 담긴 통에 발을 담갔다. 그러더니 커다란 손으로 주화의 지친 발을 부드럽게 주물렀다. 그 덕에 발에 몰려 있던 피곤이 서서히 풀리기 시작했다. 그의 서비스에 감동을 받은 주화의 얼굴이 붉게 물들었다.

"물집도 잡혔네?"

발뒤꿈치와 발가락 안쪽을 만져 보던 진헌이 안쓰러운 얼굴로 주화를 올려다보았다.

“괜찮아요.”

“예쁜 발이 망가지면 안 되는데…….”

“예쁘긴 뭐가 예뻐요. 울퉁불퉁 못생겼잖아요.”

“아니야, 예뻐.”

진헌의 눈빛이 그윽하게 변하자, 그 눈빛에 당황한 주화가 슬쩍 발을 빼 냈다.

“옷 갈아입어야겠어요.”

주화의 말에 가볍게 웃은 진헌이 하얀 타월로 젖은 발을 꼼꼼하게 닦아 주었다. 소파에서 일어난 주화는 허둥대며 침실로 들어갔다.

“어휴.”

짧은 한숨을 내쉰 주화는 뭐부터 해야 하는지 몰라 방 안을 서성이다 드레스 룸으로 들어갔다. 미리 가져다 놓은 작은 여행 가방을 연 주화는 목욕 준비를 하고 욕실로 쏙 들어갔다.

넓은 월풀이 있었지만 지금은 한가롭게 목욕을 즐길 정신이 없었다. 온몸이 오돌오돌 떨려서 샤워도 겨우 끝낼 수 있었다.

아람이가 선물이라고 마련해 준 실내복으로 갈아입은 주화는 젖은 머리카락을 만지작거리며 또다시 화장대 앞을 서성였다. 받았을 땐 잘 몰랐는데 입고 보니 말만 실내복이지 레이스 잠옷이었다.

넓게 파인 앞부분을 움켜쥐고 드레스 룸을 서성이고 있는데, 뒤에서 인기척이 들렸다.

“욕실에 빠진 줄 알았잖아.”

진헌의 목소리에 화들짝 놀란 주화가 몸을 돌렸다.

태연한 표정의 진헌은 주화를 지나쳐 화장대 앞에 서서 시계를 풀고 결혼반지를 뺐다. 막 넥타이를 풀던 진헌이 거울에 보이는 주화를 멀뚱멀뚱 바라보더니 말했다.

"내 스트립쇼 구경하게?"

힉!

놀란 주화가 한달음에 드레스 룸에서 도망치자 진헌은 키득거리며 웃었다.

헐레벌떡 침실에서 뛰어나온 주화는 기진맥진한 얼굴로 홈 바 의자에 앉았다. 세상 물정 모르는 유치원생도 아니고 나름 알 건 다 안다는 스물둘의 성인이 이렇게까지 떨다니. 주화는 괜히 제 머리를 한 대 콩 쥐어박았다.

"휴우. 괜찮아, 괜찮아."

떨리는 가슴을 쓸어내리며 주문처럼 '괜찮아.'를 중얼거리던 주화는 바 한쪽에 있는 예쁜 바구니로 시선을 돌렸다. 바구니 안엔 붉은 리본이 묶인 와인이 한 병 들어 있었다. 자리에서 일어난 주화는 바구니 앞에 서서 와인을 꺼내 들었다. 그 안엔 작은 카드도 있었다.

[화끈한 밤을 위하여-채진우]

시원하게 샤워를 끝내고 밖으로 나온 진헌은 소파 위로 볼록 올라온 주화의 머리끝을 발견했다. 소파 앞 TV에선 한창 드라마가 방영 중이었다.

진헌은 나이트가운 주머니에 손을 찔러 넣고 터벅터벅 소파로 다가갔다. 소파에 다다른 진헌의 미간이 찡긋 좁아졌다. 진헌은 테이블에 있는 와인 병을 흔들어 보았다. 주화 혼자서 벌써 반이나 해치운 것이다.

"아저씨. 헤헤헤."

술에 취해 눈이 반쯤 감긴 주화가 진헌을 올려다보며 배시시 웃었다.

"이걸 다 마신 거야?"

진헌이 어이없다는 표정으로 묻자 주화가 입맛을 다시며 다시 씩 웃었다.

"아저씨 몫은 남겨, 히익, 남겨 놨어요."

딸꾹질까지 하는 주화는 가관이었다.

"같이, 한 잔 할래요?"

힘겹게 몸을 일으킨 주화가 와인 잔을 집으려고 하자 진헌이 얼른 주화의 팔을 잡았다.

"잠이나 주무셔."

"어? 왜요. 가치 마세요."

혀가 풀려 말도 똑바로 못하는 주화를 보며 진헌은 고개를 저었다. 억지로 일으켜 세운 주화가 크게 비틀거리더니 진헌의 품에 폭 안겼다.

"헤헤헤. 아저씨."

"왜?"

"헤헤헤."

주화의 실없는 웃음이 다시 시작되었다. 진헌은 자꾸 쓰러지려는 주화를 안아 들고는 침실로 향했다.

"저거요…… 대게 마시써요."

"혼자 마시니까 좋아?"

"남았어요. 가치 마시자니까요?"

"나중에."

침실로 들어온 진헌은 주화를 침대에 눕혔다.

"우우웅."

주화는 몸을 대굴대굴 굴려 침대 한쪽에 눕더니, 배에 깍지 낀 손을 가지런히 올려놓고는 큰 한숨을 쉬었다.

"아저씨이."

팔짱을 끼고 어이없다는 표정으로 보고 있던 진헌이 "왜?"라고 시큰둥하게 대답했다.

"잘 자요. 히잇."

그러더니 주화는 밑에 깔려 있는 이불을 요리조리 발로 밀쳐 내고는 안에 쏙 들어가 살포시 눈을 감아 버렸다.

온몸에 불이 붙은 듯 화끈거렸다. 덮고 있던 이불을 발로 걷어 내고 입고 있던 가운을 하나 벗었지만 그래도 뜨거운 것은 쉬 사라지지 않았다. 이리저리 몸을 뒤척이던 주화는 커다란 방해물에 막혀서야 감고 있던 눈을 떴다.

사방은 고요하고 어두웠다. 낯선 풍경이었지만 몸이 무거워 만사가 귀찮았던 주화는 다시 눈을 감았다. 조용히 숨을 죽이고 다시 잠을 청하려는데, 얼굴이 닿은 것이 일정한 간격으로 오르락내리락거리는 걸 느꼈다. 주화는 슬머시 눈을 떴다. 눈이 어둠에 익숙해지자 넓은 것이 또렷하게 보였다.

'어?'

놀란 주화는 대고 있던 얼굴을 떼고 그 커다란 물체를 뚫어져라 쳐다보았다. 진헌의 등이었다. 그제야 자기가 어디에 있는지 깨달은 주화는 후다닥 뒤로 물러났다.

진헌을 기다리는 시간이 너무 떨려서 낑낑대며 와인의 코르크를 따고 몇 잔 마신 것은 기억이 나는데, 그다음은 딱히 떠오르는 것이 없었다.

두리번거리며 침대에서 일어나려고 하는데, 진헌이 갑자기 몸을 돌려 누웠다.

'엄마야!'

너무 놀란 나머지 숨을 들이마신 채 손으로 입과 코를 막았다. 진헌은 고요한 얼굴로 잠에 빠져 있었다. 커튼 틈 사이로 흘러 들어온 달빛에 진헌의 얼굴이 또렷하게 보였다. 넋이 나갈 만큼 아름다운 선이었다.

주화는 고개를 휘휘 저었다. 지금은 조금 전에 벗어 던진 가운을 찾아야 했다. 얇은 끈으로 버티고 있는 잠옷이 당장이라도 흘러내릴 것 같았기 때문이다.

슬금슬금 몸을 뒤로 빼는데, 갑자기 번쩍 눈을 뜬 진헌과 눈이 마주치고 말았다.

"어머……나……."

흠칫 놀란 주화가 말끝을 흐리자 진헌이 나른한 표정으로 웃었다.

"깨, 깨워서 미안해요. 계속 자요."

주화는 말까지 더듬으며 몸을 뒤로 뺐지만 진헌의 긴 팔에 덥석 잡히고 말았다.

"남편을 첫날부터 홀아비 신세로 만들 거야?"

“아니, 아니요.”

“그래?”

진헌의 눈이 음흉하게 빛나자 주화가 고개를 마구 저었다.

“아니, 그게 아니구요. 내 말은…… 그러니까…… 나도 여기 있으니까…… 그러니까…… 홀아비는 말이죠.”

진헌은 여전히 주화의 손을 놓지 않은 채 낮게 웃었다.

“이리 와.”

“에에?”

주화가 기겁을 하자 진헌이 다정하게 말했다.

“억지로 끌고 올까?”

“……!”

입을 꼭 다물고 있던 주화는 마른침을 꼴깍 삼키고는 천천히 침대 가운데로 들어갔다. 실크 잠옷이 몸에 휘감기고 허리끈은 주책없이 흘러내렸지만, 진헌의 눈에 꼼짝없이 붙잡힌 주화는 그대로 끌려 들어갈 수밖에 없었다.

주화가 바짝 다가오자 진헌은 주화의 뒷목에 단단한 팔을 끼우고 긴장으로 딱딱하게 굳은 작은 어깨를 부드럽게 감싸 품에 안았다.

“으음. 술 냄새.”

진헌의 말에 놀란 주화는 얼른 손으로 입을 가렸다. 그 모습에 키득거리고 웃던 진헌이 주화를 더 끌어안으며 말했다.

“난 술주정뱅이 아줌마도 좋아.”

“내가 왜 아줌마예요?”

고개를 치켜든 주화가 따지자 진헌이 삐죽거렸다.

"결혼했으니까 아줌마지."

"그런 게 어딨어요? 난 아직 스물둘…… 읍!"

주화의 항의가 진헌의 입안으로 흡수되어 버렸다. 놀란 주화가 팔을 들었지만 진헌은 손목을 꽉 거머쥐고는 주화의 입술을 더 거세게 탐했다.

상큼한 민트향이 입안에 퍼지고 등을 감싸고 있던 그의 손이 넓게 원을 그리자 주화는 숨을 급히 들이켜고 말았다. 촉촉한 입술이 반쯤 열린 입술을 천천히 머금었다. 손목이 자유로워지자 주화는 진헌의 목에 팔을 감았다. 할짝할짝 입술을 자극하던 그가 입술을 가르자 주화의 입술이 너무도 쉽게 열렸다.

부드럽고 말캉한 혀가 입안으로 들어오자 주화의 몸이 움찔거렸다. 입안을 정신없이 헤매는 혀끝을 따라 움직이는 사이 정신이 점점 아찔해지는 걸 느꼈다. 주화의 작은 얼굴을 양손으로 감싸고 파르르 떨고 있는 여린 입술을 한껏 맛본 그의 손이 서서히 아래로 내려갔다. 그의 손이 닿을 때마다 주화는 숨을 크게 들이마셨다.

어깨를 지나 매끈한 팔을 쓰다듬던 그의 뜨거운 손이 단단하게 뭉친 가슴을 움켜쥐자 주화의 입에서 달뜬 신음이 새어 나왔다.

뜨거운 숨을 쏟아 내며 눈을 반쯤 뜬 주화는 지그시 바라보는 진헌의 까맣고 깊은 눈동자를 마주했다. 스르르 눈을 감은 그가 다시 입술을 포개자 주화도 다시 눈을 감았다.

입고 있던 잠옷이 위로 벗겨졌는지 아래로 미끄러졌는지 알 수 없지만, 주화의 뜨거운 몸은 어느새 부드러운 달빛을 받아 반짝거렸다.

그의 손이 등을 지나 허리, 허벅지로 내려가자 주화의 숨이 더 거칠어졌다. 그는 서두르지 않았다. 입술에, 양 볼에 키스를 퍼부으며 주화에게 익숙해질 시간을 주었다. 어색해하던 그녀의 손이 어깨를 지나 가슴에 닿기까지 그는 끈기를 가지고 기다렸다.

진헌은 품에 안고 있던 주화를 천천히 침대에 바로 눕히고, 그녀의 다리 사이에 자리를 잡고는 조심스럽게 몸을 실었다. 입술에 긴 입맞춤을 남긴 그는 천천히 몸을 숙여 그녀의 긴 목에 자잘한 키스를 남겼다. 놀라움에 움찔거리는 어깨를 살포시 누르고 깊은 쇄골에 입술을 묻고 혀끝으로 살짝 핥았다.

"으음."

주화의 입에서 억눌린 신음이 새어 나왔다. 쇄골을 따라 밑으로 내려간 그의 입술이 이번엔 봉긋 솟은 유두를 머금자 소스라치게 놀란 주화가 눈을 번쩍 떴다.

"괜찮아."

빳빳하게 굳어 가는 주화의 몸을 어루만지며 진헌이 속삭였다.

리프트 위에서 겁에 질려 덜덜 떨고 있을 때도 낮고 그윽한 목소리로 '괜찮아.' 라고 말해 주었었다. 그의 '괜찮아.' 라는 말 한마디만으로도 두려움이 물러나는 걸 깨달았다. 그때 생각했었다. 이 사람과 함께라면 어디라도 뛰어들 수 있을 것 같다고.

주화는 수줍게 그의 어깨를 쓰다듬다 숱 많은 그의 머리를 감싸 안았다. 그의 입술이 예민한 곳에 길을 만들고 뜨거운 손길이 떨고 있는 신경을 보듬자 조금 전까지도 지독하게 괴롭히던 긴장감이 거짓말처럼 사라져 버렸다.

숨이 가빠질수록 정신이 점점 아득해지려고 했다. 품에서 그의 머리가 사라지자 주화는 긴 팔을 뻗어 부드러운 시트를 움켜잡았

다. 정신이 혼미해지려고 할 때 깊은 곳에서 뜨거운 것이 훅! 하고
올라왔다.

"흐읍!"

당황한 주화가 다리를 움츠렸지만 그건 이내 부질없는 행동이
되어 버렸다. 몇 번의 애달픈 자극으로 그녀의 다리가 속절없이 벌
어지고 말았다.

"아……저씨."

온몸에서 힘이 모두 빠져나갔지만 그의 행동을 멈추기 위해 주
화는 기를 쓰고 그를 불렀다. 그러나 그의 혀끝으로 전해지는 자극
은 더 심해질 뿐이었다.

"아아, 아저씨."

시트를 틀어쥐고 고개를 흔드는 사이 그의 얼굴이 바로 코앞까
지 다가왔다.

"아저씨라고 하지 마."

"왜…… 요."

"내가 꼭……."

그가 말을 멈추자 주화가 조급한 표정으로 바라보았다.

"나쁜 놈 같잖아."

화가 난 표정의 그가 빠르게 말을 내뱉자 주화가 작게 웃음을 터
뜨리며 그의 입술에 입을 맞췄다.

"그럼 뭐라고 할까요?"

"몰라. 아저씨는 사절이야."

그는 여전히 심술이 난 표정이었다.

"사랑해요."

잔뜩 삐친 얼굴로 눈도 마주치지 않고 그녀의 허벅지만을 쓰다 듬던 그가 힐끔 그녀를 바라보았다.

"사랑해요."

그녀의 고백이 다시 이어지자, 피식 웃음을 보인 그가 그녀에게 깊게 파고들었다.

"아!"

웃고 있던 주화의 얼굴이 고통으로 일그러지자 진헌은 그녀의 입술을 부드럽게 머금었다. 그는 뻣뻣하게 굳어 가는 그녀의 몸을 부드럽게 애무하며 그녀가 조금 나아지길 기다렸다. 드디어 눈을 질끈 감았던 주화가 천천히 눈을 뜨고 걱정스럽게 바라보는 그의 눈을 들여다보았다.

"안 나빠요."

"뭐?"

코끝을 찡그리며 기어 들어가는 목소리로 속삭이는 주화를 보며 진헌이 인상을 찌푸렸다. 주화는 아랫배의 뻐근함을 느끼며 상체를 조금 들어 그의 몸에 바짝 밀착했다. 그리고 식은땀이 흐르는 그의 귀에 대고 작게 속삭였다.

"사랑해요."

그 말에 진헌의 인내심이 툭, 하고 끊어졌다. 그는 서서히 허리 를 움직였고, 주화는 달뜬 숨을 쏟아 내며 그에게 매달렸다. 주화 의 얼굴이 심각해졌다 좋아졌다를 반복했지만 그는 이젠 멈출 수 없었다.

주화는 그의 등을 쉼 없이 쓰다듬으며 괜찮다는 사인을 보냈다. 고통이 사라지고 몸이 나른해지는 걸 느끼며 그에게 더더욱 매달렸다. 그의 숨이 거칠어질수록, 그의 움직임이 격렬해질수록 주화는 점점 더 뜨거운 불구덩이 속에 빠져드는 걸 느꼈다.

이대로, 그냥 이대로……

사방이 쥐 죽은 듯 조용해지고, 그의 숨소리만 귓가에 맴돌았다. 주변의 어떤 것도 느껴지지 않았다. 오로지 맨살에 닿은 그의 모든 것만을 느끼며 그와 호흡을 같이했다.

"아아!"

아랫입술을 깨물고 있던 주화의 입술이 벌어지고 새된 신음이 터져 나왔다.

하늘에 붕 뜬 기분. 온몸이 산산이 부서져 흔적도 없이 사라질 것 같은 기분에 사로잡힌 주화는 땀으로 끈적거리는 그의 몸을 꽉 끌어안았다. 몸 한가운데서부터 시작된 낯선 감각이 순식간에 머리 끝까지 치고 올라오자 주화는 그의 어깨를 꽉 깨물었다.

"흐윽."

입 새로 주화의 흐느낌이 터지자, 그의 짙은 한숨 소리와 함께 모든 동작이 일순간 멈추어 버렸다. 뜨거운 것이 몸속으로 빠르게 퍼져 나가자 주화의 내부가 본능적으로 꿈틀거렸다. 그의 목에 매 달려 있던 주화의 상체가 털썩 침대로 떨어졌다.

쪽.

진헌의 짧은 입맞춤에 주화가 수줍은 미소를 지으며 눈을 떴다.

"사랑해."

"나두요. 나두 사랑해요."

빙그레 미소를 머금은 그가 그녀의 입술에 긴 입맞춤을 하며 그 녀의 작은 몸을 부스러지도록 꽉 끌어안았다.

"맛없어."

주화가 먹던 유부초밥을 휴지에 그대로 뱉어 내며 투덜거렸다.

"이게 왜 맛없어? 여기가 얼마나 유명한 덴지 알아?"

진헌이 고급스러운 메뉴판에 새겨진 일식 레스토랑의 이름을 가리키며 항의했다.

"맛없는 걸 어떻게 하라구."

차가운 물로 입을 헹군 주화가 입술을 삐죽거리더니 가방에서 초코 우유를 꺼내 빨대를 꽂았다. 그러곤 쪽쪽 시끄러운 소리를 내며 초코 우유를 연속으로 두 개나 먹어 치웠다.

주화의 심술에 진헌은 할 말을 잃어버렸다.

병원에서 '임신 8주입니다.' 라는 말을 듣기 무섭게 시작된 주화의 입덧에 진헌은 지쳐 가고 있었다. 주화의 입맛에 맞는 일식집은 더 이상 없어 보였다. 심지어 어머니가 해 주는 유부초밥도 맛없다고 밀어냈다. 그 대신 다른 음식이라도 먹으면 좋은데, 계속 유부초밥 타령만 하니 주화의 입덧에 진헌이 바짝바짝 말라 가고 있었다.

"이젠 가 볼 곳도 없단 말이야. 조금만 먹어 보자. 응?"

진헌이 유부초밥을 들어 얼굴 앞까지 들이밀었지만 주화는 고개를 저으며 매섭게 쏘아볼 뿐이었다.

"그냥 집에 가요. 피곤해."

"너 그러다 쓰러져. 하루 종일 초코 우유만 먹고 있잖아. 흰 우유도 좀 먹든가."

"우엑."

흰 우유 소리에 주화가 헛구역질을 하기 시작했다. 당황한 진헌이 자리에서 벌떡 일어나 주화의 등을 두드리고 물을 마시게 했다.

"말도 꺼내지 마요."

주화가 원망스럽게 쳐다보자 진헌이 미안한 얼굴로 사과를 했다.

결국 주화의 식사를 해결하지 못한 진헌은 어쩔 수 없이 집으로 돌아왔다.

진헌은 기운 없이 앉아 있는 주화를 겨우 달래 샤워를 시키고 침대에 눕혔다.

"죽이라도 좀 먹을래?"

"이게 다 오빠 때문이야."

주화의 투정에 진헌이 뜨끔한 표정을 지었다.

"그게 왜 또 나 때문이야."

어색한 미소를 지으며 변명했지만, 레이저가 나올 것 같은 주화의 눈빛에 주눅이 든 진헌은 그대로 눈을 피했다.

"잘 거야."

"그래, 자."

진헌은 얼른 주화의 이불을 정리해 주고 가슴을 토닥거리다 침실에서 나왔다.

"후우."

진헌의 입에서 긴 한숨이 새어 나왔다. 진헌은 답답한 마음에 머리를 헝클어뜨리고는 멍한 얼굴로 주방으로 향했다.

병원에선 안 먹어도 너무 안 먹으니 뭐라도 억지로 먹이라고 했다. 그래서 과일이며 야채며 최대한 비위를 건드리지 않을 만한 것을 찾아 식사 대신 내놓았지만, 주화는 매번 고개를 저어 댔다.

"어쩌지?"

휑한 주방을 둘러보며 중얼거리던 진헌은 문득 떠오르는 것이 있어 부랴부랴 집을 나섰다.

잠시 후 집으로 돌아온 진헌의 손엔 마트의 비닐쇼핑백이 들려 있었다. 안에서 내용물을 꺼낸 진헌은 급히 쌀을 씻어 안쳤다.

진헌이 비닐쇼핑백에서 꺼낸 건 주화가 자신 있게 할 줄 아는 '새콤달콤 유부초밥' 재료였다. 유부초밥이 먹고 싶다는 말에 좀 더 좋은 것을 먹여야겠다는 생각에 고급 일식집을 찾아다녔는데 매번 허사였다. 어머니가 정성껏 해 준 유부초밥도 싫다고 했으니 마지막 희망은 이것밖에 없었다.

만드는 방법은 간단했지만 잘할 수 있을지 걱정이 되었다. 밥이 되는 동안 포장 비닐에 적혀 있는 조리법을 여러 번 읽으며 지난번 주화가 만들던 모습을 떠올렸다. 드디어 밥이 다 되자 진헌은 앞치마를 두르고 밥을 폈다. 처음부터 너무 많은 양을 푸면 양념이 부족할 수도 있기에 소심하게 조금씩 퍼서 양을 조절했다.

뜨거운 밥을 호호 불어 가며 유부에 양념된 밥을 넣는 진헌의 표정은 진지했고, 이마엔 식은땀까지 송글송글 맺혔다.

제발 이건 먹어 다오.

속으로 빌고 또 빌며 유부초밥을 다 완성했을 때, 마치 기다렸다는 듯 침실 문이 열리는 소리가 들렸다. 이제 저녁 8시가 지났으니 깊이 잠들 시간은 아니었다.

"오빠."

모기만 한 소리가 들려오자 진헌은 위생장갑을 벗으며 큰소리로 주화를 불렀다.

"주화야, 주방으로 와 봐."

슬리퍼 끄는 소리가 점점 크게 들리더니 창백한 얼굴의 주화가 모습을 드러냈다. 식탁에 있는 유부초밥을 본 주화의 눈이 휘둥그레졌다.

"이거라도 먹어 볼래?"

식탁에 어질러져 있는 포장 비닐을 본 주화가 입을 열었다.

"어? 이거 새……."

"그래, 새콤달콤 유부초밥."

"오빠가 만들었어요?"

"응. 먹어 봐."

진헌의 말에 주화가 조심스럽게 의자에 앉았다. 진헌이 유부초밥을 하나 집어 내밀자 주화가 입을 열어 냉큼 받아먹었다.

주화의 입이 오물오물 움직이자 진헌이 긴장된 표정으로 마른침을 꿀꺽 삼켰다. 요리조리 눈동자를 굴리던 주화가 입을 열었다.

"맛있다."

"어?"

'맛없다'를 '맛있다'로 잘못 들은 줄 알고 되물었는데, 피식 웃던 주화가 다시 말했다.

"맛있어."

"하아, 다행이다."

정말 묵은 체증이 한꺼번에 빠져나가는 기분이 들었다. 주화에게 밥을 먹이는 일은 최근에 마무리한 법인 설립보다 더 힘든 일이었다.

"아아."

주화가 입을 열자, 신이 난 진헌이 유부초밥을 쏙 넣어 줬다.

"히잇."

기분 좋은 소리를 내며 주화가 웃자 진헌의 얼굴에도 함박웃음이 걸렸다.

"지금까지 먹은 유부초밥 중에 오빠가 해 준 게 제일 맛있는 것 같아."

주화의 말에 진헌이 어깨를 펴고 당당하게 말했다.

"당연하지. 내가 너 생각하면서 사랑과 정성을 듬뿍 담아 만들었는데."

주화는 고개를 끄덕이며 제 손으로 유부초밥을 하나 집어 진헌에게 내밀었다.

"오빠도 먹어요."

고개를 끄덕이며 진헌이 입을 벌리자 주화가 얼른 입에 넣어 주었다.

"또 만들어 줄 거죠?"

"그래. 또 만들어 줄게."

"아무 때나?"

"응. 아무 때나. 회사에도 밥통이랑 이거 사다 놔야겠다."

그의 능청에 주화가 예쁜 반달을 그리며 활짝 웃었다.

"사랑해요."

"훗. 사랑해."

두 사람은 도란도란 사랑의 유부초밥을 나눠 먹으며 이야기꽃을
피웠다.

–끝–

전 만화책을 정말 아주 많이 좋아합니다. 물론 까탈스러운 취향 탓에 좋아하는 작가님 작품 외엔 잘 보지 않지만, 어렸을 때부터 만화책은 저의 선생님이고 즐거운 친구였습니다.

직장 생활을 하면서도 수시로 빌려 오는 만화책을 보며 어머니가 화를 내실 정도로 만화책이 너무 좋습니다. 소장하고 있던 만화책도 정말 많았는데, 제가 없는 동안 몰래 다 버리셨더군요. 흑흑. 슬펐습니다.

만화책에도 뛰어난 완성도와 작품성을 뽐내는 작품과, 가볍게 즐기면서 읽을 수 있는 작품이 있습니다. 전 그중 가볍고 즐겁게 읽을 수 있는 만화 같은 글을 쓰고 싶어서 [그의 어린 신부]를 시작했습니다.

노다메 칸타빌레라는 드라마는 만화의 요소들을 적재적소에 배치해 좋은 반응을 얻은 드라마입니다. 노다메의 눈에서 하트가 날아다니고 집어 던진 물고기(생선)가 다시 수족관에 들어가 헤엄을 치고, 치아키가 노다메를 이리 매치고 저리 매치는 모습은 현실성을 강조하는 드라마에선 있을 수 없는 장면이지요. 그러나 드라마의 재미와 원작의 재미를 절묘하게 섞어 보는 이들이 즐겁게 볼 수 있도록 연출되었습니다.

저도 그렇게 쓰고 싶었습니다. 현실을 담은 소설과 순정 만화적 경계를 자유롭게 넘나드는 기분이 들도록 하고 싶었습니다만! 능력이 부족하여 그럴 순 없었습니다. (웃음) 언젠간 꼭 그렇게 써 보고 싶습니다. (불끈!)

부디 [그의 어린 신부]와 즐거운 시간이 되셨길 바랍니다.

감사 인사로 [그의 어린 신부]와 마지막을 고하려 합니다.

저의 귀한 길잡이가 되어 주시는 하나님께 먼저 감사드립니다. 고등학교를 졸업한 지 십 수 년이 지난 저를 위해 고3의 귀한 시간을 할애해 준 손슬기 양과 그 귀한 만남을 도와준 김선희 양에게 감사드립니다.

이 작품이 세상에 나올 수 있도록 열심히 응원해 주신 작가님들께도 사랑의 하트를 뿅뿅 날려 드립니다.

끝으로 엄마, 아빠. 사랑합니다.

부족한 점이 많겠지만 너그럽게 보아 주시고, 다음엔 더 재미난 작품으로 인사드릴 수 있도록 노력하겠습니다. 고맙습니다.

비가 오는 8월의 어느 날 밤에 성하(星河) 드림.

그의 어린 신부

1판 2쇄 찍음 2011년 12월 27일
1판 2쇄 펴냄 2011년 12월 30일

지은이 | 성 하
펴낸이 | 정 필
펴낸곳 | 도서출판 **뿔미디어**

기획총괄 | 이주현
기획 | 손수화
편집책임 | 주종숙
편집 | 이재권, 심재영, 문정흠, 이경순, 이진선
관리, 영업 | 김기환, 임순옥

출판등록 | 2002년 9월 11일 (제1081-1-132호)
주소 | 부천시 원미구 상3동 533-3 아트프라자 503호 (우)420-861
전화 | 032)651-6513 / 팩스 032)651-6094
E-mail | BBULMEDIA@paran.com
카페 | http://cafe.daum.net/scarletR

값 9,000원

ISBN 978-89-6639-235-3 03810